비밀
연애

비밀
연애

초판 1쇄 인쇄일 2017년 04월 21일
초판 1쇄 발행일 2017년 04월 26일

지은이 | 란희
펴낸이 | 김기선

편집장 | 김은지
편집부 | 임종성, 박지은, 김지현, 정미정

펴낸곳 | 와이엠북스(YMBOOKS)
출판등록 | 2012년 7월 17일 (제382-2012-000021호)
주소 | 서울시 도봉구 노해로 379, 802호(창동, 대성빌딩)
전화 | 02)906-7768 / **팩스** | 02)906-7769
E-mail | ymbooks@nate.com

ISBN 979-11-322-4148-5 03810

값 9,000원

YMBOOKS
ROMANCE
STORY

비밀
연애

란희

장편소설

차
례

프롤로그

억지로 끌려 나오다시피 한 파티장엔 사람들이 바글바글거리는 것처럼 보였다.

윤형은 그것만으로도 싫었는데, 늘 같은 얼굴을 고수하는 어머니의 행동엔 더욱 질려버렸다.

가식적인 행동에 질려서, 곁에 지나가던 웨이터에게서 맥주 한 병만 받아서 나와버린 복도엔 잠시 머리를 식히려고 나온 사람들이 더러 있었다.

윤형은 그렇게 여자를 발견했다.

"와, 진짜 사람 많다."

"리셉션은 폼인 거 같긴 한데, 그래도 사람 없다고 우는 소리를 하는데 어떻게 모른 척해요."

"괜찮아."

하얀 얼굴에 붉은 입술이 달싹거리자, 무척 신기했다. 신기한 건가. 아니, 메이가 훨씬 더 예쁜 건가…….

윤형의 고민이 늘어만 가는 와중에 여자가 웃었다.

"과장님, 이 와중에 웃음이 나와요?"

"올 수도 없잖아요. 황금 같은 휴일에 나와서 이러고 있는 거, 자발적이긴 하지만 수당 준다는 걸로도 처우가 매우 좋은 회사니까 좋다고 해야죠, 뭐."

수당이 어디냐며 맑게 웃는 여자를 보던 윤형은 제 옆에선 볼 수 없는, 그래서 더 눈길이 가는 얼굴과 웃음에 얼이 빠진 사람처럼 그 모습만 빤히 바라봤다.

이 정도 쳐다봤으면 시선을 알아차리고 자신에게 와서 따져도 할 말이 없었는데, 무늬만 리셉션은 아니었는지 오가는 사람들이 제법 많았다.

그래서 여자는 자신의 시선을 느끼지 못하는 것처럼 보이기도 했다.

아니면, 옆에 선 여자와의 대화가 무척이나 즐겁다거나.

그가 다가가서 말이나 걸어볼까 싶은 생각에 한 걸음 다가가던 순간, 여자의 붉은 입술이 달싹거렸다.

"이따가 데이트 시간이나 맞출 수 있으면 좋겠는데……."

"아, 맞다. 과장님 남자친구분하고 오늘 어디 가신다고 하셨었죠?"

"어? 어."

남자친구라는 단어에 윤형은 어쩐지 맥이 빠지는 느낌이었다. 남자친구가 있다고 못 꼬실까 싶은 자만심이 못나게 치솟았다가 금세 사그라졌다.

그런 자만심으로 만나고 싶은 부류의 여자가, 아니었다. 적어도 그의 눈에는 그의 주변에서 눈만 마주치면 자신을 벗겨먹으려고 드는 여자와 확연하게 다른 그녀를 인식했다.

"최 과장."

그런 여자를 부르는 남자. 조금은 나이가 많아 보이는 남자가 여자에게 다가왔다. 윤형은 그 상황을 모두 바라보고 있을 수밖에 없었다.

그들에게 있어서 저는 모르는 사람일 테니까.

"어? 차장님! 여기 계시는 줄은 알았는데, 잘 지내셨어요?"

여자의 반가운 소리를 듣자 윤형은 기분 좋은 웃음을 입가에 걸쳤다.

눈길이 갔을 뿐인 여자가 환하게 얼굴을 폈다고 덩달아 웃고 있다니, 아무리 생각해도 자신이 좀 미친 것 같다는 생각이 들었다. 그렇지 않고서는 이 상황 자체를 말로 설명하기 어려웠다.

"예원 씨도 잘 지냈지? 얼굴 더 좋아 보이네. 설마 나 없다고 더 좋아진 건 아니지?"

장난스러운 물음에 와르르 웃던 여자는 어떻게 알았냐는 소리를 뱉어냈다.

윤형은 그 순간 여자의 이름이 '최예원'이라는 걸 알았다.

"백화점엔 뭐 없고?"

"당연하죠. 늘 같잖아요. 적당한 업체에서 입점하고, 매출 안 나면 나가고."

"하긴."

그리고 여자의 근무처를 알아냈다. 그것만으로도 윤형은 무척이나 만족스러웠다.

남자친구가 있다는 가장 결정적인 단점이 결국 그의 발목을 붙들어서 다가갈 수는 없었지만, 그저 가만히 보고 있는 것만으로도 웃음이 입가에서 새어 나왔다.

해원백화점, 그리고 최예원.

그 두 단어가 윤형의 머릿속에서 어지럽게 떠다녔다. 하지만 그뿐이었다. 그는 이튿날 뒤 곧장 그가 직접 가꿔놓은 생활의 터전이 있는 마이애미로 떠나버렸다.

벌써 삼 년째 의미 없이 들어와서 자리를 잡으라는 지 여사의 물음과 말들에 윤형은 혀를 내둘렀다.

이젠 안 할 때도 됐다 싶으면 잊지 않고 연락해왔다.

"윤?"

"어."

비키니만 입은 아가씨가, 비치웨어를 한 손에 들고는 고갯짓을 했다. 그 방향이 어딘 줄 이미 알고 있었다. 게다가 드러내놓고 유혹적인 몸짓을 보이는 여자였다.

하지만 윤형은 전혀 구미가 당기지 않았다. 제 빌라에서 파티를 벌이고 있는 녀석들에게 시선을 한 번 더 주자 그는 저절로 고개가 저어지고 말았다.

"메이."

"응."

까만 머리카락이 풍성해서 걸음을 걸을 때마다 나풀거리는 여자의 피부는 흰 편이라 무척이나 매력적이었다.

하지만 윤형은 최예원을 본 후로 다른 여자들이 매력적이라는 생각을 별로 해보지 못했다.

"별로야."

"야."

메이가 결국 폭발한 듯 소리를 버럭 질렀지만, 이미 밖은 이보다 더 시끄러웠고 요란스러운 상황을 연출하고 있었다.

"밖에 봐봐. 굳이 우리가 필요하지 않지 않나."

"말이나 못하면."

"그리고 나는 쟤들이 원할 때까지 너와 내가 사귀는 걸로 보여서, 세드릭이 만나는 연인을 감춰주는 거야. 알고 있지 않아?"

"그래서 그 거짓을 진짜로 만들면 뭐가 어디 덧나서 그래? 그리고 너도 내가 조금은 마음에 있으니까 이런 행동도 하는 거잖아."

메이의 말에 윤형은 한숨을 내쉬었다. 굳이 숨기지 않는 그 짜증에 당황한 메이가 윤형을 바라봤다.

"왜……. 왜, 내 말이 틀려?"

하지만 윤형은 그런 메이의 말에 동의할 수 없었다.

세드릭 오델로. 그는 윤형의 클라이언트였지만, 동시에 친구이기도 했다. 그래서 윤형은 친구의 부탁을 쉽게 거절할 수가 없었다.

웬만한 기업과 맞먹는 수익을 자랑하는 배우 세드릭 오델로는 할리우드에서 핫하기도 했거니와 파파라치가 가장 많이 붙어다녔다. 윤형은 그런 친구가 요즘 연인과의 결혼을 두고 고민하는 걸 알고 있었다.

그 말은 이제 이 연기가 필요 없다는 소리였다. 하지만 그다지 분홍빛 이야기가 아니라 윤형은 곧 친구가 연인과 헤어졌다고 알려줄 것을 직감했다.

"어차피 세드릭하고 잘 안 되면, 연막 필요 없다며."

"어……?"

메이의 얼빠진 소리에 픽, 하고 웃은 그는 그녀가 정확히 왜 자신에게 매력이 없는지 찾아내고야 말았다.

"너랑 내가 이렇게 연기하는 노릇도 내일부터 안 해도 될 것 같아서 말이지. 세드릭이 루디와 헤어지면 이것도 끝이긴 마찬가지였지만. 사실 좀 웃기지 않아?"

"윤! 지금 뭐 하자는 건데?"

"별건 아니고, 돌아갈 정리를 좀 할까 싶어서. 친구의 방패막이 역할을 하던 소소한 놀이도 그만두고. 메이, 네가 이렇게까지 적극적으로 날 침대로 끌어들이려고 하지 않았더라면 썩 괜찮은 친구는 될 수 있었을 거야."

윤형의 말에 여자는 속내를 들켜서 벌겋게 달아오른 얼굴을 하고 있었다.

그게 정말 속내를 들켜서인지, 윤형에게 화를 내고 싶은 걸 애써 참고 있는 것인지 그는 알지 못했다.

하지만 지금 메이가 가슴을 들썩이면서 화를 참는 모습 정도는 그에게 전혀, 어떤 자극도 주지 못했다.

온몸을 유니폼으로 감싸고 있었던 그날의 그 여자, 최예원이라면 모를까.

"가."

한마디였지만 메이는 주먹을 쥔 손을 몇 번이나 쥐었다가 풀더니 곧장 몸을 홱 돌려서 나가버렸다.

메이가 서재에서 나간 걸 보자마자 그는 전화기를 들었다. 너무 오랜만에 본가로 먼저 전화를 거는 만큼, 그는 다소 초조한지 원목 책상 위를 툭툭 쳤다.

"접니다."

본가 번호를 알고 있는 사람은 가족 이외에는 없으니까, 윤형은 곧장 본론을 꺼냈다.

"돌아가겠습니다."

일시적이긴 하지만, 요즘 부쩍 돌아오라는 부모님의 말에 그는 억지로라도 잠시 서울에 갈 예정이었다.

하지만 그걸 조금 더 길게 늘여볼 생각이었다. 몇 년 전부터 그의 머릿속을 떠나지 않은 그 여자에게 말이라도 걸어보고 싶은 마음이 윤형을 지배했다.

처음 얼굴을 봤을 땐 무척이나 밝은 모습에 시선이 갔고, 사람들과 대화를 할 때는 본인이 하고 싶은 말을 다 하는 성격이 눈에 띄었다.

'남자친구'에 대해 말하는 소리만 듣지 않았더라도 이야기를 좀 걸어볼 수 있었을 텐데, 무척 곤란하고 아쉽게 되었다는 생각이 번번이 들어서 그도 신기했었다. 생각해보니 연예인만큼 예쁜 얼굴은 아니라고 해도, 무척 곱상하고 예쁘게 생긴 얼굴이었다.

그러니까 처음 눈에 들어온 것이었지, 싶어 그는 웃고 말았다. 일단은 서울에 가면 볼 수 있겠다 싶었다. 자신에게 건설업을 주고 싶어 하는 아버지에게 백화점에서 일하겠다고 할 생각이었으니까.

그 여자가 있는 백화점.

방을 한번 쓱 훑어보는 윤형의 뒤로 윤조가 다가왔다.

"네가 직접 오겠다고 연락한 건 이번이 처음이라 아버지가 좋아하셨다."

"그래 봤자 한 석 달쯤 있을까 싶은데, 뭐."

"그게 어디냐 싶은 마음도 좀 이해해라."

윤조의 타박 아닌 타박에 윤형은 웃어버렸다. 훤칠한 키에, 해양 레포츠를 좋아하는 취향 덕에 다져진 몸, 선이 굵은 얼굴까지 어느 하나 빠질 것이 없는 윤형을 보는 윤조의 시선은 다정했다.

막냇동생을 귀여워하는 형의 표본 같은 그 모습에 윤형은 저절로 고개를 흔들었다.

"형."

"왜."

"결혼도 한 사람이 그렇게 동생을 미성년자 취급하면서까지 신경 쓰면 되겠어?"

"사고 치고 다니는 수준은 미성년자던데?"

놀리는 게 확실한 그 말투에 윤형은 백기를 들었다.

"그래서 아버지는 언제 오시는지 알고?"

"오늘은…… 아마 삼십 분 안에 돌아오실 거다."

막내가 왔다는 소리에 가장 좋아하던 것이 서 회장이었다. 표현을 하지 않았다 뿐이지 그날 전화를 받고 표정이 피던 아버지를 직접 본 윤조는 확신했다.

"그래."

하지만 윤형은 그런 아버지와 다시 관계를 회복하고 싶지는 않은 모양이었다.

집 안이 소란스러워지는 소리가 나자마자 윤조는 아버지가 오신 모양이라며 걸음을 돌렸다. 윤형은 그런 윤조의 뒤를 따라 자연스럽게 거실로 내려갔다.

"오랜만이구나."

대화가 부족한 부자의 첫마디치고는 나쁘지 않다고 생각했다. 윤형도 잘 지내셨냐는 말을 건네고 나서야 겨우 서 회장은 저택 안으로 들어왔다.

사실 그가 서울에 들어오고 싶지 않았던 이유는 이런 것들 때문이었다.

그만 오면 미묘하게 달라지는 분위기.

그게 환영을 하는 분위기가 아니라 어딘지 모르게 이방인을 대하는, 타인을 대하는 친절함 같은 그런 분위기였다.

그것 외에도 꺼려하는 이유가 있었지만 그건 굳이 생각하고 싶지도 않았다.

적막이 내려앉고, 수저가 식기에 부딪히는 경쾌한 소리밖에 울리지 않았던 식사 시간이 지나갔다.

그 이후 윤형은 서 회장과 마주했다.

"그래, 건설 쪽을 맡아보는 건 어떻겠니."

"그것보다."

윤형은 잠시 말을 멈추고 주변을 살폈다. 지 여사의 신경이 바짝 곤두서 있다는 걸 윤형이 제일 잘 알고 있었다. 지금도 관심 없는 척 차를 홀짝이고 있었지만, 이 대화에 집중하고 있었다.

옆에서 며느리가 하는 소리에 한마디 대꾸도 안 한다는 건 다른 곳에 온 정신을 팔고 있다는 증거와 같았다.

"백화점이 좋을 것 같습니다."

해원그룹에서 백화점은 명목에 불과하고, 사실상은 서 회장이 처음에 말한 건설이 더 나을 것이 분명함에도 윤형은 백화점을 고수했다.

"네 뜻이 정 그렇다면 어쩔 수 없지만."

윤형은 그제야 들려온 지 여사의 음성에 속으로 혀를 찼다. 자신이 건설을 홀랑 집어 들면 어쩌나 속으로 계산하고 있었을 것이 분명했다.

"대신, 나중엔 해원에서 분리시킬 겁니다. 물론 제가 그때까지 여기 있는다면요."

"그러는 게 괜찮겠네요. 회장님, 그렇게 하도록 하죠."

지 여사가 덥석 답을 내어놓자 윤형은 이 상황 자체가 매우 우스웠다. 그냥 유지만 하고 있었던 백화점을 두고 골치를 썩던 지 여사가 자신이 가져간다니까 바로 좋다고 하는 모습 같아 보였다.

사실 지 여사로서는 건설보다 백화점을 저에게 주는 편이 더 나았을 테니 차라리 잘되었다고 생각한 것일 수 있었다.

윤형은 그렇게 생각하면서도 여자를 떠올렸다. 서울에 왔으니 볼 수 있겠다는 생각에 그를 들뜨게 만드는 그 여자.

그러니까 지 여사가 좋아하고 있어도 괜찮았다. 우선 시작은 그가 원하는 대로 됐으니까. 그것만으로도 꽤 괜찮은 출발이었다.

"도련님, 꼭 밖에서 생활하셔야 해요? 집 구하실 때까지 여기서 계시면…… . 굳이 호텔에서 지낼 필요는 없으시잖아요. 그이도 도련님이 같이 있었으면 하고…… ."

미연이 윤형을 배웅하다 말고, 다시 진지하게 물었다. 윤형은 가볍게 인상을 찡그렸다가 웃으면서 입을 열었다.

"가끔 가족 모임이 늦으면 본가에서 자고 갈 거기도 하니까 너무 그러지 마세요. 여기 있으면 제가 좀 불편하기도 해서요."

"네…… ."

잔뜩 시무룩해진 미연의 소리에 윤형은 과장되었지만 그러나 그 진심은 거짓이 아닌 미안한 얼굴을 하고선 손을 흔들었다.

"들어가보세요. 전 일단 가야 할 것 같아요."

정식 출근 전에 백화점 직원들이 따로 이야기를 전달받은 것이 있는지 궁금하기도 하고, 일이 어떤지 궁금하기도 해서 백화점에 가보려던 참이었다.

윗선이 자주 바뀌면 아래에 있는 직원들이 불안해하는 건 당연한 일이었다. 하지만 컨설팅 프리랜서 일과 월급쟁이 경영자 일을 병행하던 윤형에게 직장을 바꾼다거나 하던 일을 놓고 다른 일을 하는 건 그리 어려운 일이 아니었다.

프리랜서 일이 지겨워지면, 월급을 꼬박꼬박 받는 한시적인 경영자 일을 제안받아서 했었다.

그것도 성미에 맞지 않으면 무작정 쉬기도 했었다. 윤형은 다른 직원들의 생각 같은 것엔 큰 관심이 없었고, 그것보다 여자가 보고 싶었다.

지난 몇 년간 그의 머릿속을 떠나지 않았던 그 여자.

웃고 있지만 꽉 다문 입에서 욕이 나온다고 해도 이상하지 않을 상황이라고 커피숍 안에 있는 모든 사람들이 수군거렸다.

"박민준 씨."

예원이 타인을 부르듯, 남자친구인 그를 불렀다.

"내가 대체 왜 이런 쓰레기 같은 상황에 왔는지는 모르겠지만 이유나 변명을 하려거든 그럴싸하게 하라고 누가 안 알려줬나 봐?"

"야."

"씨발, 개새끼."

예원의 입에서 정제되지 않은 욕설이 나오자 민준의 시선이 더할 나위 없이 커다랗게 변했다.

"야. 너 진짜 쓰레기야."

"그러는 너는!"

헤어지자고, 다른 여자가 생겼다는 민준이 들먹인 이유가 바쁜

애인 탓이었다.

그게 너무 어이가 없어서 예원은 웃음이 나올 지경이었다.

"왜. 여자가 차장 달면, 이 나이에 그거 달면 뭐? 너 네 입으로 고속승진 아니냐고 입 털던 거 기억 안 나? 그때도 남자친구가 말 실수한 거니까 그냥 넘기자 하고 넘겼는데……."

예원은 민준이 헤어지자고 했던 것이 한두 번이 아니었지만 지금처럼 구체적으로 여자를 데려와서 헤어지자고 한 건 처음이라 직감했다.

오늘로 이 구질구질했던 연애를 완전히 끝내버릴 수 있겠구나, 하는 생각이 곧장 머릿속을 헤집고 다녔다.

"소파승진이니, 몸으로 뭘 했느니. 그런 거 수도 없이 듣고 다녔지만 내가 내 남자친구한테 들을 줄은 몰라서 얼이 빠져 있긴 했었지. 이번에 승진 미끄러진 것도 너 되게 좋아하더라."

차장 다음이 부장이었다. 예원은 그 자리까지 올라가려고 거의 회사에서 살다시피 한 케이스에 속했다.

수도 없는 미팅을 하는 건 물론, 매출을 올리기 위해서 팀원들을 달달 볶아대기도 하고 그런 팀원들의 마음을 풀어주기 위해서 적절한 회식과 호응을 해줬었다.

"이봐요."

보통 예원의 성격은 평범한 축에 속했지만 화가 나거나, 아예 손쓸 수 없을 정도로 큰일을 만났을 때는 미쳤다 싶을 정도로 배짱을 부렸다.

"남의 남자 뺏어간 소감이 어때요?"

예원이 민준의 옆에 있는 여자 앞 테이블을 툭툭 건드렸다. 손끝으로 건드리는 그 모습에 민준은 말대꾸도 하지 말라고 하고 있었다. 하지만 이미 미치도록 화가 난 예원에게는 들리지 않는 말이었다.

"미, 민준 씨 아직 좋아하셔도 어쩔 수 없어요……."

이 남자가 제 남자라고 온몸으로 말하고 싶은 요량인지 여자의 시선은 흔들림이 없었다.

예원은 그게 더 어이가 없었다.

"아, 착각하지 않았으면 좋겠는데. 내가 지금 화난 건 박민준을 댁이 뺏어갔다는 게 아니라, 저딴 쓰레기를 만나느라 내 시간을 보냈다는 거예요. 것도 사 년씩이나."

말하고 보니 정말 그랬다. 예원은 이미 오만 정이 다 떨어진 그를 왜 붙들고 있었는지 스스로를 이해하지 못할 정도로 화가 난 상태였다.

오늘은 정말로 술에 진탕 취하고 싶었다. 예원은 자신의 술버릇을 아는지라 박민준이 보고 있건 말건, 그가 데려온 여자가 자신을 놀란 눈으로 보고 있건 말건 휴대폰을 들어서 친구에게 메신저를 했다.

지금 이 기분을 떨칠 정도로 취하려면 보모 역할을 해줄 그런 사람이 반드시 필요했기 때문이었다.

이내 맺지 못한 이야기를 끝맺듯 예원은 붉은 립스틱이 칠해진 입술을 달싹였다.

"끝내. 나도 어디 지나가던 미친개한테 물렸던 셈 칠 거니까."

의외의 순간에서 자주 대담해지는 예원은 꽤나 오랫동안 만났던 연인의 이별 통보에서도 그 기질을 발휘했다.

백화점에 들러서 앞으로 자신의 일정을 담당하는 비서와 이야기를 조금 주고받고, 그간 진행하던 일을 확인한 그는 이튿날 출근하기로 결정했다.

그러고 나서야 호텔에 체크인한 그는 간만에 위스키가 당겨서 바로 내려온 참이었다.

바(bar)에 옹기종기 모여 앉은 세 명의 여자는 유달리 조용한 가운데에서 튀는 존재일 수밖에 없었다. 그리고 그중에 한 여자는 그가 익히 알고 있는 사람이었다.

여기 오면 보고 싶었던 여자, 그때 보고 가끔씩 그의 머릿속을 헤집던 여자가 그의 눈앞에 있었다.

같이 온 친구들인 것 같은데, 여자의 주위를 가드하듯 지키고 있던 친구들이 잠시 자리를 비운 사이 취기가 올라온 여자의 곁으로 남자들이 다가가서 말을 거는 걸 본 윤형은 몹시도 기분이 나빴다.

그럴 만한 이유도, 관계도 아니었지만 그는 일단 기분이 나쁜 건 어쩔 수 없다고 생각했다.

술에 취한 여자가 저에게 말을 거는 일이야 이상한 것이 아니다. 하지만, 꽤나 제 취향인 여자가 바에 있는 남자들의 먹잇감이 되는 건 보고 싶지 않았던 윤형은 공연한 호기심과 정의감에 몸을 움직였다.

서둘러 걸어간 그는 남자들을 치우듯 떨궈내고도 한참을 그 자리에 있었다. 하지만 자신에게 안겨오는 여자의 행동에 그는 한숨에 가까운 탄식을 뱉어버렸다.

"하?"

그는 당황해서 저절로 숨이 뱉어졌다. 자신에게 기대어 안겨 있는 여자는 그가 몇 년 전 처음 보고 반한 상대였다.

물론 이 여자는 그 사실을 절대 알지 못할 테지만. 그래도 별 상관은 없었다. 윤형은 결국 친구들이 돌아오지 않자, 자신의 품에 있는 여자를 단단히 끌어안고 자리에서 일어났다.

"술버릇, 꽤 신경 쓰이네."

그래도 이 모든 상황에서 구해주면, 여자가 자신을 봐주지 않을까.

그런 단순한 생각이 윤형의 머릿속을 파고들었다. 친구들 가방이 여자의 옆자리에 있는 것 같았지만, 그는 그걸 신경 쓸 겨를이 없었다. 여기 혼자 가만히 놔두는 게 더 위험해 보였으니까.

이런저런 생각들로 고민하던 그는, 결국 호텔 룸을 하나 더 잡았다.

자신이 장기투숙할 방에 여자를 눕혀도 되겠지만 처음 보는 남자와 한방에서 눈을 뜬 여자가 어떤 반응을 보일지 몰랐기 때문이었다.

윤형은 침대 위에 여자를 눕혀놓고 나서야 한숨 돌릴 수 있었다.

내일 아침 일찍 찾아오면 정신을 차린 여자를 마주할 수 있겠다 싶었다. 윤형은 침대 위에서 고른 숨소리를 내는 여자를 한 번 더 본 후에야 몸을 일으켰다.

한데, 그런 그를 붙든 건 여자였다.

"……마."

잔뜩 꼬여버린 발음에 속이 상한지 인상을 한껏 찌푸린 여자가 귀여웠다. 분명히 술 취한 여자를 싫어했음에도, 싫지 않아서 당황스러운 것도 잠시. 여자의 행동들이 무척이나 귀여웠다.

"뭐라구요?"

윤형은 잘 들리지 않아 허리를 숙여 여자의 말에 귀 기울였다. 그러자마자 여자의 손이 목을 감아와 그를 당황하게 만들었다. 윤형의 시선이 그 순간 속절없이 흔들렸다.

이런 어설픈 유혹에 흔들리지 않을 자신이 있었던 그가 까만 시선을 마주하자마자 흔들렸다.

"가지 마……. 누나가…… 잘해줄게……."

"지금 그 발언 되게 위험한데. 내가 누군지는 알고 가지 말라고 하는 거예요?"

윤형의 말에 여자는 고개를 휘휘 내저었다. 이 상황에서도 상황 판단은 하고 있는 모양이다 싶어 다행이라고 생각했다.

그렇게 생각한 건 생각한 것이고, 그는 이제 장난은 이쯤 하는 게 좋다고 생각했다. 더 있다가는 정말 위험할 것 같으니까.

"내가 대체로 이미지가 개새끼가 맞긴 한데. 술 취한 여자, 그것도 내가 어떻게 해보고 싶은 여자를 두고 뭘 할 정도로 바닥인 놈은 아니라서."

자신의 목을 꽉 붙들고 있던 여자의 힘이 억세서, 윤형은 속으로 당황했다. 술 취한 사람 못 이긴다더니, 그 말이 맞구나.

"지금 말고, 아침에 깨면 봅시다."

윤형의 소리가 여자의 귓가를 두드렸다. 허락을 구하는 소리처럼, 그렇게 조심스러우면서도 다정한 음성이었다.

그런 생각도 잠시. 곧장 여자가 그의 옷에 토악질을 하는 바람에 결국 같은 룸에 발목이 묶인 그가 웃고 말았다. 이래서야 방을 따로 잡아서 눕혀주려던 그의 계획이 쓸모없지 않은가.

"그쪽이 실수한 내 옷은 변상할 방법에 대해서 내일 나와 자세히 얘기 좀 하고."

윤형은 말하면서도 저절로 풀어지는 입매를 어쩌지 못했다. 사실 다른 사람이었더라면 분명 무척이나 화를 냈을 상황인데 이상하게도 그는 이 여자, 최예원에게 무른 것 같았다.

스스로 판단하기에도 그는 여자와 만난다면 단번에 목줄이 잡혀버릴 것 같았다.

그는 예원이 깨지 않는 것을 확인하고 나서야 옷을 벗었다. 그래도 예원의 손에 꼭 붙들린 재킷만큼은 구할 수가 없어서 겨우 벗어난 그는 욕실에서 가운을 둘러 입고는 세탁 서비스를 신청했다.

직원에게 옷을 건네고서도 그는 이 상황이 무척이나 재미있었다.

예원이 내일 일어나면, 저를 책임져보라고 해볼까 싶어서 그는 입매를 느슨히 풀었다.

그렇게 예원의 머리를 쓰다듬던 그는 옷만 직원이 가져다주면 곧장 자신의 방으로 가야겠다고 생각했다.

하지만 그 다짐이 무색하게, 피곤했던 몸은 푹신한 침대 위에서 잠을 이기지 못했다.

두 눈을 번쩍 뜬, 윤형은 헛웃음을 집어삼켰다. 옆자리엔 아무도 없었던 것처럼 정돈이 되어 있었고, 자신의 차림새는 잘 봐줘도 전날 밤 여자와 뒹굴고 잔 모양새였다.

"미치겠네."

이러려던 건 아니었지만, 분명히 예원은 오해하고 있을 것이었다. 그런데도 자신을 버려두고 갔다는 사실이 그를 가장 당황스럽게 만들었다.

오해를 하고 간 거 같은데, 찾으면 말해줘야겠다고 생각한 그는 일단 몸을 일으켰다. 그래도 그는 여자에게서 안절부절못하는 모습을 보고 싶기도 했다. 또 이제 막 이어보려는 관계에서 목줄을 잡히지 않을 유일한 기회 같기도 했다.

어쨌든 내일 아침에 백화점에 출근하는 대로 직원 명단을 샅샅이 훑어봐야겠다고 생각했다.

한데 오해를 풀어주기 전에 그는 꼭 여자에게서 남자친구가 있는지, 오늘 저를 버려두고 도망간 것은 남자친구가 있어서였는지 확인해야 했다.

확인하고 시작을 하고 싶었다. 그리고 그는 그 순간 그녀가 흔적도 없이 사라진 게 마지막 이유이기를 빌었다.

　새로 온 사장의 부름에 예원은 깨질 것 같은 머리를 하고서도 보고서를 챙겨서 서둘러 회의에 참석했다. 예원이 소속된 기획팀에서 실무를 담당하고, 실질적으로 팀원들을 총괄하고 있는 건 예원이었다. 그래서 팀장도 예원과 함께 회의에 참석하는 것을 더 선호했다.

　"어제 과음?"

　"아, 네."

　"나이도 있는데 적당히 마시지 그랬어."

　팀장의 걱정스러운 잔소리에 적당히 대꾸한 예원은 오늘 아침을 떠올리면 소름이 돋았다.

　옆에 누워 있는 웬 남자, 옆모습을 봤는데 무척이나 잘생긴 게 딱 자신의 취향이었다. 하지만 술기운에 만난 사람, 어떤 사람일지 어떻게 알고 깨우겠는가 싶어 그녀는 고개를 휘휘 저었다.

"들어가자고. 오늘 새로 오신 사장님이 주관하는 첫 회의라 잘해야 하니까."

보고는 이미 올렸지만 대면 보고는 처음이라 예원도 살짝 상기된 얼굴이었다.

새로 부임한 사장과의 첫 만남. 처음부터 미운털이 박히면 앞으로 일을 진행할 때마다 눈치를 봐야 한다. 그것만큼은 사양하고 싶으니 잘해보자며, 예원은 속으로 웃었다.

손으로 회의실 테이블을 두드리던 윤형은 대형 스크린에 시선을 한 번, 그리고 흘긋 예원을 봤다.

예원의 꼿꼿한 등이 긴장으로 인한 것이라는 걸 윤형은 알 것도 같았다.

하여간 눈길이 저절로 가는 여자라고, 그는 그렇게 생각했다. 백화점의 이익과 매출, 그리고 입점사에 관한 보고가 줄지어 이어졌다. 그 와중에도 그는 예원을 곁눈질해 보면서 직원들의 이야기에 귀 기울였다.

그냥 무늬만 사장인 척, 그렇게 행동하면서 예원을 꼬실까 싶었던 생각이 여전히 팽배한 그는 한량처럼 굴었다.

회의실에 있는 사람들 모두 그렇게 생각하고 있을 게 분명했다. 하지만 그는 그런 사람들의 시선보다는 더 낼 수 있는 성장세를 이어가지 않는 백화점이 이상하기만 했다.

결국 불이 켜지고 윤형이 굳게 닫은 입을 열었다.

"전년 대비, 올해 성장률 목표는 100퍼센트입니다."

그의 말에 회의실 여기저기서 급히 숨을 들이켜는 소리가 들렸지만 그는 신경도 안 썼다.

"그에 따른 기획안 제출하세요. 이상입니다."

궁금한 게 있다면 따로 부르겠다는 소리를 하고서야, 그는 회의실을 벗어났다.

밥 한 숟가락도 뜨지 못한 채로 예원은 키보드에 코를 박을 기세로 자판을 두들겼다.

"차장님!"

그런 예원을 부른 희재가 싱글벙글한 얼굴로 자신을 보고 있었다.

"여기 부탁하신 수프요. 근데 그거 가지고 괜찮으시겠어요?"

"고마워, 희재 씨. 어제 술을 과하게 마셔서 이게 절실했어."

이거면 충분하고도 넘친다면서 웃자 희재는 파티션에 아예 턱을 괴고는 예원에게 말을 붙였다.

"새로 온 사장님 사주 막내아들이라면서요."

"소문 빠르네."

"엄청 잘생겼다던데, 맞아요?"

그랬던가. 잠시 고민하던 예원은 거의 완벽하게 자신의 취향이었던 사장을 떠올리고는 고개를 끄덕였다.

"차장님 취향은 제 취향이잖아요. 사장님 얼굴 보러 회사 나올 맛 나는 거죠?"

"나 지금 기획안 쓰고 있는 거 보고도 사장님 얼굴 따지고 싶어?"

예원은 못 말리겠다는 듯 웃었다. 언뜻 보기엔 어제 아침에 제 옆에 누워 있는 남자를 닮은 것 같은데, 아닌 것 같기도 했다.

"원래 한국엔 아예 안 들어올 것처럼 외국에서만 살아서 다들 후계 구도에선 완전 제외하고 생각했다던데, 이제부턴 라인이 세 개인 거네요?"

엄밀히 말하면 해원백화점을 받았다는 것부터가 그 구도에서 밀려난 거라고 말해주고 싶었던 예원은 말을 아꼈다.

뭣 모르는 직원들의 헛소문은 금방 잠잠해지는 편이라는 걸 기억했기 때문이었다. 또 그걸 일일이 반응해주기엔 머리가 울려서 귀찮기도 했었다.

"근데 어젠 왜 그렇게 술 마시셨던 거예요?"

"아……. 남자친구가 바람."

"헐. 오래 사귀신 거 아니에요?"

"그렇지. 한 사 년쯤 만났으니까."

뭐 그런 개자식이 있냐는 다소 과격한 말이 희재의 입에서 나오자, 지나가던 직원들이 흘긋 희재와 예원을 바라봤다.

회사에 또 소문 한번 거하게 나겠다 싶어 예원은 어색하게 웃고 말았다. 이런 걸로 희재를 타박하고 싶지도 않았다.

"잘하셨어요. 그런 자식들은 꼭 지 같은 것들 만나봐야 정신 차려요."

"그러게."

예원은 저절로 고개를 휘휘 내저었다. 그 바람에 열이 받았고, 친구들을 불러서 술을 마셨다. 그리고 일어나니 옆에 반라의 남자가 누워 있었다.

그러니까 술은 정말 마시면 안 되겠다고 예원은 스스로에게 다짐할 수밖에 없었다.

직원 정보가 있는 종이 한 장을 손에 넣은 윤형은 입꼬리를 잔뜩 끌어 올린 상태였다.

부서와 직책, 그리고 예원에 관한 간단한 정보가 기입된 종이일 뿐이었다. 그리고 오늘 아침 출근하자마자 예원의 기획안을 볼 수 있었다.

기획팀의 실무를 담당한다던 비서의 이야기를 들었던 터라 윤형은 속으로 잘됐다 싶었다.

예원과 직접 부딪힐 일이 잦아졌다는 이야기를 들은 것 같아서 그날 무척 기분이 좋았기도 했다.

"기획팀 최 차장 좀 올라오라고 해요."

비서에게 말한 그는 예원이 보낸 기획안을 천천히 읽어나가기 시작했다.

사실 예원이 보내준 건 그가 세 번째 보고 있었지만 어려운 부분은 없었다.

윤형이 마지막 장을 보고 나서야 예원이 문을 열고 들어왔다. 백화점 전 직원이 모두 같은 유니폼을 입고 있을 필요가 없지만, 해원은 유달리 이상한 데서 깐깐하게 굴었다.

그랬기 때문에 윤형은 예원이 백화점 직원들이 흔히 입는 유니폼을 입은 채로 제 앞에 선 걸 마음껏 구경할 수 있었지만.

"아무 데나 앉아요."

"네."

"기획안 더 상세하게 올릴 수 없습니까."

"네?"

"자세히 말입니다."

얼마나 더 디테일한 걸 원하냐는 예원의 물음에 윤형은 가급적 예원을 자주 부르고 싶어서 고심했다.

처음엔 별거 아닌 것처럼 말해야 살짝 수정만 하겠지 싶어서 그가 다시 입을 열었다.

"지금에서 조금만 추가해주면 됩니다."

"네."

예원이 일어나야 하는 건지 아닌지를 두고 고민하자 윤형은 묘하게 이상하다는 생각이 들었다.

"최예원 차장."

"네."

왜 불렀냐는 시선에 윤형은 그의 생각대로 되지 않는 부분이 발생했음을 깨달았다.

"혹시 기억 안 납니까."

"제가 회의 시간에 집중하지 못한 것 같습니다. 다음부터는 원하시는 방향을 더 숙지해서……."

예원의 입에서 지극히 사무적인 말이 나오자 윤형은 속으로 앓는 수밖에 없었다.

"아뇨. 괜찮습니다. 이만 나가보세요."

예원의 시선이 아주 미묘하게 달라졌지만 그뿐이었다. 윤형이 원하는 대답은 나오지 않았다.

윤형은 예원이 나가자마자 헛웃음을 집어삼켰다. 예원이 자신을 보고도 모르는 사람처럼 굴었던 건, 쑥스럽고 당황해서가 아니라 전혀 기억을 하지 못해서였다.

게다가 일말의 의심도 하지 않는 시선을 보고 있노라니 그는 답답했다.

"확 말해버려야 했나."

그가 진지하게 고민하면서 예원이 열고 나간 사장실 문을 한참이나 노려봤다. 이참에 사고를 쳤어야 하는 건가 싶었던 그는 조금 더 예원을 마음껏 보고 싶어서 조금만 더 참자고 생각했다.

가슴을 탁탁 치면서도 예원은 화를 낼 수 없는 자신의 처지를 세 번 생각하고 나서야 사장실 문을 열고 들어갔다.

"음……."

새로 온 사장, 그것도 해원그룹 막내아들이라는 사장의 소문을 희재에게 들은 터라 사실 걱정하지 않은 부분도 있었다.

자꾸만 서 회장이 와서 자리 하나 맡으라고 해서 온 거라는 소문에 적당히 해서 올리면 되겠거니 싶었다.

처음에 기획안을 조금만 자세히 써오라더니, 다음 날 수정된 기획안을 올리자 곧장 다시 그보다는 더 자세히 써오라는 이야기가 떨어졌다.

물론 사장실로 불려 올라가는 건 두말할 것 없었다. 그리고 어제 수정에 수정을 거친 기획안을 올리고 나서 오늘은 별 탈 없겠거니 싶었던 예원은 다시 사장실로 올라온 상태였다.

"더 자세히 수정해서 올리겠습니다. 죄송합니다."

예원은 결국 잘못한 건 없는 것 같지만 고개를 숙였다. 공연히 책잡혀서 욕먹는 것보다야 미리 선수 치는 게 낫다 싶어서 한 행동이었다.

하지만 아무런 반응이 없자 그녀는 살짝 초조해서 고개를 들었다. 거기엔 환하게 웃고 있는 사장이 있었다.

이렇게 보니 또 그날 아침이 생각나, 예원은 시선을 돌렸다. 그날 아침 제 옆에 누워 있던 남자와 참 많이도 닮았다 싶었던 그녀는 이윽고 떨어진 사장의 말에 두 눈을 동그랗게 떴다.

"이만하면 됐습니다. 최 차장은 오늘 시간 있습니까."

"네? 네."

"다행이네요. 오늘 회식에 오면 되겠습니다."

무슨 회식? 팀 회식도 아니고, 어느 회식에 저를 부른 건가 싶은 궁금증을 덕지덕지 붙인 눈으로 사장의 얼굴을 좇자 그가 천천히 입을 뗐다.

그게 무척 느려서, 빨리 좀 말해달라고 하고 싶을 정도였다.

"실무자들 모아놓고 회식 한번 하려고 했는데, 마침 오늘이라서 말입니다."

"아⋯⋯."

"그만 나가서 일 보세요."

윤형의 말에 예원은 얼떨떨한 얼굴로 사장실을 나왔다. 사장실을 나오자마자 기획안의 마수에서 해방되었다는 기쁨도 잠시. 오늘 친구가 해주겠다고 벼르고 있었던 소개팅을 깨야 한다는 생각이 번쩍 들었다.

"아오……."

이놈의 회사가 뭐라고 연애사업에 늘 훼방인가 싶어 사장실을 째려보고 나서야 그녀는 걸음을 옮겼다.

강압적인 술자리는 윤형이 추구하는 바와 완전히 멀었기에 그는 적당히 즐길 수 있는 밥집으로 식사 자리를 잡았다.

말이 회식이지 그냥 밥 한 끼 먹는 자리에 불과하다는 걸 다들 알고 왔었다.

"다들 해원에는 어떻게 들어오셨습니까."

윤형이 형식적으로 묻는 몇몇 이야기들을 꺼내자 남자들은 윤형에게 잘 보이려고 앞다퉈 해원에 입사한 포부를 밝혔다.

하지만 그 이야기를 듣는 내내 윤형은 예원에게 온 신경이 쏠려 있었다.

사실 이 한정식집도 예원과 단둘이 오고 싶었던 집이었는데, 상황이 여의치 않으니 이렇게라도 올 수밖에 없었다.

윤형은 밥을 먹으면서 자신과 대각선으로 마주 보고 앉은 예원의 앞에 은근슬쩍 이 집에서 맛이 좋다는 반찬들을 놓아줬다.

예원은 눈치채지 못한 모양이었다. 자연스럽게 반찬들을 집어먹는 그 모습이 보기 좋아서 윤형의 입가는 아주 자연스럽게 풀어져 있었다.

"사장님은 애인 있으세요?"

영업1팀 박 팀장이 잘생겼는데 없을 리 없다는 너스레를 떨면서 묻자 윤형은 능글맞게 대꾸했다.

"워낙 잘생겨서 없는 것 같네요."

농담도 잘한다는 웃음소리에 윤형은 도무지 적응되지 않을 것 같았다. 사실 자신 같으면 저 뻔뻔한 새끼, 하고선 욕할 것 같은데…….

뭐, 직장 상사라서 비위를 맞춰주는구나 싶기도 했다. 덕분에 윤형은 그간 예원에게 하지 못했던 질문을 던졌다.

"최예원 씨는 애인 있습니까?"

"네?"

밥을 먹다 말고 놀라서 콜록거리는 예원의 모습에 윤형은 물 잔을 건넸다.

예원이 물을 마시고서 겨우 진정하자 채근하듯 다시 물었다.

"애인 있어요?"

"아……. 아뇨."

없다는 소리에 그는 기분이 무척 좋아서 오늘 있었던 모든 안 좋은 일들은 깨끗이 잊어버릴 수 있을 것 같았다.

맨정신의 예원에게서 남자친구가 없다는 소리를 들으니, 거짓말이 아니라 정말로 오늘 겪었던 좋지 않았던 일들을 모조리 잊을 수 있을 것만 같은 기분이었다.

즐거운 기분을 더해서 그가 예원에게 말했다.

"어서 먹어요."

다들 저들끼리 사적인 대화를 조금씩 풀어내기 시작해서, 예원을 신경 쓰지 않았다. 윤형은 일부러 예원을 구석진 곳에 앉힌 보람이 있다고 생각했다.

"여기 꽤 맛이 좋거든요."

"역시 사장님이 고르신 장소라 다르네요."

딸랑거리는 소리가 들릴 정도로, 윤형의 말에 빠르게 반응하는 서비스팀 팀장의 음성에 다들 함께 웃고 있었다.

윤형은 덕분에 자신이 예원에게 한 말을 다른 이들이 듣지 못한 거 같아 묘한 만족감을 얻을 수 있었다.

책상 위에 벌써 일주일째 놓여진 샌드위치와 주스를 본 예원은 고개를 흔들었다.

분명 이건 편의점이나 베이커리에서 산 게 아니라, 호텔에서나 볼 수 있는 수제품이었다.

그런 샌드위치와 착즙 주스가 자신의 책상 위에 있다는 사실이 묘하게 신경 쓰여 주위를 둘러봤지만 도무지 감이 잡히지 않았다.

지난 회식 때도 그렇고, 사장의 묘한 태도가 거슬리던 중이었는데…….

예원은 오늘도 구내식당에서 사장이 자신에게 아침 먹었냐고 물어보면 저도 꼭 물어봐야겠다고 생각했다.

"오, 역시 차장님."

"희재 씨, 정말 못 봤어? 자기 진짜 일찍 출근하잖아. 이거 놓고

가는 사람 못 봤어?"

순간 움찔거리는 희재의 몸을 보지 못한 예원은 잘 포장되어 있는 작은 투명 쇼핑백을 물끄러미 볼 뿐이었다.

하지만 희재는 예원의 모습을 보고도 입을 열 수가 없었다. 무려 사장이, 그것도 제게 직접 '비밀입니다'라고 하고 갔다. 그걸 안 지키면 어떤 일이 벌어질지 모르겠어서 희재는 절대 모른다고 고개를 저었다.

"진짜 못 봤어요. 그리고 음식이 무슨 죄예요. 엄청 맛있어 보이는데 이번에도 그냥 고맙다고 사방으로 땡큐해주고 맛있게 드세요. 안 그래도 아침 못 드시고 오시잖아요."

희재의 말에 예원은 슬슬 배고픔을 알리는 배를 한번 쓱쓱 문지르고는 쇼핑백 안에 든 내용물들을 꺼냈다.

오늘은 꼭, 반드시 사장에게 물어봐야 할 것들이 두 개 있었다. 제대로 된 대답을 얻으리라, 생각하면서도 예원은 그가 아니면 어쩌나 하는 불안감을 안고 있었다.

그게 모순되는 감정이라는 걸 아는데도, 예원은 그러면 좋지 않을까 싶은 마음을 버릴 수 없었다.

아니, 좋다고? 그것도 이상했다.

언제 제가 이렇게 생각한 건가 싶었던 예원은 순간 번뜩 머릿속을 스치는 기억에 그럴 리 없다고 생각했다. 설마 자신의 원나잇 상대가 사장일 리 없겠지.

설마 그럴 리 없겠지 싶으면서도 쇼핑백은 꼭 범인을 확인하고 싶었다. 확인하고서 사장이 아니면 진짜 쪽팔린 일일 텐데 싶어,

고개를 휘휘 저었다.

회사에 출근하는 일이 요즘 들어 무척이나 재미있어진 윤형은 오늘도 예원이 내려갈 쯤 몸을 일으켰다.

이래야 우연처럼 예원을 만날 수 있다는 걸 지난 보름간의 학습으로 알게 된 결과였다.

식판을 들고 넓은 구내식당을 한번 쓱 둘러본 그는 예원이 있는 테이블까지 자연스럽게 걸었다.

그러곤 이내 자리가 대충 차서 어쩔 수 없다는 듯 입을 열었다.

"최 차장."

"네?"

"같이 좀 앉죠."

해서 예원과 한 테이블에 또 앉게 된 윤형은 기분이 좋았다. 오늘도 자연스러웠다고 생각하면서 수저를 든 윤형에게 예원이 어물거리면서 말을 걸어왔다.

"저…… 사장님."

"네."

"그, 그럴 리 없다고 생각하는데요…….."

무슨 이야기인데 이렇게 뜸을 들이는 건가 싶어 윤형은 결국 수저를 내려놓고 예원을 바라봤다.

그리고 그는 그들 양옆 테이블이 빈 걸 보고는 웃음 지었다. 오늘 예원이 무슨 말을 하건, 그가 예원과 하룻밤을 보낸 상대라는 걸 알려줄 수 있는 가장 좋은 타이밍이라는 걸 알아차렸기 때문이었다.

"혹시 아침마다 제 책상 위에 있는 샌드위치하고 주스가."

"생각보다 눈치 느리네요."

"네?"

"나 맞다고 말하는 겁니다."

"네? 왜, 왜요?"

예원이 구내식당이라 소리를 죽여서 묻자 윤형은 그 장단에 맞춰줬다.

"최예원 씨, 정말 기억 안 나요?"

조용한 음성, 그리고 정확한 소리. 윤형의 말들은 예원의 귓가를 두들겼다.

"당신이 아침에 버리고 간 남자."

예원이 놀란 듯 그대로 굳자 윤형은 저절로 혀를 찼다. 그리고 그 반응을 보건대 분명히 저희끼리 몸이라도 섞었다고 오해한 모양이었다.

"그, 그러니까. 그게 사장님이라는 말은⋯⋯."

아니죠?, 라는 뒷 물음이 삼켜진 것 같아 윤형은 작게 웃었다.

"맞아요. 그러니까 이다음 이야기는 퇴근하고 마저 합시다."

윤형은 못을 박듯, 예원에게 다시 한 번 더 말했다. 그러곤 이내 아무 일 없었다는 듯 식사를 이어갔다.

윤형이 밥을 다 먹고 일어날 때까지 예원은 꼼짝도 하지 못했다. 아주 조금, 그럴 리 없겠지만, 이라는 가정을 하면서도 아주 조금 의심했던 건 사실이었다.

하지만 정말로 그가 그날 아침에 봤던 그 남자일 거라고 생각해본 적이 없었다. 예원은 그 순간 머릿속에서 가장 빠르게 한 단어를 떠올렸다.

'망했다.'

그것도 모르고 매번 앞에서 사무적으로 굴었으니 사장이 얼마나 황당했을까 싶었다. 그것보다 그동안 그가 자신에게 했던 이해가 되지 않은 행동들이 비로소 이해되기 시작했다.

퇴근하고 마저 이야기를 하자던 윤형의 말에 예원은 기겁하듯 엉덩이를 뒤로 뺐다. 그래 봤자 어차피 같은 테이블에 앉아 있었어서 피하는 것도 아니었다. 그렇게 식사를 마치고 나니 도저히 일을 할 수 없을 정도로 머릿속이 어지러웠다.

퇴근하려면 아직 두 시간이나 더 남은 통에 예원은 결국 호기심을 누르지 못하고 몸을 일으켰다.

정말로 그날 밤 있었던 일은 기억도 안 난다. 기억이 안 나니 없는 셈 치겠다고 말해야 시끄러운 속이라도 좀 가라앉을 것 같았다.

옛말에 과한 건 좋은 게 없다고, 딱 자신의 취향의 남자이긴 하지만 너무 과한 서윤형은 반드시 피해야 할 인물이었다.

"미진 씨, 사장님 계시지?"

제 발로 찾아온, 그것도 어떤 언질도 받지 못한 예원의 방문에 윤형의 비서인 미진의 시선이 잠시 동그랗게 떠졌다가 이내 평소와 같은 모양을 하고 있었다.

"안에 계세요."

미진의 말에 예원은 심호흡을 한 번 한 뒤에야 사장실 문을 열 수 있었다.

"사장님."

"먼저 올라오리라고는 생각 못 했는데, 이렇게 먼저 올 정도로 궁금했나 봐요?"

윤형이 의자에서 일어나서 앞으로 다가왔다. 그 걸음에 예원은 침을 꼴깍 삼키면서도 물러서지는 않았다.

"저는 기억이 안 납니다. 그러니까 사장님이 걱정하시는 일 같은 건 없을 겁니다."

"내가 걱정하는 일이라."

"네. 그런 일은 없을 테니 없는 걸로 치겠습니다."

예원은 준비한 말을 꺼내고 나서도 윤형의 눈치를 봤다. 쓸데없이 허우대가 좋은, 얼굴도 무척 미남자로 생긴 윤형을 볼 때마다 공연히 뛰는 마음을 다잡은 그녀는 무표정하게 서 있으려고 노력했다.

게다가 정말로 그날 일은 기억도 안 나서 억울한 기분이기도 했다. 사장이 저를 그런 여자라고 오해하는 거야 어쩔 수 없는 부분이라고 생각하면서, 예원은 갖은 운동으로 다져졌다는 탄탄한 몸을 보고는 괜스레 그날 엎드려 있던 그를 떠올렸다.

이럴 줄 알았으면 한번 몸을 찔러보기나 할걸, 같은 쓸데없는 생각을 하는 예원의 머리 위로 윤형의 웃음소리가 들렸다.

"지금 오해하는 것 같아서 말해주는데, 내가 책임져야 하는 상황이 아닙니다."

"네?"

"예원 씨가 날 책임져야죠."

윤형의 말에 놀라서 말도 튀어나오지 않은 예원은 버벅거렸다.

"제, 제가요? 어째서……."

"제 처음이었거든요."

설마 이 다 큰 남자가, 그것도 갖은 사고를 수반하고 다닌다는 이 남자가 자신에게 저런 농담을 진담처럼 하는 건가 싶어 예원은 다시 입을 열었다.

"농담이 너무 지나치신 것 같네요."

"농담이 아니라 진담인데. 그래서 대답은 뭡니까."

"그 책임이라는 게 뭔지 알 수 있을까요."

"아마도."

윤형의 말은 평소와 달리 너무 느긋하고 느렸다. 그게 답답해서 예원의 시선엔 어느새 불만이 가득 서려 있었다.

"사귀거나."

"진심…… 은 아니시죠?"

"사귀거나."

윤형이 같은 말을 뱉어내자 예원은 저절로 인상을 찡그러트렸다.

"혹은 사귀는 거겠죠."

"반품……. 아니, 정말로 제가 괜찮습니다."

"제가 안 괜찮습니다."

"못 들은 걸로 하겠습니다."

예원이 걸음을 돌려 나가버리려고 했다. 그가 성큼 다가와서 붙들지만 않았으면 사장실을 빠져나가고도 남았을 것이었다.

"일은 그렇게 열심히 하는 사람이, 연애에 있어서는 도망 다니기 바빴나 봐요? 그래서 전 애인하고 헤어진 겁니까?"

도발에 가까운 윤형의 말에 결국 예원이 몸을 돌렸다.

"남의 상처 들쑤시면 기분이 좋으세요?"

조금 전까지 조심스러워하던 건 이미 까마득히 잊은 예원은 너무 담담하게 윤형을 상대하고 있었다.

그 모습에 그가 더 두 눈을 빛내고 있었다는 걸 모른 그녀는 다시 입을 열었다.

"책임, 그거 하면 되지 않습니까."

"오."

윤형의 입에서 감탄사가 나오자 예원은 자신이 실언했다고 곧장 정정하려고 했지만 이미 늦었다.

"그럼 퇴근하고 직원 통로에서 보죠."

윤형의 마지막 한마디에 예원은 스스로 무덤을 팠다고 생각했다. 이런 남자, 돈 많고 잘생긴 데다가 스캔들메이커인 이런 남자랑 엮어서 도움이 될 게 없다는 생각에는 변함이 없었지만 탐나는 떡이긴 했다.

한번 화가 나면 생각하지 않고 말하는 버릇을 고쳐야지 하면서도 안 고친 게 이렇게 화가 될 것이라고는 생각 못 했던 예원은 속으로 앓았다.

예원의 반응이 생각보다 재미있어서, 윤형은 더 즐거웠다. 그녀는 그의 생각처럼 정말로 화사한 빛 같았다.

그게 그의 시선을 사로잡았던 예원의 모습이었으니까, 그 모습들이 어디 가지 않았으리라고 생각했다.

"어딜 그렇게 급하게 갑니까."

윤형은 이미 직원들이 퇴근할 때 나오는 통로 밖 입구에서 예원을 기다리고 있었던 중이었다.

쏜살같이 백화점을 빠져나가려는 예원을 보자마자 그는 말을 붙였다. 그 말에 이내 삐거덕거리듯 움직이는 예원을 본 그는 웃음을 터트렸다.

"나랑 마저 얘기해야죠."

"그…… 저는 할 얘기가 없다니까요."

청원피스를 입고 선 예원은 백화점 내에서와 달리 머리를 푼 상태였다. 그가 바에서 본 예원도 머리를 반쯤 풀어놓은 상태였었다.

"머리 푼 것도 잘 어울리네요."

윤형은 그저 본 그대로 말했을 뿐인데 예원의 얼굴이 붉게 달아올라서 아주 잠시간 그는 당황했다.

"예원 씨는 생일 언제입니까?"

"네?"

"생일이 언제냐니까요."

"……그건 왜요?"

"음……."

열 살짜리 어린 소년이 좋아하는 소녀에게 애정을 표현하는 방법으로 장난을 택한 것처럼 윤형은 거리낌 없이 그걸 택했다.

"누나."

그의 얼굴에는 이미 장난기가 가득 돌고 있었다.

"네…… 에?"

예원의 놀란 소리가 크게 튀었다.

"오늘 바빠요?"

"아, 야…… 약속이 있어서요."

"아. 약속."

"네. 약속이요. 이건 진짜로 가야 할 약속이라……."

"어딘데요."

윤형은 당황해서 마구잡이로 말을 뱉어내는 예원을 말리지 않았다.

자신이 무슨 말을 하고 있는지 자각하지 못하는 게 분명했다.

"강남역이요."

"마침 잘됐네요. 나도 거기서 선약이 있었는데. 이동하면서 얘기하죠."

"손부터 좀 놓고……!"

윤형은 걸음을 옮기다가 예원의 말에 손을 놓았다. 그러자 손목을 움켜쥐고는 저를 노려보는 한 쌍의 시선을 마주할 수 있었다.

"아팠어요?"

"당연한 거 아니에요? 그렇게 꽉 잡고 계시는데."

"아, 나는 예원 씨가 자꾸 도망치길래 그랬죠."

"아무리 그래도 어차피 내일 출근하면 보는데요. 저 말리시려고 작정한 거죠?"

아무래도 자신의 피를 버석버석하게 말려버리려는 거 같다는 웅얼거림에 윤형은 종잡을 수 없는 예원의 반응이 즐겁기만 했다.

"일단 이동하죠."

윤형은 예원을 이끌었다. 주차장에 가서 보조석에 태울 때에도, 차를 출발시킬 때에도 한마디를 하지 않던 그가 조용한 차 안에서 입을 열었다.

"그래서 어떻게 책임질 건지 말해봐요."

"저……."

"가지 말라고 나 붙든 것도 예원 씨였고, 잘해준다고 못 믿냐면서 못 가게 막은 것도 예원 씨였는데……. 그리고 보니 예원 씨는 약속을 잘 안 지키는 편이었죠? 아무리 그래도 이렇게 모른 척하는 건 안 된다고 생각하는데."

"제가요? 제가 그럴 리가……. 그리고 사장님."

예원은 조심스럽게 그를 불렀다. 앞을 보는 것에 집중하는 남자를 훔쳐보는 건 그리 어려운 일이 아니었기에 예원은 조심스럽게 입을 열었다.

"이거 되게 막무가내예요."

"뭐가요."

"지금 사장님이 저한테 하시는 거요."

예원은 그냥 넘어가면 안 될 부분이라 반드시 짚어야겠다고 생각했다.

"내 소문 못 들었어요?"

윤형의 물음에 예원은 입을 다물었다. 소문이야 많이 들었다. 여자가 여러 차례 바뀌고, 꽤 유명인들과 어울려서 매번 SNS에 등장하는 단골손님이라는 것쯤은 이미 알고도 남을 사실이었다.

"나 지금 엄청 공들이는 거예요."

"아⋯⋯. 예."

네가 그럼 그런 거겠지. 예원의 대답은 다분히 그런 의도를 내
포했다. 매우 귀찮으나 대답은 해주겠다는 의도가 다분한 그 소리
에 윤형이 다시금 웃었다.

"정말로 좋아서 이러는 거니까, 대답 좀 해주지 그래요?"

윤형의 말에 예원은 이제 진정된 숨을 크게 한 번 내쉬고는 여
전히 생글거리는 그를 바라봤다.

들리는 소문이야 가득했는데, 어째서 예원이 윤형에 대한 이야
기를 단 한 번도 듣지 못했겠는가.

그녀도 듣는 귀가 있는데, 윤형에 대한 이야기는 무수히 잘도
들었다. 성격이 개차반이라던데⋯⋯.

어째서 이렇게 신사인 척 구는 건지. 도통 알다가도 모를 일이
라며, 예원은 윤형이 듣지 못했다고 할 수 없도록 마치 아나운서
같은 발음으로 말을 하기 시작했다.

차라리 그냥 개차반같이 행동하면 나을 거라는 생각을 하면서
도 예원은 쉽게 대답을 내어놓지 못했다. 책임이라니⋯⋯. 정말 그
걸 바라는 건가 싶기도 하지만 변덕이 아닐까 싶은 그녀는 윤형의
입을 먼저 막고 싶었다.

"대략 이런 말을 했었는데⋯⋯. 누나가 잘해줄게. 누나 못 믿어? 가
지 마. 누나 오늘 실연당했어. 나 좀 위로해줘. 그리고 또 뭐더라⋯⋯.
아, 그 말도 했네요. 원하는 거 내가 다 해줄게."

"사장님. 제발 좀⋯⋯!"

"벌써 몇 주째 모른 척하는지 생각 좀 하고 말해보죠? 난 꽤 열심히 참았다고 생각하는데. 아닙니까."

윤형의 시선이 장난꾸러기 같은 웃음에서 벗어나 조금은 야살스러워져 있었다.

"그럼 남자친구랑은 왜 헤어졌어요?"

"바람피웠어요."

"누가?"

"당연히 남자친구죠!"

예원이 억울하다는 듯 소리를 높이자 윤형이 기쁘다는 듯 입을 열었다.

"저랑 만나려고 헤어진 거죠?"

"사장님……!"

결정적인 요인으로는 물론 남자친구의 바람이 꼽혔다. 하지만 오랫동안 만나고도 결국 용서해주지 못한 건 따로 있었다. 그 이유를 굳이 꼽자면 민준의 생각과 사고방식이었다.

사실 예원도 민준과 슬슬 한계라고 인지하고 있었다. 여자가 사회생활을 해서 승진하는 걸 두고, 그것도 빠른 승진을 두고서 뒷말을 하는 걸 알면서 좋아했던 마음들이 저절로 정리가 됐다.

그 점을 잘 인지하고 있었기에 그동안 헤어졌다 만나기를 무수히 반복했던 것이었다. 하지만 윤형을 만났던 그날, 만난지도 몰랐던 그날, 예원은 남자친구와 완벽하게 이별했었다.

그래서 더 충격일 수밖에 없었다. 무슨 정신으로 모르는 남자와 섹스를 하는 걸 좋다고 했는지 저 자신도 알고 싶은 심정이었다.

"남자친구 하라면서요. 그래서 한다고 했더니, 아는 척도 안 하는 건 어디서……"

"제발 그 망할 입 좀 다물어주시죠?"

예원이 악다문 입으로 말을 뱉어내고서도 윤형을 째려봤다. 하지만 그의 얼굴에 미소가 만연해 있는 걸 보고선 전의를 상실했다.

"사장님."

"윤형 씨라고 해요."

"사장님 진짜 얼굴에 감사하세요."

예원의 말에 윤형의 두 눈이 크게 떠지더니 이내 차 안엔 그의 웃음소리가 가득 번져갔다.

"감사해야 해요. 정말이에요."

"네, 감사해야겠네요."

"이렇게 남을 때리고 싶은 적이 없었는데, 전의를 상실하게 하네요."

댁의 그 얼굴에 전의를 상실했다는 말을 하는 예원은 저도 제정신이 아니라고 생각했다.

"누나."

"제가 왜 누나예요?"

"서류 보니까 2월에 생일이던데. 맞죠?"

"네. 그건 맞는데……"

"그럼 내가 12월에 생일이니까. 누나죠, 누나."

장난기 가득한 윤형의 말투에 예원은 두 손을 들었다. 이제 뭐가 됐든 발을 빼긴 어려워 보였다.

제다가 제정신이 아닐 때 실언을 했다고는 해도 이미 윤형에게
뱉은 말이 있어서 예원은 잠자코 그가 하는 다음 말을 기다렸다.

"비밀로 해주면 되죠?"

"네?"

"소문 안 나게 비밀연애 하면 되는 거 아닙니까."

"와……. 사귀는 건 포기 안 하시네요?"

"당연하죠. 책임져준다는 여자가 어디 흔해야 말이죠."

윤형의 말에 입을 떡 벌리곤 놀라던 예원은 자신의 상태를 자각
하고서 입을 다물었다.

하여간 이길 수가 없겠다 싶었다. 이기려면 어떤 방법을 강구해
야 하나 고민하던 그녀는 결국 포기했다.

저 얼굴로 끼 부리면 당할 수 있는 사람이 별로 없겠다는 것이
끝내 내린 결론이었다. 굉장히 어이없는 결론이지만 맞기도 했다.

잘생겼다는 배우들 옆에서도 꿀리지 않는 남자가 아닌가.

"찍어요."

그가 휴대폰을 내밀고는 다시 차를 몰았다. 신호에 걸려서 잠시
멈춰 있었던 차가 움직이자 예원의 시선도 따라서 흔들렸다.

"이게……."

"내 휴대폰이고, 이따가 예원 씨 약속 끝나면 집에 데려다주려
고 하니까."

"네?"

"사실 약속 없어요."

그럼 대체 왜 약속이 있다고 한 거냐고 따져 물으려는 예원을

미리 알아차린 윤형이 그녀보다 빨리 말했다.

"이렇게 안 하면 대화 안 할 거지 않습니까."

"아, 아무리 그렇다고."

"이럴 수 있죠."

"약속 있다는 장소랑, 대충 끝날 것 같은 시간 찍어요."

"아, 사장님."

"윤형 씨."

호칭을 정정해주려는 윤형의 노력에 결국 예원은 어물거리면서 그의 이름을 불렀다.

"윤형 씨, 오늘은 그냥 가세요."

예원이 그를 만류하고 나섰다. 하지만 소용이 없어 그녀는 조용히 호프집 이름만 찍었다.

찾을 테면 찾아보라지 싶은 심술 난 마음이 있었기 때문에 그 호프집이 강남역에만 5호점까지 있다는 사실은 쏙 숨겼다.

"그럼 이따가 보죠."

그가 예원을 강남역 11번 출구 앞에 내려주고는 사라졌다. 차가 사라진 방향을 빤히 보던 예원은 고개를 붕붕 흔들었다.

내가 술을 또 마시면 사람이 아니다. 다짐에 다짐을 거듭하면서도 약속 장소가 호프집인 게 몹시도 불안했다.

마시고 싶다고 맥주 한잔 입에 대면 어쩌나 하는 극도의 불안감과 될 대로 되라는 마음이 서로 상충하고 있었다.

2.

"신서주! 여기!"

예원은 미리 도착해서 안주를 시키고는 콜라를 시켰다.

"웬 콜라? 술집에선 술을 마셔야 한다는 애가 뭔 바람으로 콜라래?"

서주가 맞은편에 앉으면서도 예원에게 강한 의구심을 피력했다. 결국 그녀는 십년지기 친구에게 사실을 털어놓을 수밖에 없었다.

"그때 나 감쪽같이 사라졌던 날 있잖아."

"아, 그놈하고 완전히 쩍 갈라진 날?"

"어. 그날."

"그날은 왜?"

"그날 같이 있었던 남자 찾음."

예원의 간결한 말에 서주가 그대로 몸을 굳히고는 앞에 놓인 생맥주 잔을 집어 들었다.

"누군데?"

"서윤형."

"……서윤형? 내가 아는 그 서윤형? 그 미쳐 날뛴다는 해원그룹 막내아들? 레알?"

멍하니 콜라를 홀짝이던 예원을 보고 서주는 혀를 내둘렀다.

"미쳤네. 그 개…… 개새끼라고?"

"어."

"근데 너네 백화점 사장으로 왔다고?"

"어. 네가 생각해도 미쳤지? 응? 내가 왜 그랬지? 돌아버릴 거 같아. 나 그래서 앞으로 술 안 먹을래."

결국 테이블에 엎드려 절망하고 있는 예원의 머리 위로 서주의 스산한 음성이 들렸다.

"그러게 작작 좀 퍼 마시라고 했지?"

"그 멍멍이 말이야. 여자 이슈 하나만큼은 어마어마하지 않았나?"

"그치. 루머가 어마어마하지."

"성격도 개…… 가 따로 없다던데……."

서주의 말에 예원은 이제 대꾸할 기운마저 싹 빠져나간 느낌이라 고개만 끄덕였다. 진짜 자신이 서윤형, 그에게 그랬을까 싶다가도 술에 절어 있는 자신은 믿을 것이 못 된다는 걸 알기에 입을 다물었다.

술버릇이 따로 있는 건 아니지만 보편적으로 얌전히 자는 편이었는데, 그날 왜 그랬을까. 예원은 후회로 가득한 한숨을 턱턱 뱉어냈다.

"그놈의 술."

"그래서 회사 그만두게?"

"미쳤니. 내가 이 좋은 회사를 그만두게."

게다가 아등바등 차장까지 승진하느라 고역도 그런 고역이 없었던 예원은 무슨 일이 있어도 그만두지 않으리라 다짐하고는 콜라를 한 모금 더 입 안에 털어 넣었다.

"그럼? 그때 네가 말했던 니네 사장이 찾는 여자 너겠네?"

"어. 소문 진짜 잘 났어. 난 줄은 모르는데, 그 사람이 찾은 모양이었더라고. 그래서 백화점 내에 근무하는 묘령의 여직원을 두고 신데렐라를 만들고 있더라고. 그 인간을 얌전하게 만들 열쇠라나 뭐라나. 다들 아직 난 줄은 몰라. 알면 어쩌지? 응?"

"단체로 미쳤네."

그중에 제일 미친 건 서윤형이라고 말하려다 예원은 그가 애교까지 부렸던 걸 말하면 서주가 회사를 그만두라고 하루에 열 번은 더 전화로 닦달할 것 같아 입을 다물었다.

"안 되겠다. 오늘은 일단 나랑 마시고."

"야! 넌 지금 술 먹고 사고 쳤다는 친구한테."

"오늘은 내가 24시간 가드해줄 테니까 먹어. 안 그래도 심란한데, 먹고 집에 가서 2차 하자."

예원이 입술을 삐죽거리면서도 서주가 주문한 맥주를 홀짝였다. 그런 예원을 보던 서주는 혀를 끌끌 차면서도 착실히 더 주문을 해주기를 반복했다. 이런 날 안 먹으면 언제 먹느냐는 것이 주된 이유였기 때문에 예원도 맥주를 말없이 홀짝거렸다.

시끌시끌한 호프에서 예원은 가장 크게 한숨을 내쉬고 있었다.

"그래서 어디 땅 꺼지겠냐."

"나 어쩌지?"

"도대체 술 마시고, 그 멍멍이한테 뭐라고 했길래 그런 말을 해? 나도 좀 알자. 어?"

그래야 속이라도 시원하겠다는 서주에게 예원이 오늘 서주와 만나러 오기 직전 들었던 말을 떠올리다 다시 하얗게 질렸다.

'누나가 잘해줄게. 누나 못 믿어? 가지 마. 누나 오늘 실연당했어. 나 좀 위로해줘. 그리고 또 뭐더라……. 아, 그 말도 했네요. 원하는 거 내가 다 해줄게.'

듣기만 해도 미칠 것 같은 그 말을 기억하고 있는 네가 더 이상하다고, 소리라도 지르고 싶었지만 예원은 저가 지은 죄는 알기에 윤형의 앞에서 입을 다물었다.

"그게……."

"뭔데? 어?"

"누나 못…… 믿어?"

서주가 일순 얼굴을 굳히는 것을 본 예원은 다시 한숨을 폭 내쉬었다. 아, 정말 자신은 망한 거다.

망하자고 그런 짓을, 그런 인간을 상대로 한 거지. 아니고서는 그럴 리가 없었다. 남자친구랑 헤어졌다고 세상이 무너지는 것도 아닌데, 대체 저가 왜 그랬을까.

망했다는 생각에 한숨만 내쉬는 예원에게 서주가 웃음기 가득한 목소리로 말을 건넸다.

"그 멍멍이가 좀 어려 보이긴 하지."

"……너 얼굴 알아?"

저도 얼굴은 모르고 있던 해원그룹 막내아들 얼굴을 알고 있는 서주가 신기해서, 예원이 답삭 고개를 들었다.

"어. 저번에 웬 클럽에서 노는 거 누가 사진 올렸던데? SNS에 올라온 그 사진의 주인공이 걸그룹이었지만 뒤에서 놀고 있던 잘생긴 남자. 그거 서윤형이더만. 다 그러던데? 해원그룹 막내아들 서윤형이라고."

이 순간만큼은 정말로 SNS를 하지 않는 자신을 한 대 때리고 싶은 기분이기까지 한 예원은 금방 다시 시무룩해지고 말았다.

때리든 뭘 하든 이미 물은 엎질러졌는데, 어떻게 하나.

"근데 아무리 어려 보여도 그렇지. 누나 못 믿어…… 라니. 네 무덤 네가 팠구나."

애도의 시선을 보내는 서주를 붙들고 더 이상 하소연도 할 수가 없었던 예원이 맥주만 더 홀짝이며 어떻게 할지 고민했다.

예원은 책임지겠다고 했던 요망한 제 입을 꿰매놓고 싶을 지경이었다.

"근데 말이야, 그 멍멍이가 정신을 차리고 정착을 한다면 괜찮을 것도 같은데?"

"미쳤니. 나는 그 막장 드라마 속에서 나오는 여자주인공 역을 맡고 싶은 생각이 없다. 해원그룹이 뉘 집 멍멍개 이름도 아니고."

산 넘어 산.

딱 그 표현이 어울리는 관계가 될 것이 뻔한데 뭐하러 시작하고, 뭐하러 의논이라는 걸 한다는지. 그런 불필요한 신경은 쓰고 싶지 않았던 예원이었다.

그때였다.

"혹시 그 멍멍이, 접니까?"

홀짝.

술잔을 기울이던 예원이 그대로 굳어서 이도저도 하지 못하고 있자, 서주가 더 굳은 얼굴로 저를 바라봤다.

"술 먹고 저랑 사고 치고 또 술이 들어갑니까?"

딱 예원의 표정이 윤형에게 대신 대답해주고 있었다. 아주 잘 들어가서 미쳐버릴 것 같다고…….

"그만 술잔 내려놓죠? 누나?"

"아 진짜! 그놈의 누나 소리, 그만 좀 하면 안 돼요? 네?"

"지은 죄가 가볍지는 않을 텐데. 대체 그날 아침에 옆에 있는 사람은 신경도 안 쓰고 달랑 버리고 가는 생각은 어떻게 하면 할 수 있는 겁니까?"

예원은 윤형의 말에 다시 입을 꾹 다물었다가 문득 그가 어떻게 이곳에 있는지 이해가 가지 않아 입술을 달싹였다. 분명 호프집 이름만 줬는데 대체 어떻게 찾은 건가 싶었다.

"근데…… 사장님이 여긴 어떻게……."

"이 호프집이 굉장히 많아서…… 강남역에 있는 같은 이름의 호프집 다 들렀습니다. 덕분에 구경 잘했어요."

윤형의 말에 서주가 문자 그대로, 당황해 머릿속에서 떠오르는 말을 아무거나 뱉어냈다.

"헐. 미친. 진짜 개……."

개였어, 라고 웅얼거리는 서주를 본 윤형이 그중에 가장 밝게 웃고 있었다.

윤형의 즐거운 음성에 예원은 단단히, 그것도 제대로 잘못 걸렸음을 직감하고는 입을 열었다. 이 남자가 여기까지 온 건 제 탓도 있었다.

"사장님."

"네."

얌전한 학생처럼 저를 바라보는 윤형에게 예원이 입을 열었다.

"진짜, 제가 그랬어요?"

"물론."

"그래서 억울하신 거예요?"

"억울하죠. 내가 얼마나 고이 모셔드렸는데."

'고이 모셨죠, 호텔까지.'

예원이 차마 하지 못한 말을 목구멍 안으로 삼켜내고는 어색하게 웃었다. 그 호텔까지 가게 만든 것도 저였으니까.

술에 취한 자신은 믿을 사람에 속하지 못했으니 분명 그랬을 것이었다. 예원은 속으로 침음을 삼켜냈다.

"나 근데 그거 마음에 드는데."

"뭐…… 가요?"

"멍멍이. 개새끼보다는 훨씬 괜찮지 않나? 귀엽기도 하고."

멍멍이, 그 단어가 그를 지칭하는 순화된 표현이라는 걸 알면서도 마음에 든다고 하는 윤형을 보는 예원은 뜨악할 수밖에 없었다.

예원은 서윤형을 이해하기 힘들 것을 깨달았다. 이 남자는 그냥 이해보다는, 상식 밖의 생각과 행동을 잘하는 그런 인간인 거다.

그러니까, 제가 지금 그런 인간의 눈에 어쩌다가 100만분의 1의 확률 정도로 걸린 거고.

"사장님."

"아까부터 부르기만 하고 왜 말을 안 해요?"

"정말로, 멍멍이네요."

예원이 어이가 없으면서도 나쁘지 않은 느낌에 웃고 말자, 윤형의 입가에 그보다 더 진한 미소가 걸렸다.

"그렇죠? 최예원 씨만 따르는 멍멍이."

윤형이 좀 전보다 더 기꺼운 얼굴로 환하게 웃더니, 입을 벙싯 거렸다. 그 움직임이 무얼 말하는지 읽어낸 예원의 얼굴이 순식간에 와작 구겨졌다.

'누나.'

저놈의 누나 소리. 두 번 다시 안 들으려면 어떻게 해야 하는 건지, 알기만 한다면 뭐든 하고 싶은 기분이기까지 한 예원이 다시 맥주만 홀짝였다.

예원은 술기운을 빌려서 슬쩍 협상을 시도했다.

"누나 소리 어떻게 하면 안 하실 건데요."

"사장님 소리 안 하면 안 할게요."

같은 서른셋인데, 어째서 제가 누나라는 말인가. 예원이 억울해 입을 달싹이려고 하자 즐거운 기색이 가득한 윤형이었다.

"그래도 그 누나 소리 좀 안 하면 안 될까요? 나이도 같은데 생일 빠르다고 누나인 게 어디 있어요."

"제 생일이 12월이라. 그러니까 2월이 생일인 최 차장이 누나가 맞는 거죠."

"그거 되게 이상한 계산법인 거 아시죠?"

"거의 열 달 차이인데, 누나 소리 듣는 거 싫어요?"

"……네. 싫은데요."

그럼 누가 '누나' 소리를, 그것도 덩치가 산만 한 남자에게 듣고 싶겠느냐. 그렇게 소리를 치려던 예원은 입을 꾹 다물었다.

"그럼 좋은 방법 있는데, 해볼래요?"

그가 마치 좋은 제안을 건네듯 달큼하게 말했다.

"윤형 씨, 라고 불러봐요. 그럼 예원 씨라고 부를 테니까."

예원은 윤형의 말에 입을 딱 벌리고 싶었다.

그러니까, 그녀가 들었던 그 소문들 중 절반 정도는 사실이고 절반은 거짓이 아닐까 싶었던 생각은 지금부터 아예 씻은 듯 사라지게 되었다.

"선수네요."

"이런 걸 가지고 뭘."

"이거 칭찬 아닌데."

"것도 알지만, 해보죠?"

끝끝내 입에서 떨어지지 않는 그의 이름을 두고 예원은 결국 맥주를 택했다.

그런 예원의 옆에 앉아 있던 윤형이 더없이 다정한 소리로 물었다.

"주말에 뭐 할 겁니까."

"아무것도 안 할 건데요."

"그러지 말고 나랑 노는 건 어때요? 누나?"

윤형의 말에 예원은 결국 이를 바득 갈았다. 상사만 아니라면, 백화점 사장만 아니라면 진작 어떻게든 했을 텐데…….

먹고사는 게 뭐라고, 예원은 참을 인을 마음에 다시 그려 넣으며 입을 열었다.

"근무 시간도 끝났고. 사장 대 직원 직함 좀 떼도 될까요?"

"물론."

후폭풍이 있을까 두려운 마음이 조금은 있었지만 예원은 일단 시작한 것, 끝을 보자 싶어 먼저 운을 뗐다. 게다가 술도 마셨으니 나중에 뭐라고 하면 기억 안 난다고 발뺌해보자는 생각도 깔려 있었다.

"너 말야. 아니, 대체 나한테 왜 이래? 미쳤어? 원나잇이라며. 나는 기억도 안 나는 그 원나잇에 왜 내가 이렇게 발목을 잡혀야 하냐니까?"

"……더 해봐요."

윤형의 시선이 과하게 반짝거렸다. 흥미로운 것을 보는 듯한 그 시선에 예원은 제가 무슨 짓을 해도 저 남자에겐 재밋거리가 될 수도 있겠구나 싶어 입을 다물었다.

하지만 윤형은 무척 즐겁다는 듯 웃고 있었다. 맞은편에 앉아 있던 서주의 얼굴은 이미 과할 정도로 일그러져 있었다. 예원은 그런 친구를 속으로 욕하고 말았다.

서주의 일그러트린 얼굴은 웃음을 참고 있느라 그런 것이기 때문이었다.

"기억해봐요. 내가 후회할 거라고 한 다섯 번쯤은 말한 거 같은데. 게다가 이러면 나는 억울하지."

"네?"

"내가 아무리 그래도 술 취해서 경황이 없는 여자 건드릴 정도로 몹쓸 인간은 아닌데."

"그럼 그날 아침에 제 옆에 누워 있던 건 사장님이 아니라 사장님 쌍둥이라고 하고 싶으신 겁니까? 제가 정신이 없었어도 그건 기억하거든요. 침대에 엎드려서 누워 있던 남자."

파르르 떨면 떨수록 윤형이 더 좋아하고 있다는 사실을 미처 깨닫지 못한 예원은 윤형이 좋아하는 반응을 보였다. 하지만 그럴 때마다 윤형이 묘하게 웃는다는 걸 안 예원은 그가 그럴 때마다 입을 꾹 다물었었다.

솔직히 예원은 윤형에게 어떻게 반응해야 하는지 잘 모르겠어서 더 걱정이었다. 그가 싫은 건 아닌데, 그렇다고 잘 모르는 사람을 덥석 만나는 것도 좀 그랬다.

아니, 좀 이상했던 건 그날이었다. 원나잇을 했었던 날 옆에 있던 그를 두고 쏜살같이 룸에서 나왔던 그날.

어쩐지 도망치는 느낌이었지만 당황해서 생각하지도 않고 곧장 밖으로 나왔었다. 생각에 생각을 더하던 예원을 윤형의 음성이 현실로 불러들였다.

"원래 술버릇이에요?"

"무슨……."

예원은 점점 저가 더 알지 못하는 이야기를 하는 윤형을 가만히 들여다봤다.

덩치도 크고 강한 인상이었지만, 유쾌한 남자였다. 사실 아무 말 없이 앉아만 있을 때에는 몰랐는데 말하면 할수록 커다란 개가 애교를 피우는 느낌이랄까.

뭔가 어울리지 않을 것 같은 서윤형과 애교의 조합에 당황한 적이 한두 번이 아니었었다.

"내가 여자한테 그런 고백을 들어볼 줄은 몰랐는데. 나 그거 듣고 그냥 금사빠 하기로 했지 않습니까."

"예?"

"금사빠 몰라요? 금방 사랑에 빠지는 사람. 왜, 오늘 데려다주면서 말해줬잖아요."

윤형의 말에 예원은 혼이 빠져나가는 기분이었다.

"잊어주시면 안 될까요. 그건 제가 아니라 술에 먹힌 제가 한 짓이니까……."

제발 잊어주세요.

예원이 간절한 표정으로 윤형을 바라보며 차마 잇지 못한 말을 삼켜냈다.

"그렇게는 못 하겠다니까. 그때도 이렇게 말했는데……. 그러게

간다는 사람을 왜 삼십 분이나 붙들어서. 내가 말했지 않습니까."

윤형의 시선이 조금 전 보였던 장난기를 지우더니 예원을 뚫을 듯 날카롭게 빛났다.

"난 원나잇은 안 한다고."

윤형의 말에 결국 예원이 깊게 침음했다. 맙소사, 기절할 수만 있다면 딱 지금이었다. 제발 떠오르지 않는 기억을 억지로라도 끄집어내고 싶은 심정이기까지 했다.

하지만 완벽하게 블랙아웃된 기억을 어떻게 되살린다는 말인가. 도무지 방도가 없었다. 예원은 결국 어색하게 '하, 하.' 웃을 뿐이었다.

그런데도 술을 또 마시고 있으니. 더 우울해진 예원은 고개를 푹 숙이고 말았다.

사람이 무슨 죄냐고, 술을 탓해달라고 말해봤자 안 먹히는 상대다. 그리고 그녀 역시 그를 밀어내는 이유 중 하나가 그의 소문, 그리고 그의 배경이었다.

진짜 얼굴하고 몸, 그리고 성격적인 부분은 적어도 그녀의 취향이기는 했는데……

아쉬운 마음을 담아서 예원은 다시 맥주를 한 모금 더 들이켰다.

"집에 갈래요?"

윤형의 물음에 예원이 고개만 도리질 쳤다. 사실 예원은 연거푸 맥주를 마신 탓에 얼굴이 발그레해진 상태였다.

그게 취했다는 전조증상이라는 걸, 이미 겪어서 알고 있는 윤형이 혀를 찼다. 이러니 안 올 수가 있나.

"이러니까 눈을 못 떼겠네."

곁에 서주가 있다는 걸 아는지 모르는지, 그는 오로지 예원만이 보이는 것처럼 행동하고 있었다.

달콤한 목소리가 테이블에 내려앉기 시작한 게, 정확히 예원이 취기가 돌기 시작하면서부터였다.

"너무 귀엽잖아요."

서주가 미쳤다고, 둘 다 제정신이 아닌 거 같다고 웅얼거리는 걸 알면서도 윤형은 예원이 매우 사랑스럽다는 듯 입을 열었다.

시선은 여전히 예원에게 박힌 채로, 그는 어딘가 기대고 싶어하는 예원을 보고는 장난스럽게 웃고 있었다.

"언제부터 이렇게 귀여웠어요?"

낯간지러운 말, 이렇게도 잘하는 성격이었다. 윤형은 스스로에게 새삼 신기한 기분이었다. 하긴 상대가 예원이라면 못할 것도 없겠다 싶어 여전히 웃는 낯이었다.

"아. 오늘도 가지 말라고 해주면 엄청 좋을 거 같은데……. 오늘은 아니에요?"

윤형이 예원의 볼에 입을 맞추고 싶은 충동을 억눌러냈다. 그는 고개를 흔드는 예원의 모습에 시원스레 웃고 말았다.

"착착 접어서 주머니 속에 넣어 다니고 싶어지는 중인데. 알까 모르겠네. 취하면 필름 끊겨서 기억도 못 하는 것 같으니 하자고 할 수도 없고."

윤형의 말에 서주가 여차하면 예원을 데리고 튈 요량인 듯 가방을 꽉 붙들고 있었다. 그는 그 모습에 픽, 웃어버리고는 예원에게 말했다. 하지만 시선은 서주에게 박힌 채였다.

"얌전히 집으로 가요. 친구가 잘 데려다줄 거예요. 그리고 내일 아침에 기억 좀 했으면 좋겠네. 전부. 나랑 있었던 기억 전부."

화를 내는 것도, 애원을 하는 것도……. 심지어 회사와 밖에서의 모습이 엄청난 차이를 보이고 있어도 윤형은 그 모든 것을 저 혼자만 알고 싶은 기분이기도 했다.

사람이라면 막는 법이 없던 그가, 처음으로 놓치고 싶지 않다고 생각했다.

"그리고, 내일 봐요."

윤형은 예원을 도닥이면서도 내내 나른하게 풀어져 있는 입매를 어떻게 하지 못한 채로 있었다. 늘 지어 보였던 그린 듯한 웃음이 아니라, 진심으로 터져 나온 미소가 커다란 남자를 말랑하게 보이게 만들 정도였다.

선글라스를 쓴 예원이 식탁에 머리를 박은 채로 깊은 한숨을 내쉬었다. 얼굴을 보는 게 무서웠다.

분명 윤형이 오고, 그와 이야기를 주고받은 기억이 있었는데 그 뒤가 없었다. 예원은 앞에 앉은 서주에게 구원의 요청을 하듯 시선을 보냈다.

"왜?"

"나 어제……."

"어. 가관이더라."

서주는 한 줄로 어제의 상황을 요약해버렸다. 사실 그도 그럴 것이 가관이긴 가관이었다.

말로 설명하자면 답답해서 미칠 것 같았지만 궁금해서 죽어버릴 것 같은 예원의 시선을 보고 있자니 마음이 약해지는 것이 사실이었다.

거의 반강제와 같은 협박에 못 이겨 예원을 데리고 택시에 탄 서주는 그가 보는 앞에서 예원의 집 주소를 부를 수밖에 없었다.

"야, 근데 의외더라. 그 문어발이 그럴 수도 있는 사람이었어?"

"응? 문어발? 그게 누구?"

예원이 그게 누구였나, 고민하는 사이 서주가 다시 답을 내어줬다.

"서윤형. 아주 미친 듯이 사랑스럽다는 얼굴로, 돌아버리겠다는 눈으로 널 보는데……. 딱 나도 그만치 손발이 없어질 것 같아서 죽겠던데?"

예원은 서주의 말에 놀라 두 눈을 휘둥그렇게 떴다.

"거의 협박 수준의 말을 내가 들을 줄은. 것도 널 챙기다가 들을 줄은 몰랐다. 참 나."

"어……?"

멍한 예원의 정신을 번쩍 깨운 건 정말이지 서주의 말이 한몫 단단히 한 것이었다.

"곧장 널 집으로 데리고 가고, 혼자 재우지 말고……. 또 뭐랬더라. 아, 오늘 아침 11시까지 이리로 올 테니까 잘 데리고 있어라?"

멍한 예원의 얼굴을 마주 보고 있던 서주가 다 내린 드립커피를 머그잔에 담아 건네고는 개운한 얼굴로 웃고 있었다.

"박민준 그 쓰레기 같던 놈에 비하면 아주 귀엽고, 양반이던데? 물론 소문대로라면 여자 문제가 엄청나지만."

그래, 그 여자 문제…….

예원의 발목을 붙드는 가장 강력한 폭탄이었다. 여자 문제라니. 쓰레기 같던 박민준보다 더 어려운 난제였다.

"우선 좀 씻어. 지금 10시다?"

10시라니, 무슨 말인가. 고민하던 예원은 아연한 얼굴로 이내 서주를 바라보고 말았다.

"어. 그 멍멍이님이 오실 그 시간에서 정확히 한 시간 남았다고."

그럴 리 없겠지만 정말 오면 낭패였다. 예원은 상사이자, 하룻밤 상대였던 그를 어떻게 할지 고민하는 것보다 지금 같은 몰골을 보이고 싶지 않다는 생각이 강해 서둘러 몸을 움직였다.

저가 했던 행동들을 곱씹으며 이불을 차는 건 오늘 저녁에 해도 늦지 않았다. 당분간은 정말이지 금주를 하든, 술 근처엔 얼씬을 하지 않든 무슨 수를 내야 도리가 없을 것 같기도 했다.

"하."

"그렇게 해선 땅 안 꺼져. 게다가 행여 건물이 무너져도 서윤형이 너 하나쯤은 금방 꺼낼 기세던데?"

서주의 말에 예원은 드립커피를 한 모금 목 안으로 넘기고는 흐릿하게 웃었다.

"확인 사살 고맙다."

"뭘. 이쯤이야."

십 년째 친구도 저에게 이런 마당에, 무얼 바라겠는가. 예원의 한숨이 더 깊어졌다.

미치겠다. 돌겠다. 아니, 딱 이 자리에서 부끄러워서 숨고 싶다. 예원이 느끼고 싶은 감정은 너무도 다양했다.

"꼭 이렇게 사람 많은 곳으로 오는 이유가⋯⋯."

"여기 와본 거예요? 나름, 신경 써서 고른 곳인데."

"아, 아뇨."

예원은 오기는커녕, 이런 곳이 있는 줄도 몰랐다. 저에게 '누나'라고 한다든가, 장난을 치려고 하는 행동들이 아니면 윤형은 꽤나 인상이 센 편에 속하기도 했다.

"다행이네요. 사실 와봤으면 어쩌나, 고민 많이 했거든요."

"진짜로, 왜 저한테 이러시는 거예요? 여자라면 주위에 많으시잖아요."

예원은 거의 억지로 나온 길이 달갑지 않아 모난 소리를 툭툭 뱉어냈지만, 윤형은 여전히 싱글벙글이었다.

뭐 이런 경우가 다 있나. 잠시 방심하는 사이 윤형의 달큼한 음성이 예원의 귓가에 닿았다.

"여자 없는데요?"

"네? 그럼 그 소문들은 다⋯⋯."

유령이라도 되는 거냐는, 예원의 뒷말이 삼켜져 그에게 닿지 못했다.

"아. 오해를 하고 있는 거죠? 제가 그 많은 사람을 만나고 버렸다고?"

"그럼…… 아니…… 에요?"

예원은 거짓말은 받아들이지 않을 생각으로, 윤형을 바라보고 있었다. 하지만, 윤형은 여전히 웃기만 하고 있었다.

"그 사람들 전부."

"전부?"

"대부분은 의뢰인 연막인데."

"네?"

"음, 컨설팅 고객들이 아는 사람의 아는 사람인 경우가 많아서. 대충 파티에서 같이 어울리는 여자들하고 그런 척하는 거예요. 진짜 커플은 뒤로 가려주는 거죠. 회사 오너 스캔들을 덮는 것보다야 원하지 않는 스캔들은 피하게 만들어주는 게 더 낫거든요. 수습하는 건 영 성미에 맞지 않아서."

거짓말을 하는 것이라고 생각하면서도 예원은 진실한 시선을 보니 마음이 흔들려 다시 묻지 않을 수가 없었다.

몸에 배인 매너로 무장한 윤형의 앞에서 예원은 너무도 쉽게 경계를 무너뜨리기 시작했다.

"설마."

"보통은 설마가 진실인 법이죠."

"그럴 리가 없지 않아요?"

"음. 어떻게 해야 믿으려나……."

제법 진지하게 고민하는 윤형을 본 예원은 이제 헛웃음을 터트리기 직전이었다.

무슨 문제가 있는 건가. 아니면 정말 소문처럼 성격이 말도 못
할 정도로 개차반인 게 맞나.

예원이 여러 생각을 할 동안 윤형은 예원의 앞에 있는 앞접시에
피자를 한 조각 올려줬다. 또 물티슈가 필요하다고 생각한 건지 서
버에게 가져다줄 것을 요청해놓은 상태였다

생긴 것과 달리 꽤나 세심하기 그지없는 행동들이었다.

"월급쟁이 경영도 했었고, 프리랜서로 컨설팅도 했는데…… 두
경우 모두 오너의 스캔들, 그것도 치정과 관련된 건 회사에 도움이
되는 경우가 별로 없어서. 의뢰인들이 원하면 해주는 거죠. 같이
파티에 가고, 가서 여자들 만나서 수주 만났다는 이야기가 밖으로
새어 나가면, 그건 그냥 일회성이니까.

"그, 그래도 여자들이 좋아하니까 따라가는 거잖아요."

"와, 나 인정해주는 거예요? 나 잘생겼다고? 인기 많다고?"

예원의 말을 들은 윤형의 얼굴에는 가득 장난기가 번져 밝기만
했다.

예원은 이 남자가 여태 이용만 당했다는 말을 저에게 고백하는
건가 싶어 어리둥절했다.

"네. 네……?"

대답을 잘 하다가 놀란 예원이 두 눈을 동그랗게 뜨고 윤형을
보자, 그가 너무도 기꺼운 얼굴을 하고선 대소했다.

"정말 이렇게 날 보니까 미칠 것 같아요."

윤형이 이제 무슨 말을 하든 놀라지 않을 것 같았던 예원은 금

방 다음 말에 탄식하고 말았다.

"너무 귀여워서 심장이 아프잖아요. 이렇게 사랑스러운 얼굴을 하고 나에 대해서 알아봤다고 말해주면 너무 좋잖아요."

아직 놀랄 일은 많고, 서윤형을 제대로 알지 못했다는 걸 지금 이 순간부터 인정해야 여러모로 편할 것이라는…… 그런 생각들이 예원의 머릿속을 가득 채워나갔다.

"그럼, 그때 그 여자분은……? 그 클럽에서 찍혔다던 파티는……?"

예원은 멍하니 윤형에게 물었다. 시선이 저절로 그에게 닿자, 그가 하도 웃어서 입매가 아픈지 한 손으로 턱을 쓸어내는 모습이 보였다.

이야기하기 곤란한 건가. 예원은 그럼 조금 전에 말해준 것들이 사실이 아닌 건가 싶어 얼굴이 저절로 굳어져만 갔다.

"속은 괜찮아요?"

"말해주시기 곤란한 거면, 이만 일어나겠습니다."

"성격 엄청 급한 거 알죠?"

윤형의 말에 예원은 엉거주춤하게 멈춰 설 수밖에 없었다. 일어나려다 만 자세가 얼마나 우스운지, 알고 있음에도 당황해 멈출 수밖에 없는 예원을 윤형이 다시 앉혔다.

"그런데, 내가 어떤 호칭으로 불러주면 좋겠어요?"

"네?"

"누나? 예원 씨?"

"그…… 누나는 좀 어떻게 안 해주시면 안 될까요?"

예원의 애원하는 듯한, 그래서 울 듯한 그 얼굴에 다시 윤형이 눈꼬리를 곱게 휘며 웃음을 터트렸다.

"그럼, 사장님이라고 안 할 거예요?"

"아니……!"

"솔직히 말하면 ……예원 씨가 내가 관심 있어 하는 걸 싫어하는지, 아니면 좋아하는지 잘 모르겠거든요."

윤형의 말에 결국 예원은 얌전히 그의 앞에 앉아 뒷말을 기다렸다.

"내가 싫습니까?"

처음 봤던 그 모습 그대로였다. 예원은 순간 저를 놀리던 그는 오간 데 없이 사라지고, 그가 백화점에 첫 출근을 했던 그날.

그날 마주했던 서윤형이 눈앞에 있는 기분이었다.

"그건 아니지만……."

"그럼 내가 부담스러워요?"

"그 편에 더 가까운 것 같아요."

윤형은 솔직한 예원의 말에 기분이 좀 나아진 상태였다. 사실 아무리 그렇고 해도 보는 내내 도망가기만 하려는 예원의 행동이 모두 좋기만 한 것은 아니었다.

한 번쯤은 저를 당겨줄 때도 되지 않았나 싶었는데, 영 그런 것이 없는 여자였다.

"부담 안 주면, 올 거예요?"

"어딜요?"

아무런 의심을 하지 않은, 순진한 되물음을 할 때마다 윤형은 예원에게 장난을 치고 싶었다.

"내 품?"

"제가…… 요?"

"그럼 제가 지나가던 서버를 안고 있겠어요?"

무얼 상상하는 건지, 예원이 저의 말을 듣고 말갛게 웃자 결국 윤형은 예원을 따라 웃고 말았다.

처음 봤을 때부터 한입에 전부 다 먹어 치우고 싶을 정도로 마음에 들었다. 하지만 먹어 치우는 것은 나중에 하려던 그와 달리 그날 적극적이었던 건 예원이었다.

"정말 그렇게 해요?"

"네?"

지금 당장이라도 서버를 불러다가 안을 수 있다는 양, 그는 거리낌 없이 손을 들었다. 그 모습에 당황한 예원이 결국 윤형을 저지했다.

사실 그가 이런 행동들을 하는 건, 그 스스로가 아무렇지 않을 수 있어서도 그랬지만 예원의 당황한 얼굴이 보고 싶어서였다.

"이런 말 하면 정말 싫어할 수도 있을 것 같은데."

"무슨 말인데요?"

"대체 뭘 먹길래 이렇게 귀여워요?"

와작. 얼굴이 일그러지는 것마저 귀엽다. 윤형은 예원이 귀엽지 않을 곳이 없어 큰일이다 싶었다.

지금껏 해왔던 만남과 이별의 수순을 이 여자에게만 적용시키지 못할 것 같았다. 손에 넣지 못하면 안달을 내서 손에 들어와달라고 무릎이라도 꿇고 빌어야 하나, 깊은 고민을 붙들고 있는 그였다.

"대체로 저는 그런 말을 듣지 못…… 했는데……."

"다행이네요."

뭐가 다행이라는 건지, 알지 못하면서도 발그레 붉어진 얼굴을 숨기려 고개를 숙인 채로 있는 예원에게 그가 다시 말했다.

"귀여운 그런 행동들은 내 앞에서만 해요. 누가 볼까 걱정돼서 미칠 것 같았는데. 사실, 정말로 그렇게 동그랗게 눈을 뜨고 날 보면 당장 여기서 안고 싶어 돌아버릴 정도로. 딱 그 정도로 귀여워요."

그냥 미친 듯이 귀여워요, 라고 말하고 싶은 걸 참은 그는 나름대로 순화해서 말한 것이었다.

"하……. 저 놀리는 거 재미있으신 거죠?"

"조금쯤?"

"그럼 저랑 사……."

"멍멍이나 윤형 씨가 난 좋은데."

그는 어제 예원의 입에서 '멍멍이'라는 단어가 뱉어졌을 때 컨트롤이 되지 않을 정도로 눈이 뒤집히는 줄 알았었다.

세상에, 예원이 입술을 오물거리는 걸 보고 귀여워서 단번에 '멍멍이'라는 말이 좋아졌다. 세상에 그렇게 귀엽게 말할 수 있는 단어가 있다니.

"윤…… 형 씨가 저랑 뭐 한다고 소문만 안 내면……."

예원에게 점수를 그만 잃고 싶어 그는 착한 멍멍이처럼 온순한 태도를 고수하고 있었다.

"그럼 나랑 뭐 하는 겁니다."

"예?"

먼저 협상 테이블에 앉아놓고, 놀라기는 또 얼마나 잘 놀라는지. 윤형은 그런 예원의 모습에 혀를 내둘렀다. 이런 모습에 더 자신이 예원을 놀리고 싶어지는지 알지 못하는 거다. 그러니까 예원이 자꾸 이런 모습을, 빈틈을 저에게 보이는 거라고 생각했다.

윤형은 그렇게 생각하면서도 여전히 예원이 예뻐서 어쩌지 못하는 얼굴이었다.

"나랑 그런 거 해요."

"뭐요?"

예원이 호기심이 가득 일어난 얼굴로 저를 바라보자 그는 좀 전보다 더 환하게 웃으며 입을 열었다.

"애인이 할 만한 그런 행동."

"일단은……."

예원의 음성이 윤형에게 닿았다. 끈기 있게 기다리고 있던 그는 예원의 남은 뒷말을 들을 수 있었다.

"내일까지 고민해볼게요. 어차피 내일, 회사에서 보잖아요."

"그럼 내일 와서 대답해줄 거예요?"

"그 전에 대답 좀 해주시면요."

예원은 그녀가 아는 소문의 그가 아니라, 진짜 서윤형은 자신이 본 서윤형인 건가 싶었다.

"제가 왜 좋으세요?"

"예원 씨라서 좋은데요. 굳이 말하자면……. 밝게 웃는 모습도 좋고, 열심히 일하는 모습도 좋고, 지금처럼 할 말은 꼭 하는 모습도 좋아요."

그냥 다 좋다, 라는 말을 돌려서 하는 윤형의 대답에 예원은 내일 꼭 다시 대답해주겠다고 답했다.

윤형과 헤어지고 나서 만 하루를 고민한 그녀는 아침이 되자마자 다시 고민했다.

정말 그와 사귀는 게 잘하는 걸까. 사 년 동안 사귄 남자친구와 헤어진 지 얼마나 됐다고 벌써 남자를 만나나 싶던 예원은 자신의 나이를 떠올리고는 한숨을 삼켰다.

서른셋.

결코 적은 숫자가 아니었다. 사실 부모님도 걱정하시면서도 부담 주기 싫다고 아직까지 결혼 이야기를 꺼내지는 않았다.

그러나 그것도 남자친구가 있다니까 하시는 행동이지, 없다는 걸 아시면 곧장 선 자리를 들이밀 것이 분명했다.

그걸 피한다고 만나는 것도 아니라는 생각에 예원은 사장실로 올라가면서도 인상을 펴지 못했다. 하지만 윤형을 만나는 건 그런 단순한 이유 때문만은 아니었다.

소문과 달라도 너무 다른 서윤형은 예원에게 신선했다.

예의가 바르고, 저를 우선으로 생각했다. 지금껏 그녀는 그런 사람을 만나보지 못했었다.

늘 그녀가 챙기지 않으면 이어지지 않는 인연을 맺어왔기 때문이었다. 손끝과 발끝을 간지럽게 만들어주는 설렘을 가득 안기는 사람을 또 만날 수 있을까. 그런 생각을 하다 보니 결국 결론에 도달할 수 있었다.

"미진 씨, 사장님 계셔?"

"아. 네. 방금 들어가셨어요."

직원들이 많이 출근하기 전에 얼른 이야기하고 내려가려고 했던 예원은 한숨을 삼키고 서둘러 사장실 안으로 들어갔다.

"어……? 아침 일찍부터 왔네요?"

"네."

"그래서 나 긴장해야 합니까."

"아마도요."

예원은 잠시 얼굴을 굳혔다가도 금세 풀어버린 윤형을 마주 보고 서서 입을 열었다.

"사장님이, 저희가 만나는 걸 비밀로 해주겠다고 하시면요. 저는 누구와 다르게 회사생활 조용히 하고 싶어서요."

"원하는 대로 다 해줄게요."

"정말로 비밀로 해주시는 거면……. 그러면 우리 해요."

뭘 하자는 거냐는, 물음이 가득 담긴 윤형의 시선에 예원은 다시 입을 열 수밖에 없었다. 굳이 그 말을 듣고 싶어 하는 윤형 때문에 말하고 싶지 않아도 해야 했었다.

"비밀연애, 해요."

3.

　그는 그녀가 매번 생각났다. 매 순간, 생각나서 미칠 듯하면 전화기를 들었다. 그리고 이내 최 차장을 당장 사장실로 올려 보내고 말하고 말았다.

　예원이 싫어하는 일을 하고 있는 셈이었으니, 예원이 저를 두고 더 뭐라고 해도 할 말이 없었다.

　"사장님."

　예원이 부러 뚝뚝 말을 끊어서 저를 부르는 건, 화가 났다는 증거였다. 하지만 그런 모습조차 귀여워서 그는 웃고 있었다.

　"점심은 어떻게 했어요?"

　"대충 때웠습니다."

　"대충이 어디 있습니까. 내가 괜찮은 곳 아는데……"

"근무시간 중이라서요. 괜찮으시다면 전 이만 내려가고 싶습니다."

"음……."

윤형은 사무적인 예원을 볼 때마다, 더더욱 장난을 걸고 싶은 마음이 솟구쳤다. 이상한 일이었다.

부모님이 기함할 만한 사건 사고를 무수히 쳐본 그도, 예원이 하는 말과 행동에는 전혀 내성이 생기지 않았다.

결국 예원의 앞으로 다가선 그가 문고리를 잡은 채, 비켜주지 않았다.

"사장님, 근무시간인데요."

"회사에서의 누나 버전도 좋긴 한데, 밖에서의 애인 비슷한 버전도 저는 좋아요. 그러니까, 윤형 씨."

"하지만 여긴 회사예요."

예원의 얼굴에 스친 난처한 기색에 윤형의 입매가 더 느슨하게 풀렸다. 그는 만일 식구들 중 누구 한 명이라도 저가 예원에게 이토록 목을 매는 사실을 알게 되면 어떤 일이 벌어질지 알고 있다.

예원이 유일하게 저를 쥐고 흔들 수 있는 사람이라는 걸 알자마자 어머니와 형수들이 득달같이 달려들어 예원을 귀찮게 할 것이었다.

물론, 예원이 상상하는 그런 아침 드라마에 나올 법한 스토리가 아닌 골칫덩어리를 치우자, 라는 목적으로 집요하게 예원을 귀찮게 할 것이 분명했다.

그리고 지 여사가 얼마나 좋아할지 보지 않아도 훤했다. 항상 자신에게 형식적으로 대하는 사람이었다. 그랬기 때문에 지 여사에게 지금 자신을 두고 해결해야겠다고 생각할 정도로 남은 건 결혼밖에 없었다. 윤형은 그걸 생각하면 아직은 예원의 존재를 가족들에게 알리고 싶지는 않았다.

그와 별개로 예원이 제 삶에 천천히 스며드는 모습을 보게 되는 건 기분 좋은 일이지만. 지 여사의 지도하에 예원을 찾아올 미연이나, 지 여사의 사람들을 생각하면 윤형은 절로 고개가 내저어졌다.

"그럼 저녁에 나랑 가요."

"네?"

"왜, 무슨 일 있어요?"

오늘 금요일이고, 따라서 제법 머리를 써서 예원이 거절하지 못할 이유를 줄줄 읊어댈 요량이었다.

"아……. 그게."

선뜻 말하지 못하는 예원은 처음이라 그도 당황스럽기는 마찬가지였다. 회사에서든 밖에서든 저에게 전부 다 말하는 여자가 무슨 일로 이렇게 당황하는 건가 싶기도 해, 그는 참을성 있게 기다렸다.

"오늘……."

"오늘?"

"생일이라……."

윤형은 잠시 회로가 멈춘 듯 웃고 있던 모습 그대로 굳어버릴 수밖에 없었다.

"생일? 누구? 예원 씨 생일이라는 건……."

아니죠?

윤형의 뒷말이 안에 삼켜져 있음을 모르지 않은 예원이 어색하게 웃고 말았다. 애인 비슷한 걸 하자고 한 지 일주일도 안 돼서 생일이라고 말하기 어색했던지 예원은 말해주지 않았었다.

"예원 씨, 이런 중요한 걸……. 아니다. 아니네. 내가 잘못했네. 속상했겠다. 그죠?"

"아, 아니에요."

개운한 얼굴로 서 있는 예원을 보자마자, 윤형은 어쩐 일인지 저가 더 서운할 지경이었다.

"이건 많이, 무척이나 많이 아닌 거 같으니까. 어디 있을 거예요? 저녁에 친구분들하고 있을 거예요? 술은 안 마실 거죠?"

윤형이 다다다, 속에 있는 이야기를 모두 쏟아내고 나서도 걱정으로 인상을 찡그렸다.

시베리안 허스키를 연상시키는 강한 인상의 남자가, 그것도 운동으로 다져진 몸을 가진 남자가 걱정하는 모습이 싫지만은 않았던지 예원의 얼굴이 부드럽게 풀려 있었다.

"네. 안 마실 거예요. 그리고 친구들하고 그냥 저녁이나 먹기로 했어요."

"그럼 귀여워지는 거 못 보겠네."

윤형이 조금 전까지 예원을 걱정하다가도, 아쉬움에 입맛을 다셨다. 그 모습에 예원이 두 눈을 질끈 감고는 고개를 저었다.

도무지 당할 재간이 없는 사고다.

"사장님?"

"그…… 뭐, 괜찮아요. 그런 건 나만 보면 되니까."

"사장님."

예원이 한 자씩 끊어서 그를 다시 부르고 말았다. 부드러웠던 분위기가 다시 딱딱해지려는 것 같아 윤형이 서둘러 입을 열었다.

"그럼 친구분들하고 놀고 있어요. 일 마치자마자 데리러 갈 테니까."

"일…… 이요?"

"사실 일이 있긴 했거든요. 뭐, 예원 씨랑 놀고 싶어서 미룰까 했지만."

"근데요."

비밀로 해주겠다는 연애는, 지금처럼 온갖 티를 내고 있는 윤형 덕에 모르는 사람이 없을 정도였다.

이렇게 부르기도 하는 건 매번 써먹고 싶지만 너무 티 나니까 자제하는 중이었는데 윤형은 조금 억울했다.

하지만 그것과는 별개로 아침마다 샌드위치와 주스를 예원의 책상에 두고 가고, 예원이 구내식당에서 밥을 먹는다고 하면 아닌 척하면서 예원이 있는 테이블에 합석하기도 여러 번이었다.

그런 기억을 떠올리던 그는 예원이 무슨 말을 하려는지 알 것 같아 입가에 더 웃음을 머금은 상태였다.

"근데요, 아니고 윤형 씨. 사장님이 이렇게 하시면 다 알잖아요. 이게 어딜 봐서 비밀이에요?"

"아. 그거."

"네! 그거요! 해주신다면서요."

단단히 벼르고 있었던 모양인지, 예원이 굳게 여문 얼굴을 하고 버티고 있었다. 아까 보내줬어야 하는 건가. 윤형이 잠시간 고민하다 이내 자신이 예원에게 또 버벅거리고 있는 모습을 하고 있다는 걸 깨닫고는 웃어버렸다.

"해주고 있잖아요. 직원들이 아무도 눈치 못 챘잖아요. 그래서 예원 씨 괴롭히는 사람도 없고."

"네?"

"것봐요. 나 너무 말 잘 듣고 있는데?"

"네……?"

예원이 이해가 가지 않는다는 얼굴로 저를 보는 것이 또다시 견딜 수 없이 귀여워서 결국 예원에게 한 걸음 성큼 다가간 윤형이 예원의 볼에 입을 맞췄다.

살짝 닿았다 떨어지는 그 감각이 아쉬워, 잘게 더 입을 맞추고 싶었지만 회사에서 그런다고 성을 낼 예원을 알기에 참았다.

"나 정말 말 잘 들을 거예요."

대답이 없는 예원의 얼굴을 뚫어져라 바라보던 그가 다시 입을 열었다.

"그래야 하나밖에 없는 '멍멍이'를 버리지는 않겠죠."

이 여자가 저에게서 한 걸음도 떨어지지 않기를……. 윤형이 마음 가득 차올라 있는 바람을 담아 예원의 귓가에 속삭였다.

"그러니까, 오늘 저녁에 데리러 갈게요."

결코 거절할 수 없을 정도로 달콤하고, 묵직한 소리를 예원에게 쏟아낸 그였다.

와하하, 웃는 소리가 룸에 가득 퍼져갔다. 예원은 친구들과 함께 그간 있었던 일을 풀어내느라 정신이 없었다.

심지어 그가 오겠다고 했는데도 불구하고, 그의 도착이 늦고 있다는 걸 깨닫지 못했다.

"야! 조용히 좀 해봐."

그중에 서주가 휴대폰을 보다가 말고 얼굴을 굳힌 채로, 저를 뚫어져라 바라보고 있었다.

친구들과 떠드느라 시간이 얼마나 간 줄도 모르고 있던 예원은 서주의 이상한 행동을 깨닫지 못했다.

"그래서 이번에 사귀는 남친은 어때?"

잘해주냐는 물음에 예원은 결국 웃음을 터트렸다. 윤형이 올 때까지 잠깐 더 이러고 있는 것도 나쁘지 않겠다 싶었다.

"잘해줘. 근데 티를 너무 내."

"이야. 막 연애하는데 그건 너무 당연한 거지."

"당연하다고? 네가 봤으면 그 소리 안 나온다."

예원의 말에 친구들이 와르르 웃었다. 그저 배부른 투정이라고 생각하면서 웃던 그녀들은 서주가 슬슬 휴대폰을 보여주자 다들 웃음을 멈추고 예원을 바라봤다.

"그……."

"응? 뭐야, 왜 그래?"

"그 서윤형, 지금 뭐 하는지 알아?"

"일 있다고 했는데?"

예원의 말에도 얼굴을 좀처럼 펴지 못한 서주가 예원에게 휴대폰을 내밀었다. 궁금해 죽겠다는 얼굴을 한 친구들 사이에서 예원은 서주의 휴대폰을 받아 들고는 화면을 확인했다.

거기엔 호텔로 들어가는 그가 있었다.

옆엔 웬 여자가 있었고, 그는 난감한 듯 어색해하면서도 활짝 웃고 있었다. 문제는 이 사진이 SNS를 통해 퍼져가고 있었다는 사실이었다.

여자가 유명인인가 싶어 갸우뚱하던 예원은, 이내 사진 밑에 있던 글을 보고 탄식했다. 윤형의 옆에 있던 여자는 꽤나 유명한 배우이자, 모 기업의 차녀였다.

그제야 상황이 어떻게 돌아가는지 파악이 된 예원이 결국 굳어지기 시작한 얼굴을 단단히 굳히고는 한숨을 내쉬고 말았다.

어떻게 매번, 번번이.

남자를 만나도 이렇게 만나게 되나. 좋은 사람과 인연은 정말 없는 건가…….

예원이 급속도로 우울해하자 친구들이 저마다 속닥거리며 금요일 밤을 제대로 보낼 방법을 찾아보려고 의논하기 시작했다.

생일인 날을 이렇게 끝내게 할 수 없다는 것이 주된 의견이었다.

"야, 클럽 가자. 오랜만에."

"안 들여보내주는 거 아냐? 우리 너무 직장인인데?"

예원의 말에 다들 고개를 끄덕였다. 그건 맞는 말이네, 하는 소리가 가득 번져가자 서주가 다시 호기롭게 외쳤다.

"그럼 룸 갈래?"

"응?"

"왜 호빠들 있는."

"야, 너 미쳤지?"

단숨에 기각당한 의견에 서주가 웅얼거렸지만 다들 다른 이야기를 주고받았다.

"차라리 술?"

"야, 넌 애 술 먹고 뭘 했는지 알고도 그 말이 나와? 저번에 우리가 두 시간 동안 찾던 걸 생각해, 좀."

예원이 친구들이 있을 때만 술을 마시는 이유는 분명했다. 일정량 이상 먹으면 핀트가 나가는데, 그 지점이 매일 제각각이었던 것이었다.

"그럼?"

"그 호텔 어디냐?"

"진명호텔."

"거기서 잘까?"

얼마였지부터 내일 일 있는 사람이 있는지 없는지, 확인하기 시작하는 것이 제법 익숙한 모양새였다.

"가자."

"어딜 가."

"어디긴, 그 개님 있는 곳이요."

간단한 말에 예원은 한숨을 내쉬었다.

"됐어. 그냥 물어보지, 뭐."

"야, 이런 건 직접 잡든가, 그쪽도 확 속 뒤집어보라고 하든가 그래야지!"

친구들의 말에 예원은 한숨을 푹 내쉬었다. 어쩌겠는가. 정작 이런 순간에는 말문이 막혀서 따지지를 못했다.

평소에는 잘만 하던 말도 나오지 않았다.

민준이 저를 두고 다른 여자를 만났다는 사실을 알면서도, 피하기만 했었던 것도 그 이유였다. 정말로 헤어지자고 여자를 데리고 나올 줄은 몰랐었지만.

뭐가 그리 두려웠던 건지, 지나고 보니 별것 아니었다. 그럼에도 불구하고 자신은 너무나 착실하게 겁을 먹었다.

"이번에는 제대로 해."

"이번이라고 다를까."

확 뒤집히면 그런 것도 없이 달려들 텐데……. 예원은 그런 적이 몇 번 없었다. 늘 적당히 사람을 좋아하고, 적당히 관계를 맺어서 화도 적당히 내는 것이라는 걸 그녀는 몰랐다.

모르니, 고쳐보려는 생각조차 하지 못했다.

연신 싱글벙글인 윤형을 바라보던 지혜는 윤형이 룸에서 잠시 자리를 비우자마자, 옆에 앉아 있던 윤수에게 말했다. 물론 그런 덕에 온 가족이 다 듣게 되었지만.

"오빠, 도련님 여자 있어요."

"쟤가 언젠 없던 적이 있어?"

별 특별한 이야기도 아니라는 듯, 흘려 넘기던 가족들을 보던 지혜는 배우 특유의 재능을 살려 환히 웃기만 했다.

"그냥 여자가 아닌 거 같다니까요. 제 친구가 술집에서 도련님 봤다고 했는데. 대화하는 걸 들었다고 했거든요. 가게가 크지만 워낙 사람이 많았던 날이라 바로 뒷 테이블에서 벌어지는 얘기 정도는 들렸대요."

"근데?"

시부모가 될 서 회장 내외가 지혜의 말에 귀를 기울였다.

"그런데 대화가 장난 아니었다고. 여자를 어르고 달래면서 애교도 부리고, 능청도 떨고."

"쟤가?"

모두 믿기지 않는 얼굴로, 그럴 리 없다 단정 지었다. 사실 지혜도 그럴 리 없다고 생각했지만 오늘 본 윤형의 모습은 꼭 사랑에 빠진 남자 같지 않던가.

"저 재미라고는 찾으려야 찾을 수도 없는 놈이?"

윤수의 말에 모두가 고개를 끄덕였다.

"응. 걔가 그랬다고 말했어."

"그 친구가 잘못 봤겠지."

"나도 그렇게 말했었는데……."

근데 오늘 윤형의 분위기는 매우 수상쩍었다. 오늘 못 온다고 했다가 온 것만 해도 그랬다. 어디 말한 걸 번복하는 사람이던가.

무뚝뚝하고, 사생활에 대해서 좀처럼 말하는 법이 없었다. 그래서 사고가 터질 때마다 죽어나는 건 법무팀이었다.

"됐다. 뭐, 적당한 사람이면 알아서 데리고 오겠지."

지 여사의 말에 지혜도 맞장구치고 말았다. 하지만 정말로, 할 수만 있다면 품에 안고 어르고 다닐 정도로 여자를 보는 눈에서 가득 떨어져 나온 애정을 봤어야 한다고. 그렇게 말하는 친구의 말이 거짓일 리가 없었다.

대체 그 여자가 누구인지, 궁금하기도 하고 불쌍하기도 했던 지혜는 동서가 들어오면 꼭 반드시 잘해주리라 생각했다.

능력도 있으면서 회사 일은 죽어도 안 한다고, 외국에서 서퍼로 살고 있는 것을 억지로 데리고 왔더니 하는 족족 사고뿐이었다.

대체 쟤는 왜 저러고 사나 싶었던 모두가 바라는 것이 하나 있다면, 윤형이 마음을 제대로 잡고 일을 한번 해보는 것을 보는 일 하나였다.

시어머니가 될 지 여사가 관심을 보이면, 모든 궁금증이 해결될 것 같았는데 도통 지 여사가 관심을 두지 않았다.

괜스레 공연한 소리를 한 건가 싶어, 지혜는 조금 머쓱했다.

"근데, 도련님 너무 안 돌아오시는 거…… 아니에요?"

오지 않기는 했어도, 식사 도중에 사라지는 일은 없었던 윤형이었다. 그 좋은 머리 썩힌다고 서 회장이 불뚝한 성정을 보여도 무덤덤히 앉아만 있던 윤형이 좀처럼 들어오지 않자 지혜뿐 아니라 미연도 슬그머니 걱정스럽다는 투로 입을 열었다.

"아가, 네가 좀 나가봐라. 지혜가 나가기엔……."

얼굴이 알려진 탓에 쉽사리 돌아다니지 못하는 걸 알기에 미연이 고개를 끄덕이고는 걸음을 옮겼다.

이내 룸 밖으로 나가자 윤형이 호텔 레스토랑 밖에 서 있는 것이 보였다. 난감한 기색이 역력한 얼굴로, 누군가를 바라보는 시선엔 애정이 가득 담겨져 있었다.

미연 역시 그런 윤형이 처음이라 당혹스러워 아주 천천히 걸음을 옮겼다.

그녀는 다가갈수록, 윤형이 웬 여자를 데리고는 레스토랑 복도 끝으로 가는 것을 목도했다.

"와. 나 엄청 좋아해도 돼요?"

"지금 좋아한다는 소리가 나와요?"

"예원 씨가 지금 질투를 했다고 고백하는데, 좋아해야죠."

"야!"

결국 여자가 버럭 성을 낼 때까지 살살 약을 올리면서도 어르고 달래는 폼이 수준급이었다. 미연은 자신이 보고 있는 것이 헛게 아닌지 의심할 정도였다.

설마 자신이 찾는 서윤형이, 지금 여자를 앞에 두고 애교를 피우는 저 덩치 큰 남자랑 동일 인물은 아닐 것이다.

그렇게 생각하고 싶을 정도였다.

"오랜만에 SNS가 너무 사랑스러워졌어요."

윤형이 여자에게 손을 뻗었지만, 여자가 그의 손을 탁 쳐냈다. 화가 잔뜩 났다는 얼굴이었다.

"예원 씨가 사진을 보고 여기까지 올 줄 알았으면 진작 몇 번 더 찍힐 걸 그랬어요. 화났어요?"

좋아하는 기색을 숨기지 않으면서도 여자의 안색을 살피는 윤형은 이미 미연이 아는 도련님에서 한참이나 벗어나 있었다.

"예원 씨가 나 좀 봐줘요."

"……뭘요."

불퉁한 여자의 소리에도 활짝 웃는 윤형을 보던 미연이 혀를 내둘렀다. 그러곤 지혜의 말이 사실이라는 것에 동의하는 바였다.

여자가 생겼고, 거기서 더 나아가 잘하면 시부모님의 바람이 이뤄질지 모르겠다는 그런 생각이 미연의 머릿속을 스쳐 지나갔다.

"나 이렇게 좋아한다고 하는데, 좀 봐줘요. 말 안 해서 화난 거죠? 오늘 분명 친구들하고 재미있게 시간 보내고 있었을 텐데. 그렇죠?"

여자의 동그란 시선이 윤형에게 닿았다. 미연은 아주 조금만 더보고 들어가야겠다고 생각하고는 조심스럽게 귀 기울였다.

"이러면 안 되는데…… 그냥 가요."

"네?"

"뭐, 매우 황당해하실 것 같긴 한데…… 지금은 예원 씨가 더 중요하니까."

"네? 그러면 안 되잖아요. 얼른 들어가요. 전 그냥 집에 갈게요. 아직 시간이 그렇게 늦지도 않았고……."

여자가 당황해하는 걸 보는데, 윤형의 입매가 더 부드럽게 풀려만 갔다.

"아니에요. 형한테 연락 넣어놓으면 돼요. 정 안 되면 예원 씨 데려다주고 다시 오면 돼요."

"아니, 뭐하러……."

"말했잖아요. 예원 씨가 더 중요하다고."

윤형의 단호한 말에 여자의 얼굴의 볼이 붉어져 있었다. 미연은 그 모습을 보고는 서둘러 걸음을 돌렸다.

손발이 무사한지 확인하고 싶은 충동과 문화충격을 받은 듯한 얼굴을 하고선 룸으로 들어선 미연을 식구들이 의아하게 쳐다봤다.

"저……."

"그래, 윤형이는?"

지 여사의 물음에 미연이 천천히 입을 열었다.

"어머님, 도련님은 안 찾으시는 게 좋을 것 같아요."

"어째서? 녀석 또!"

사고 치러 간 건가, 라는 의구심을 강하게 품은 지 여사의 행동에 미연이 고개를 저었다. 사실 윤형이 사고를 치는 이유를 식구들 중 모르는 사람은 없었다.

윤형은 그저 저의 능력대로 살고 싶어 했다. 물론 그 능력이라는 것이 꽤 좋아서, 본인 앞가림 정도는 능히 할 수 있었다.

그걸 알기에 더욱 포기하지 못하는 서 회장 내외가 막내아들을 붙들고 있는 것이리라. 서로가 그 사실을 알고 있기에 적정선 이상을 매번 넘어가지는 않는 윤형을 그저 두고 보기만 하는 것이었다.

그런 행동들을 하고 다니는 이유를 알고 있기에 더더욱 마음에 들지 않아 하면서도, 포기는 하지 않는 것이 거기에서 기인했다.

"그것보다 일이 있으시대요. 얼른 가봐야 할 것 같다고."

"일은 무슨 일."

지 여사가 못마땅했던지 얼굴을 굳히자, 미연은 어떻게 해야 할지 갈피를 잡지 못했다. 하지만 지금 지 여사에게 막내아들이 사귀는 사람이 있다고 말하면, 어떤 상황이 벌어질지는 뻔한 일이었다. 분명 아가씨를 찾아내서 결혼시키려고 안달을 내겠다 싶었다.

그러니, 당분간은 이 상태를 고수하는 것이 어쩌면 윤형을 돕는 일일 수 있겠다 싶었던 그녀는 어색하게 웃을 뿐이었다.

멀끔한 정장 차림을 보자마자 예원은 정말이지 짜증이 일어났다. 가족 모임이면 모임이라고 언급이라도 해줬으면, 친구들의 말에 흔들리는 일이 없었을 텐데 싶었다.

한데 다시 생각해보니, 오래 만난 사이가 아니라 굳은 믿음이 없었던 탓이었다. 그리고 그건 늘 적당히 사람을 만나고, 적당히 좋아하는 탓에 굳은 믿음을 가지지 않았던 저의 습관 때문이기도 했다.

"예원 씨?"

"네?"

"무슨 생각에 그렇게 한숨을 쉬어요."

"아니에요."

저의 모든 모습이 좋다고, 온몸으로 표현하는 이 남자도 역시 다른 남자들처럼 저를 버리지는 않을까, 걱정을 하는 마음이 저의 밑바닥에 깔려 있다는 걸 윤형이 알면 어떤 얼굴일까. 예원은 잠시 생각했다.

"생일 축하해요."

"네."

집 앞까지 꼭 데려다줘야 한다는 윤형의 고집을 꺾을 재간이 없었던 예원은 결국 집 앞 벤치에 윤형과 나란히 앉아 있었다.

"근데, 내 생일 것 같으니까. 내일 제대로 된 데이트를 하는 거예요. 내 생일이 아니고서는 예원 씨가 질투하는 모습을 볼 수 있지 않을 것 같거든요."

분명 오해를 해서 미안한 것은 저였는데, 윤형은 되레 자신이 잘못했다고 봐달라고 하고 있었다.

뭔가 단단히 뒤바뀐 것 같은 상황에 예원은 의아해 그를 뚫어져라 바라봤지만 윤형의 얼굴엔 여전히 웃음기가 가득했다.

"잘…… 못은 제가 한 거 같은데……. 오해해서 미안하기도 하고……."

머쓱하기도 하고, 어색하기도 해 예원은 말끝을 몇 번이나 흐리고 말았다. 막상 오해가 가볍게 풀리고 나니 마음속에 번져 있는 건 미안함이었다.

오만 가지 생각들 중에서, 여러 마음들 중에서 가장 먼저 고개를 불쑥 쳐 내민 것은 '미안함'이었다.

"미안해요?"

윤형의 물음이 귓가에 내려앉자 예원은 작게 고개를 끄덕였다.

"그런데 난 예원 씨가 질투를 해줬다는 것 자체만으로도 좋아요. 어떻게 하죠?"

"네?"

"그래도 예원 씨가 미안하다고 했으니까, 이렇게 해보는 건 어때요?"

무슨 말을 하려는 건가 싶었던 예원이 윤형의 얼굴에서 시선을 떨어뜨리지 않을 때쯤, 그가 재킷 주머니에 손을 넣었다가 빼면서 빙긋이 웃고 있었다.

"사장님, 또 뭐 하시려구요?"

"또 사장님이라고 한다."

"아니…… 그러니까. 이거는……."

습관이었다. 저절로 몸에 배인 습관.

"알아요. 그러니까 손 좀 줘봐요."

예원은 또 저 남자에게 말려들었구나. 왜 번번이 이렇게 잘도 말려드나. 머리가 나쁜 줄은 몰랐는데, 요즘 들어 부쩍 머리가 나쁘구나 싶기까지 했다.

"예원 씨, 손이요."

어서 달라는 듯, 그가 그의 왼 손바닥을 오른손 손가락으로 톡 톡 두드렸다. 예원은 부쩍 쑥스러운 마음에 조심스럽게 오른손을 올려놓았다.

"착하네요."

이런 말을 저에게 하는 남자는 이 남자가 거의 유일했다. 예원은 가족조차 저에게 잘 하지 않는 말들을 윤형은 서슴없이 하는 것이 어색하기만 했다.

싫지는 않았지만 어색해서 쑥스러운 마음이 가슴께를 간질였다.

"서두르느라 별로 여자들이 좋아할 만한 걸 못 찾겠더라구요. 게다가 예원 씨의 바람대로 비밀 유지는 해줘야 하니까."

그래서 목걸이다, 라고 말하는 윤형의 목소리가 꿀을 바른 듯 달콤했다. 귓가에서 웅웅거리는 그 소리에 정신을 차리지 못하자 윤형이 그런 예원을 보고는 예원의 손에 놓여져 있기만 한 목걸이를 다시 들어 목에 걸어줬다.

"꼭 하고 다녀요."

"고…… 마워요."

"기왕이면 '윤형 씨, 고마워요.'라는 소리를 좀 듣고 싶었는데. 그건 다음에 꼭 해줘요. 오늘 안 해줬으니까."

"네? 네……."

목에서 달랑 움직이는 목걸이는 굉장히 심플했다. 윤형의 취향인 건가, 아니면 점원이 이렇게 하는 것이 좋다고 골라준 건가. 잠시 생각하던 그녀는 의외의 다정함과 솔직함으로 무장한 윤형이 이제는 정말로 저도 좋았다.

이 남자라면, 연애를 재미있게 해볼 수도 있을 것 같았다. 또 '적당하게' 맺어왔던 관계들에서 벗어나볼 수도 있을 것 같았다. 그래서 예원은 조금 욕심내고, 한 걸음 정도는 그와 벌어져 있는 거리를 좁혀보고 싶어 먼저 입을 뗐다.

"내일 뭐 해요?"

"내일요? 예원 씨가 먼저 나 뭐 하냐고 묻는 건 처음인데……."

싱글벙글.

정말 싱글벙글이라는 말이 딱 어울릴 정도로 웃는 윤형을 보던 예원도 덩달아 웃을 수밖에 없었다.

누가 봐도 운동 많이 한 몸이고, 얼굴도 선이 굵은 남자다운 얼굴인데 하는 짓은 영락없는 소년이었다. 그런데 그게 잘 어울려서 예원은 괜스레 땅바닥에 시선을 두고는 입을 열었다.

"없…… 으면 영화 볼래요?"

"내가 데리러 올게요. 음, 내일 몇 시가 좋아요? 영화 보고 저녁 먹어요. 근사한 데로 알아봐 놓을게요."

저의 한마디 한마디에 반응하는 남자가 이젠 익숙해져, 예원은 그가 했던 말을 그대로 돌려주고 싶었다.

이러다가 버리지나 말라고. 하지만 예원의 입에서 나온 말은 머릿속에서 왕왕 돌아다니는 말이 아닌 현실적인 대답이었다.

"네."

그가 자신이 어떤 말을 하든 다 들어주고, 대답해줄 것이라는 묘한 믿음이 마음속에서 싹트는 것이 이상하면서도 좋아서 예원은 굳이 그런 말들을 모두 밖으로 꺼내지 않았다.

그저 마음속에서 가지고 있는 것만으로도 괜찮았다.

그를 봤으면 얼마나 봤다고. 하지만 사람들이 모르는 서윤형을 저는 제대로 알고 있는 것 같아서 더 믿음이 가는 것일 수도 있었다.

예원은 윤형을 멀리할 수가 없었다.

이미 너무 익숙해져버려서.

4.

아까 식사 도중에 빠져나왔으니 얼굴이라도 다시 비쳐야 할 것 같아서 윤형은 본가로 걸음을 돌렸다.

문을 열고 들어서니, 가족들이 식사를 마치고 들어온 지 얼마 안 되는 것인지 조금 분주한 모습이었다.

"어머, 도련님."

미연이 환히 웃는 얼굴로 막 현관에서 들어선 그에게 다가왔다.

"일은 잘 보셨어요?"

큰형수인 미연의 말에 윤형은 상황을 파악할 수 있었다. 미연이 저와 예원을 본 것이라는 건 자연스럽게 할 수 있는 추측이기도 했다.

"네."

"서윤형."

큰형의 부름에 윤형은 거실을 지나쳐 저의 방으로 가려던 걸음을 멈출 수밖에 없었다.

저번에 클럽에서 친구들을 만났어야 했어서 있다가 사진을 찍힌 일을 두고 저러는 모양도 꽤 재미있었다. 하지만 이 이상 이야기를 듣는 건 그로서도 별로 달갑지 못했다.

혼자라면 상관없지만 지금은 만나는 상대가 있었다.

윤형은 늘 만나는 상대에게 충실했다. 저에게 질리는 것 같으면 붙들어보기도 하고, 이벤트도 해가면서 세상 호구 짓은 다 하기도 했다.

하지만 이상하게 제 옆에 남아주는 사람은 없었다. 아마도 무언가 부족했기 때문이라는 걸 그는 잘 알고 있었다. 그리고 지금 와 생각해보면 예원처럼 저를 끌어당기는 사람도 없었던 것이 이유이지 않을까 추측했다.

"와서 앉아."

큰형의 말에 윤형은 결국 거실에 모여 있는 가족들 틈으로 섞여 들어갔다. 아버지의 모난 시선이 싫어, 쉬는 편을 택하려던 것뿐이었으나 큰형의 눈엔 그게 그리 좋게 비춰지지 않았던 모양이었다.

"그래, 백화점 일은 이제 할 만해?"

"사장 직함만 달고 있을 거라던 녀석한테 무슨 말을 해."

서 회장이 못마땅한 듯 둘째형의 말을 막아버렸다. 윤형은 자신의 생각대로 따르지 않는 자식을 보는 아버지의 눈이 매섭다는 걸 익히 알고 있었다.

대학교만 졸업하면 돌아올 것이라고 생각했던 윤형은 돌연 대학원에 가겠다고 했다. 해서 대학원에서 석사, 박사를 마치고 나면 돌아올 것이라고 믿고 기다렸던 서 회장은 그다음에 이어진 아들의 행동에 뒤통수를 제대로 맞았다.

서 회장이 준 돈을 한 푼도 쓰지 않은 채로, 장학금을 받아서 모든 학기를 이수한 윤형은 부모님과 자신 사이에 선을 긋기 시작했다.

"뭐, 제가 바라던 게 아니었으니까 그렇죠."

버석거리는 입 안을 혀로 훑은 윤형이 픽, 하고는 바람 빠진 웃음을 터트렸다.

그렇게 싸우고도 더 싸울 기력이 남았는지 아버지는 여전히 저를 놓지 못하셨다. 그래도 백화점 하나 맡고 있으니 덜하시지 않을까, 했던 생각을 지워버릴 수밖에 없는 아버지의 태도였다.

"네 녀석이!"

언성이 높아지는 서 회장을 달래는 건 지 여사였다. 아들만 셋을 키운 그녀는 서 회장처럼 화를 내는 타입은 아니었다. 윤형은 역시 아버지를 조용하게 만드는 건 어머니뿐이라고 다시금 생각했다.

금세 가라앉혀진 아버지가 저를 노기가 형형한 시선으로 바라보는 걸 알아차리고는 쓰게 변한 입맛을 다셨다. 왜 본인 힘으로 살겠다고 하는 것이 이토록 아버지의 심기를 거슬리게 하는 일인지는 모르겠지만, 그냥 어렸던 때처럼 가만히 놓아두면 좋을 텐데 싶었다.

전혀 신경도, 관심도 두지 않다가 대학교에 들어가게 되자 관심을 보이던 아버지. 그런 아버지의 옆에서 형들과 아버지를 챙기느라 시간이 없어 저를 타인에게 맡긴 어머니. 그리고 어느 날 알게 되었던 놀랍지도 않았던 사실들.

윤형에겐 집이 집이라기보다 삭막한 느낌이기만 했다.

"뭐가 부족해서 싫다, 좋다 하는 거냐."

"부족한 게 있다고는 말씀 안 드렸습니다."

"네 녀석이 혼자서 뭘 할 수 있을 거 같고? 그냥 능력껏 계열사 하나 맡아서 말아먹지나 말라는데, 무슨 말을 이리 안 들어."

아버지의 말에 윤형은 저가 다시 한발 물러나야 함을 느꼈다. 그러고 싶지는 않았지만, 그렇게 해야 불뚝한 성정을 가진 아버지가 편안하게 가족 모임을 끝내실 수 있을 게 분명했다.

"네. 어서 드세요. 다들 아버지 드시는 거 기다리는데, 안 보이세요?"

윤형이 한 걸음 뒤로 물러서는 모양새를 갖추니 서 회장도 결국 찻잔을 들었다. 이대로 다시 관심이 둘째형에게 쏟아질 것을 안 그는 조용히 앉아 있기만 했다.

꽤나 오랜 시간 해외에서 산 탓에 가족이 좋기도 하고, 어색하기도 했던 윤형은 결국 오늘도 조용히 그 사이에 섞여 있을 따름이었다.

혼자 조용히 있고 싶어서, 다만 예원이 제게 했던 행동과 말을 곱씹으며 즐거워하고 싶어서 방으로 들어왔던 윤형은 곧이어 저를 좇아 들어온 지혜의 존재를 느끼고는 헛웃음을 삼켰다.

호기심 많은 형수를 둔 죄구나 싶어 어쩔까 고심하던 그는 모른
체 입을 열었다.

"무슨 일?"

"와, 도련님. 내가 그래도 예비 형수인데, '형수님' 정도는 붙여
줘야 하는 거 아니에요?"

"좋네. 네가 나한테 존댓말 쓰는 거."

"야, 서윤형."

문을 완벽히 닫고 나자마자 지혜의 입에서 불만 어린 볼멘소리
가 흩어졌다. 윤형은 지혜의 성격에 어쩐지 잘 참았다 싶었다.

"왜? 오늘도 날 방패로 잘 세웠으면서."

"뭐…… 인정. 윤수 오빠랑 같이 들어가면 상상만 해도 고달프
잖아. 근데 넌 좀 가볍고 쉬우니까."

"와, 어릴 적 친구 이렇게 이용해먹고 디스? 그래도 내가 네 유
치원 시절 친구였을 텐데?"

"솔직히 네가 이미지 자체는 가볍긴 하지 않아? 형님이 그러던데.
너 여자랑 같이 나가는 거 봤다고 슬쩍 나한테 물어보시던데…….
내가 뭘 더 아는 게 있어야지."

"어머니는?"

"아직. 형님이 신중하신 편이잖아."

"하긴……."

윤형은 큰형수인 미연을 떠올리고는 이내 고개를 끄덕였다. 신
중하고 조용한 타입이라 윤조와 어떻게 연애를 한 건지 의문스러

울 정도였다.

특히 미연을 몇 번 보지 않았던 윤형에게는 큰형이 어떻게 큰형수를 만나게 된 건가 하는 호기심이 항상 있었다.

"근데 정말 그 여자 누군데?"

"만나는 사람."

"아…… 진짜였구나. 근데."

"진지하게 만나는 사람. 그러니까 어머니한테 말하지 마라."

윤형의 말에 지혜가 하려던 말을 잊은 채로 입술만 달싹였다. 사실 그도 그럴 것이 윤형에게 가장 기피했던 일들은 모두 서울에 자리를 잡는 일이었다.

"그, 그럼 이제 들어와서 살겠네?"

"어?"

"그렇잖아. 그 여자는 외국에 아무 연고도 없을 텐데. 아버님 바람처럼 너 들어와서 지금 하던 일 쭉 해야 진지하게 만나든 말든 할 수 있는 거 아니겠어?"

지혜의 말에 윤형은 머리를 한 대 얻어맞은 사람처럼 멍하니 앞을 바라봤다. 한데 조금만 깊게 생각해도 알 수 있는 문제였다.

윤형은 예원이 쉽게 결정하지 못하는 이유를 조금이나마 알 수 있을 것도 같았다. 미래를 함께 약속할 수 없는 남자. 그런 남자와 무언가를 하자고 하기엔 나이가 적지 않았다.

서로가 같은 나이라는 걸 가끔, 아주 가끔 잊었기에 윤형은 그런 생각 자체를 하지 않았었다. 아니, 그것보다 더 먼저 여자와 진지해본 적이 없었기 때문에 하지 못했던 것뿐이었다.

지혜가 혀를 내두르며 이만 나가본다고 나중에 만나자는 말을 했을 때에도 그는 대답해주는 것을 잊고 골똘히 생각했다.

어떻게 해야 하나, 어디서부터 어떻게 해야 예원이 조금 더 자신에게 기대어 올까. 걱정과 기대를 담은 그 생각들을 하다 보니 조촐했던 가족 모임이 이미 끝난 뒤였다.

그는 모두 갔다는 이야기를 듣자마자 어색하게 웃을 수밖에 없었다. 그렇게 오랫동안 생각만 하고 있었나 싶었기 때문이었다.

하지만 예원을 생각하는 것만으로도 그는 기분이 좋았다. 너무나 조용해진 방 안에서 혼자 오늘 있었던 일을 떠올리면서 웃는 것. 그것 하나를 하는 것뿐인데 설레었다.

예원을 떠올리면 가장 먼저 가슴이 뻐근할 정도로 좋았다.

지금껏 만난 상대들에게는 가지지 못했던 감정이라고 단언할 수 있을 정도였다. 저가 이렇게 사람을 금방 좋아하는 사람이었나. 아니, 그저 좋아하기만 하는 것이 맞나?

물음이 꼬리에 꼬리를 물고 자신을 놓지 않았다. 하지만 그마저도 좋았다.

당장이라도 사고는 몇 개 더 쳐서 외국에 있는 그의 집으로 가고 싶은 생각이 굴뚝같았다. 하지만 예원을 보고 난 뒤에, 그녀의 입에서 남자친구랑 헤어졌다는 말을 들은 뒤에 그는 고민했다.

한데 그 고민을 말끔히 날려준 것이 예원이었다.

혼자 두지 말라니.

술에 취한 예원을 두고 갈 수가 없었다. 생각해보니 스치듯 한 번 지나간 것도 인연이었고, 남자친구가 있다는 예원의 말에 물러선 것도 저답지 않은 행동이었다.

그러니 꽤 술에 취해 정신을 못 차리는 여자를 호텔에 데려다놓고 나오면 조금쯤 칭찬을 들을 수 있지 않을까.

그는 그렇게 예원에게 다가가려고 했었다. 예원이 호텔 방에서 그를 붙들기 전까지, 그게 그의 계획이었다.

"미치겠네."

윤형이 결국 혼잣말을 짓씹듯 뱉어냈다. 생각만 했는데도 너무 예쁘고, 귀여워서 미칠 것 같았다. 세상에, 생각하는 것만으로도 심장이 아프도록 귀엽기만 했다.

아니, 예쁜 건가.

윤형은 실없는 놈 같다는 걸 알면서도 시시때때로 예원의 앞에서 자주 웃었다. 그게 저의 마음이었으니까.

표현하는 것을 어색해하는 예원 대신 자신이 많이 하면 될 일이었다. 뭐든 잘하는 걸 하는 편이 좋다고 생각하는 그는 표현하는 건 자신이 하면 되고, 예원은 제 옆에서 그 모든 것을 들어주고 받아주면 된다고 생각했다.

그게 서로가 잘하는 걸 하는 일이니까.

"미쳤나 보네."

정말로, 예원에게 장난처럼 말했던 말이 사실일지 몰랐다.

저는 예원에게 미쳐 있는 것일지도……. 너무 좋아서 미칠 것 같은 이 기분을 그 말 한마디로 설명하지 않고는 견디지 못할 것 같았다.

윤형은 그럼에도 좋았다.

그게 가장 큰 문제라고 생각할 정도로, 그 정도로 예원이 좋아서 혼자인 방 안에서도 마치 같이 있는 착각마저 들 정도였다.

예원은 한숨을 푹 내쉬었다가 알지 못하는 소리를 내질렀다.
'으아.'

한숨을 내쉬면서도, 예원은 말캉하게 풀어진 얼굴을 어쩌지는 못했다. 그 순간 왜 내일 뭐 하냐고 물어봤을까 생각하면, 너무도 자연스럽게 그 상황이 머릿속을 잠식해갔다.

예원은 그때, 그 순간 저에게 보였던 윤형의 얼굴을 잊을 수가 없었다.

소년처럼 티 없이 밝은 얼굴로 환하게 기뻐하던 모습. 그건 너무도 기꺼워하는 얼굴이었다.

제가 하는 말과 행동에 이토록 집중해주는 사람은 처음이었다. 예원은 대체 어느 포인트에서 성격이 개차반이라는 말이 나오게 된 건지 궁금하기만 했다.

저에게 보인 모습과 다른 사람을 대할 때의 모습이 많이 다른 건가 싶어도 백화점 내에선 워낙 그가 직원들에게 말을 걸지 않았다.

그래서 알고 싶어도 알 수가 없어, 예원은 그저 궁금만 한 상태였다.

"일찍 나와 있었네요?"

"아, 집 앞이잖아요."

"아⋯⋯. 설레게, 그렇게 예쁘게 앉아 있으면 어떻게 해요."

예원은 삽이라도 들고 다니면서 땅이라도 파야 하나. 그 땅굴 속에 들어가면 좀 덜 부끄러울까.

진지하게 고민하지 않을 수가 없었다.

"그……."

너무 좋다는 눈으로, 그런 말을 하면 제가 다 부끄럽다고. 예원은 말하려고 입을 달싹이다가 두 눈을 휘둥그렇게 뜨고 말았다.

예원의 입술에 닿았다 떨어지는 온기에 놀란 탓이었다.

가면 갈수록 도저히 손발이 제대로 붙어 있는지 확인하고 싶은 충동만 일어날 지경이었다. 윤형의 말에 예원은 한숨을 내쉬면서도 말캉하게 풀어진 얼굴을 하고 그를 바라봤다.

"아니다. 너무 귀엽지 마요."

"윤형 씨."

'윤형 씨'라는 호칭에 그가 환히 웃어 보였다. 삽시간에 지어 보여준 그 웃음이 절대 인위적인 것이 아니라는 걸 증명해주듯 시선마저 기꺼운 빛을 띠고 있었다. 예원이 자연스럽게 자신을 '윤형 씨'라고 불렀다는 사실이 너무도 그를 즐겁게 만들었다.

"자꾸 그러면 정말 땅굴이라도 파서 들어가고 싶어질 것 같아요."

"왜요?"

"몰라서 묻는 거예요?"

대답이 없이 저만 보는 그의 시선에 예원은 헛웃음을 속으로 삼켰다. 정말 그는 자신이 좋을 대로 표현하고 말하는 사람이었다.

"자꾸 그런 말 하면……."

"좋죠? 나 너무 좋아서, 가끔은 심장이 아파요."

아파? 아프다니. 어디가 아픈 거지? 예원이 걱정스러운 시선으로 윤형을 바라봤다. 하지만 어디가 아프냐고 묻기도 전에 그가 아주 많이, 전과 비교도 되지 않을 정도로 웃으며 예원의 귓가에 속삭였다.

"예원 씨 때문에 심장이 요새 무리하고 있거든요."

아. 맙소사.

윤형의 말에 중독될 것 같은 느낌이 너무도 선명히 저를 붙들었다. 그런데 그게 싫지가 않았다.

싫지 않은 게 뭔가. 세상에, 좋은 것 같은 기분이기도 해 예원은 말갛게 웃었다.

며칠 전 데이트를 했던 기억을 떠올리던 예원은 이내 다시 희재의 이야기에 귀 기울였다.

예원은 요즘 들어 부쩍 더 여자들과 자주 어울리는 모습이 많이 찍힌다는 윤형의 이야기를 하면서도 저의 눈치를 보는 여직원들의 모습에 결국 자리에서 일어나고 말았다.

요새 윤형의 라인을 잘 잡았다고 생각한 직원들의 생각을 고쳐줄 마음은 별로 없었다. 예원은 차라리 그런 소문이 낫다고 생각했다.

사장 줄, 이사 줄 등 회사 내에는 다양한 라인이 존재하는데, 예원의 경우는 서윤형 라인이라는 것이 사람들의 생각이었다. 그녀는 딱히 사람들의 생각이나 소문을 정정해줄 생각이 없었다. 그걸 정정해주려면 사귀고 있다고 설명해야 하는데, 그게 싫다고 본인 입으로 윤형에게 비밀연애를 제안했었으니까.

윤형이 그런 사람이 아니라는 걸 저는 알지만 다른 사람들은 알지 못한다. 그런데 왜 그는 그런 사람들의 이야기를 바로잡을 생각조차 하지 않는 것일까.

문득 일어난 궁금증에, 예원은 사장실까지 단숨에 달려가고 싶은 충동을 억눌렀다. 그렇게 저가 그에게 몇 번이고 말했던 회사였다.

그런데 먼저 밖에서처럼 행동하면 윤형은 저가 쫓아갈 수 없는 속도로 밀어붙일 것이 분명했다.

지난 얼마간 자신이 겪은 그는 단순했다.

사람들이 복잡하게 생각하는 게 다 황당할 정도로, 서윤형은 단순했고 솔직했으며 사람을 대할 때 늘 상대에게 느끼는 감정으로 거르지 않고 보기 좋게 드러내줬다.

예원은 그 점이 그의 장점이라고 생각했다.

반면 그는 왜 자신을 보고 좋아한 것일까. 예원은 고민하지 않을 수 없었다.

터벅터벅, 백화점 옥상을 홀로 걷던 그녀는 옥상 정원에 마련되어 있는 벤치에 앉아 휴대폰을 뚫어져라 들여다봤다.

단순히 원나잇은 하지 않기 때문에, 저를 찾은 것일까.

예원은 이유를 알고 싶었다. 물어보면 진지하게 제게 대답해줄까. 아니, 처음부터 저를 알고 있었는지도 궁금했다.

처음 저를 봤다기엔 익숙한 시선이었다. 언제였던 걸까.

"하. 대답이나 해주려나."

예원은 얼마 전에도 이제 곧 둘째형의 아내가 될 지혜와 함께 양복점에 들어가다가 사진을 찍힌 윤형을 단속해야 하는 건가 싶은 마음이 잠시 들었다. 하지만 곧 가족이 될 사람들끼리 다닌다는데, 뭐 그리 안 좋을까 싶었다.

알지 못하는 사람들도 이내 그의 형과 지혜가 결혼을 하면 차차 수긍하게 될 것이 분명했다.

"뭘 대답해요?"

이젠 바다를 보고 한숨을 쉬는 예원의 머리 위로 윤형의 음성이 툭 떨어지자 예원이 놀라서 고개를 퍼뜩 들었다.

"아. 깜짝아."

예원이 너무 놀란 나머지 생각하고 있던 것을 입 밖으로 꺼냈다. 커다랗게 눈을 뜬 예원이 오물거리며 놀란 티를 내고 있는 모습을 보고 있노라니 윤형은 인내심이 바닥을 치는 느낌이었다.

"미치겠네, 정말."

영문을 모르는 예원을 두고 윤형은 숨을 몇 번이나 삼켰다. 말간 얼굴을 볼 때도, 머뭇거리면서도 그의 손을 붙드는 그녀를 볼 때에도 그는 늘 이랬다.

좋아서 죽겠는 얼굴을 하고, 그 마음의 10퍼센트도 안 되는 말과 행동을 건네기만 했다. 온전히 다 내보여주면 예원이 이보다 더 놀랄 것 같아서 그는 그 나름대로 자제를 하는 중이었다.

"회사라면서요."

"네. 회사죠."

"그래서 절대, 회사 밖에서처럼은 안 한다면서요."

"네. 그랬어요."

제 말에 대답을 잘 해주는 모습도 그렇고, 뭘 입고 있든 잘 어울려서 시선을 뗄 수 없게 하는 것도 그랬다.

모두 마음에 들지 않은 구석이 없었다.

윤형은 자신의 상태가 매우 심각하다는 걸 자각하고 있었다. 이쯤 되면 엄청 심각한 상태인 건가…….

"근데 이렇게 돌게 하면 어떻게 해요?"

윤형은 결국 주체할 수 없이 넘치는 마음을 꺼내고 또 꺼내놓았다.

"저…… 하나 물어보고 싶은 게 있는데…….

예원이 슬쩍 주위를 두리번거리더니 옥상 정원에 사람이 없는 것을 확인하고 나서야 안심하고 입을 열었다.

이미 눈 가리고 아웅 하고 있는 형국인데, 예원만 전전긍긍하며 비밀이라고 티 내지 않으려 애쓰는 모습이 안쓰럽기도 하고 귀엽기도 해서 윤형의 입가에서는 미소가 떠나지 않았다.

아침마다 먹을 음식을 예원의 책상 위에 올려놓느라 이미 예원이 속한 기획팀 직원들은 모두 알고 있었다.

그리고 그의 비서도 대충 눈치를 채고 행동하고 있었다. 그렇게 여자들의 눈에 띄었는데 소문이 안 날 리 없다고 생각하고 있었다. 물론 그가 비밀이라고 소문 내지 말라고 당부하지만.

"뭐요?"

"제 어떤 부분이 좋은 거예요?"

흐음.

윤형이 예원의 얼굴을 찬찬히 살폈다. 저 작은 머리로 여태 그런 고민을 하고 앉아 있었다는 건가.

마음에 들지는 않았지만 좋은 신호 같아 그는 다시 입꼬리를 말아 올렸다.

"말하면 뭐 해줄 거예요?"

"에?"

놀라는 모습은 덤으로 얻으니 좋은 거다. 이내 윤형은 그렇게 결론을 내렸다. 살랑거리는 바람이 옥상을 훑고 지나가니 마치 파도 위를 유영하는 느낌이었다.

여름엔, 바다에 가자고 해볼까.

윤형의 얼굴엔 즐거운 고민이 서려 있었다.

"말하면 내가 원하는 거 하나 해줘요."

"저……."

당황해하는 예원을 두고 윤형은 더 말했다. 더 말해서 예원이 속내를 모두 저에게 쏟아냈으면 좋겠다 싶었다.

창립기념일에서 봤던 예원은 일하는 모습이 눈부시도록 아름다운 여자였다. 저를 기억하지 못하고 저 역시 근처에서 직원들과 소곤거리며 이야기를 주고받았던 말을 들었을 뿐이었지만.

그럼에도 그는 예원을 설핏, 기억하고 있었다.

그런 여자가 실연을 당했다고 혼자 두지 말라고 하는 그 모습은, 그의 생각 속 최예원과 많이도 달라 더 눈을 떼지 못했다.

그러니까 자신이 이렇게 그녀에게 빠져들게 된 건 모두 예원이 예쁜 탓이었다.

"내가 왜 예원 씨를 좋아하냐고 물었죠?"

예원의 시선이 저를 향하면 향할수록 흡사 날아다닐 것도 같은 기분이 들었다. 윤형은 그를 올려다보는 예원의 머리를 느릿하게 쓰다듬으며 말을 이어갔다.

"예쁘잖아요."

놀란 예원의 시선이 저의 시선과 맞부딪혔다. 윤형은 그런 예원의 모습조차 좋았다. 어찌 된 일인지 그냥 좋았다.

단정하게 머리를 틀어 올린 모습이었음에도, 회사라서 화장을 옅게만 했음에도, 별다른 옷이 아니라 유니폼만 입고 있었는데도 좋았다.

그냥 다 예뻤다.

"뭐가 굳이 예쁘냐고 물어보면, 나를 보는 그 시선이 좋아요. 말할 때 조용조용하게 하려는 그 모습도 좋아요. 잔뜩 골을 내는 모습도 좋아요. 나한테 하는 모든 행동의 그 이면에는 나에 대한 관심이 있을 거라고 생각하면 밤에 잠을 이루지 못할 정도로 즐거워서 좋아요."

붉어진 얼굴로 제 시선을 피하지 않는 지금과 같은 모습도 좋았다.

"당황해하는 모습도 좋고. 아닌 척 피하려고 애쓰는 모습은 안쓰럽지만 귀여워서 좋아요."

그냥 다 좋아요.

윤형은 그 말을 돌려서 예원에게 하는 것이었다. 예원이라면 충분히 알아들었으리라.

"그러니까 나한테 뻔뻔하게 굴어도 돼요."

"뭘…… 요?"

"예를 들면, 시켜요. 집에서 뭘 가져오라고 해도 되고, 구내식당 밥이 먹기 싫으면 문자만 해도 돼요. 내가 사다줄 거니까. 아무리 바쁘다고 해도 그런 건 할 수 있어요."

"그…….'

윤형은 여전히 머뭇거리는 예원이 성큼 제게 안겼으면 좋겠다고 생각했다.

품 안 가득 안겨왔을 때의 그 기분은 지금과 비견할 수 없을 정도로 충만하겠지. 그는 단 한 번도 어딘가에 정착하고 싶다는 생각을 한 적이 없었다.

늘 그가 하고 싶은 대로, 그가 살고 싶은 대로 사는 것이 지금껏 윤형의 가장 큰 목표였다. 그러기 위해선 아버지와의 선을 긋는 것도 마다하지 않았다.

형들처럼 회사에 얽매여 살고 싶지는 않았다. 어렸을 때부터 외국에서 생활했던 윤형은 자신을 위해 사는 것이 더 좋았다.

누가 뭐라고 해도 신경 쓰지 않았던 것은, 그에게 직접적인 피해가 오지 않는다면 그럴 가치조차 없는 일이었기에 관심을 두지 않는 것뿐이었다.

"나한테는 약게 굴어도 괜찮아요."

윤형은 저에게 더 기대어주길, 그래서 예원이 조금은 편할 수 있기를 바랐다. 하지만 예원은 그렇게 하지 않을 것이었다.

그녀의 성격상 그런 일을 싫어하는 것도 알고 있었기에 그는 조금 안쓰러웠다.

예원의 시선에선 그가 일을 하지 않는 것처럼 보이겠지만 지금 그는 예원으로 인해 제대로 일을 하고 있었다. 직접 나서서 전반적인 것들을 건드리며, 나중에 해원에서 떨어져 나와도 버틸 수 있게 만들려고 기반을 깔아놓는 중이었다.

부모님조차 하게 하지 못한 일을 당신이 했다고 말하면 깊게 탄식하겠지. 윤형은 길게 입맛을 다셨다.

그 모습이 보고 싶은데, 그걸 보자고 말하면 죄다 꺼내놓은 마음에 예원이 단번에 이곳에서 달아날 것이었다.

"자, 그러니까 여기에."

윤형이 고개를 숙여 고개를 들고 있던 예원의 눈높이를 맞췄다. 그리고 그가 손가락으로 그의 오른쪽 볼을 톡톡 두드렸다.

"해줘요."

당당히 요구하는 그 모양새에 크게 당황한 예원의 모습이 윤형의 시야에 걸렸다. 그는 순간 뽀뽀가 아니라 키스를 할까, 매우 고심했다.

"그……. 아, 저……."

예원이 고개가 떨어질 듯 주위를 두리번거리고 있었다. 결국 윤형은 다시 입 안으로 웃음을 집어삼키고는 예원의 어깨를 붙잡았다.

놀란 시선이 저를 향하자 견딜 수 없는 즐거움이 발끝을 간질였다. 그는 더 크게 당황할 틈을 주지 않고 예원의 입술을 훔쳤다.

살짝 스치듯 훔친 그 행동에 예원의 눈이 파르르 떨리는 것을 보자 더, 조금만 더 이대로 있고 싶다는 충동에 휩싸였다.

하지만 금세 놓아주고는 다시 조금 전처럼 서서 예원에게만 들리는 작은 소리로 은근하게 말했다.

"저녁 같이 먹어요."

꽤나 유명한 일본 가정식집이라는 곳으로 예원을 데려온 윤형은 그가 다 알아서 주문하고, 예원을 이끌었다.

"일식 좋아한다고 해서, 이리로 왔어요."

"아."

짧게 탄식하는 예원의 모습에 윤형은 다시금 웃음을 보였다. 절대 마이애미에 있는 집은 팔지 않겠다. 그렇게 생각했던 그는 모두 정리하고 이곳에 정착하고 싶다는 생각에 휩싸였다. 지혜의 말처럼 고민을 해봤어야 할 문제를 떠올리지도 못했다. 예원에게 만나자고 내내 말하는 순간에도 그는 그 문제 자체를 떠올리지 못하고 있었다.

예원을 두고 정말 돌아갈 수 있을까. 그 생각을 하면 쉽게 결정을 내리지 못하는 게 어느새 당연한 일이 되어 있었다.

어떻게 할까. 돌아가려면 그대로 놓아두는 것이 현명한 생각이라는 건 그도 알고 있었다. 이전이라면 망설임 없이, 단박에 생각을 정리해버렸겠지만 지금은 달랐다.

"내 옆에 계속 있어요."

윤형은 그래서, 밑도 끝도 없이 예원에게 말했다.

"아니면 내가 예원 씨 옆에 있을까요?"

"윤형 씨."

이젠 제법 저를 '사장님'이라고 부르지 않는 예원이 좋았다. 노력하는 모습을 보여주는 예원이 너무도 예쁘기만 했다.

"이번엔 휴가를 같이 못 보냈지만 연차는 얼마나 남았어요? 시간 뺄 수 있는지 나도 확인해볼게요."

"윤형 씨."

"어디 가봤어요? 몰디브는 어때요?"

꽤나 예쁜 바다를 실컷 구경할 수 있어서 그도 좋아하는 곳이었다. 사내놈이 그런 곳을 좋아한다고 하면 이상하게 보는 사람들이 더러 있었지만, 그는 바닷가를 좋아했다.

바다에서 하는 놀이들은 모두 섭렵할 정도로, 그는 바다가 좋았다.

"아, 혹시 바다 싫어해요?"

"윤형 씨."

예원이 그를 세 번 부르고 나서야, 그는 예원에게 묻는 것을 멈추고 가만히 예원의 다음 말을 기다렸다.

"너무 빨라요."

"뭐가 빨라요?"

"윤형 씨 속도가, 제가 따라가지 못할 정도로 빨라요."

그는 예원의 말에 탄식했다. 저가 빨랐구나. 그래서 예원이 평소와 다른 난감한 빛을 띄우고 저를 바라봤구나. 깨달으면서도 그는 예원에 대해 조금 더 알게 된 것 같아 싫지가 않았다.

하고 싶은 말을 다 하는 예원의 성격이 이럴 때 너무 좋았다. 윤형에게 지금 예원이 하는 모든 게 다 좋을 테지만, 특히 그녀의 성격이 그는 너무 맘에 들었다.

솔직하다고 해야 할지, 꾸밈이 없다고 해야 할지 구분하기 어려운 그 성격이 좋았다.

그래서 자신이 빠르면 빠르다, 버거우면 버겁다고 말해주는 예원이 너무 예쁘기만 해서 뭐든 맞춰주고 싶었다.

"하지만 빠르고 싶은데, 그럼 어떻게 해야 할까요."

그랬기 때문에 본래 그는 상대방에게 상대방의 상태나 기분 같은 걸 묻지 않았다.

그저 만나는 상대가 있는 동안에는 그 상대방에게 충실했던 그였다. 그럼에도 관계의 구분은 꽤나 명확해서 일정 거리 이상을 가깝게 두지 않았다.

그저 겉으로 보기엔 좋아한다고 보일 정도, 딱 그 정도의 선을 유지했다. 지금처럼 저 자신도 모르는 사이에 페이스를 잃는 법은 없었다.

"하지만 너무 빠르게 왔다가……."

"안 가요."

예원의 말이 무슨 뜻인지 단번에 알아차린 윤형은 인상을 찡그러트렸다. 그사이에 한상차림으로 나온 음식이 그와 그녀 앞에 가지런히 놓여 있었다.

"예원 씨. 나 안 그래요."

"몇 년이나 사귄 남자도 그랬어요. 사실 그렇잖아요. 연애인데,

헤어지겠죠. 늘 그랬던 것처럼……."

"어떻게 해야 당신이 나를 믿을까. 하루 중 많은 시간을 최예원이라는 여자를 생각한다고 하면 믿을까. 어떻게 하는 게 좋을까. 고민하고 또 고민한다고 하면 부담스러워지는 않을까. 그런 생각들을 하고 있다고 말하는 게 좋을까 고민해요."

그의 말에 예원의 시선이 동그랗게 변했다. 윤형은 그런 예원의 얼굴을 마주하고서도 말을 멈추지 않았다.

윤형은 비로소 지금에야 알 것 같았다. 저와 헤어지겠노라 말했던 상대들이 왜 헤어지고 싶어 했는지.

보이지 않는 벽.

그 벽 안에서 나오지 않으면, 상대방에게 다가갈 수가 없다. 마치 지금의 예원처럼, 이전의 저처럼.

"너무 좋아서, 그래서 연애를 처음 하는 사람처럼 그렇게 굴어도 싫다는 소리 한 번 안 해주는 예원 씨가 좋아요."

"윤형 씨."

"이젠 '사장님'이라고 습관처럼 안 부르는 예원 씨가 좋아요."

예원의 시선이 흔들리는 것을 본 윤형은 더 말을 이어갔다. 그와 그녀 사이를 가로막고 있었던 것이 무엇인지 알았으니 뿌리째 없애버리리라.

그는 굳게 다짐했다.

"그리고 나를 믿어주지 못했다고, 의심을 먼저 했다고 미안하다고 하는 예원 씨를 좋아하지 않을 리가 없잖아요."

"그……."

'그건, 그냥 해야 할 말을 했던 것뿐이에요.'

예원이 어떤 말을 할지 너무도 잘 알고 있었던 윤형은 그녀가 말하기 전에 먼저 소리를 냈다.

"이렇게 전부 다 예쁜 당신을 두고 딴생각하는 건 바보 같은 짓이라고 화를 내야죠. 걱정을 먼저 하면 날 어떻게 다루려고 그래요? 응?"

그와 그녀 사이에 마지막으로 그어져 있었던 선. 그건 동갑이었음에도, 서로에게 느끼는 거리만큼 딱 그 거리만큼 존대를 하는 것이었다.

"날 네가 하고 싶은 대로, 원하는 대로 다뤄도 괜찮다니까."

"그……."

윤형 씨, 라고 부르려던 예원이 저의 얼굴을 살피자 그는 입꼬리를 끌어 올려 예원이 익히 잘 알고 있는 미소를 머금었다.

"윤형아, 라고 불러줘요."

"아……."

예원은 한숨인지, 탄식인지 혹은 놀람인지 모를 소리를 냈다. 그 얼굴이 미묘한 빛을 띠우고 있어, 윤형은 목구멍 안으로 충동질을 삼켜냈다.

당장 데리고 나가서 얼만큼 그녀를 좋아하는지 말로, 몸으로 표현하고 싶은 생각이 한가득 차오르는 그였다. 하지만 예원이 겁먹지 않게 하고 싶었다.

기억도 하지 못하는 처음이 아니라, 기억에 오래도록 남을 저와의 처음을 주고 싶었다.

꺼내보면 볼수록 즐겁기만 한 기억을 하나 만들고, 그 위에 더 좋은 추억으로 매 순간들을 덧씌워주고 싶은 마음이 가득했다.

그 마음을 다 어찌 풀어낼 수 있을까.

"예원아."

윤형은 그가 만났던 상대들에게 미안한 마음이 설핏 들었다. 하지만 지금 그것들보다 더 중요한 건 그로 인해 그 스스로가 정해놓은 선을 넘었다는 사실이었다.

선을 넘으니 다음은 쉬웠다. 이 쉬운 것을 왜 진작 깨닫지 못했을까 싶을 정도로 너무나 쉽고 간단한 문제라, 윤형은 말하는 것이 어렵지 않았다.

"불러줘."

내 이름.

그렇게 너도 표현해줘.

윤형은 차마 건네지 못한 다음 말들을 속으로 삼켜냈다. 그렇게 예원이 제 이름을 불러주면, 결정을 내리기 더 쉬울 것 같았다.

그동안의 생활을 정리할지 안 할지. 예원에게 곁에 있어달라고 애원을 할지 말지.

5.

　일본 가정식집에서 예원은 윤형에게 무어라 한마디도 하지 못했다. 마치 뒤통수를 얻어맞은 기분을 느낀 채로 그녀는 그렇게 집에 들어왔다.

　들어오고 나서도 한참 동안이나 말을 하지 못한 채로 있었다. 어쩌지. 어떻게 해야 하는 거지?

　그가 저를 부르듯, 저 역시 그를 부르면 되는 건가.

　아니, 그렇게 한다고 해도 그가 자신을 떠나지 않을 것이라는 보장이 있나? 애초에 연애라는 것이 떠나지 않는 관계이기는 했었나.

　예원의 고민이 꼬리에 꼬리를 물었다.

　무언가 저를 휩쓸고 지나간 것 같긴 한데 명확하게 그게 무엇인지는 모르고 있었다. 단순히 그가 자신의 이름을 불렀기 때문이었을까.

아니면, 그가 저에게 '윤형아'라고 불러달라고 했기 때문이었을까.

예원은 왜 저가 이런 기분인지 알지를 못했다. 어디서 어떻게 풀어나가야 하는 마음인지도 알지 못했다. 어떻게 해야 하는 건지, 알 생각을 하지 않고 산 저를 그제야 돌아본 그녀는 탄식했다.

깊은 탄식이 목으로 토해져 나오자, 껄끄러운 입 안이 쓰기만 했다.

"윤형아."

한번 뱉어보니, 다음은 쉬웠고 그다음은 가벼웠다. 쓴 한약을 입 안에 머금은 채로 말하는 것 같을 정도로 무겁고 버거웠던 상태가 아니라, 입 안에 작은 사탕을 하나 굴리고선 말하는 듯싶었다.

그런 정도로 가벼워졌음을 알아차린 예원은 저에게 찾아든 변화가 무엇인지 파악하느라 신경을 곤두세웠다.

"윤형아."

부르고, 또 불러보았다.

불쑥 여름이 왔다가 가버리고 있듯, 그가 그 여름을 메우기라도 할 요량인지 빈틈없이 제 삶에 꽉 들어찼다.

"윤형아."

그가 없는 곳에서 그의 이름을 부르니, 이게 뭐 하는 짓인가 싶다가도 웃음이 입가에서 흘러나왔다.

적어도 왜 그가 저에게 이름을 불러달라고 했는지는 알 것 같았다.

상대의 이름을, 그것도 매우 친밀한 사이처럼 부른다는 것이 어떤 느낌으로 다가오는지 알게 해준 그를 믿을 수 있었다.

연애라는 것이 결국 '헤어짐'이라는 결과에 다다라도, 이번만큼은 괜찮을 수도 있을 것 같았다.

어쩐지 윤형이 저와 그만 만나고 싶다고 한다면 그건 단순한 변덕도 아니고, 저와 그 사이 외의 일 때문도 아닐 것 같았다.

어쩐지 그는 저와 그의 일로 그런 말을 할지언정, 다른 이유를 끌어들이는 사람이 아니었다.

윤형은 화면을 뚫어지게 쳐다보기만 할 뿐 아무런 행동도 취하지 않았다. 메일을 연 상태 그대로 모니터를 놓아둘 뿐이었다.

마이애미에 있는 부동산을 어떻게 해야 하나 고민하던 그는 결국 한 번은 그곳에 가서 정리해야 할 필요성을 절감했다. 한데 그렇게 되면 한국을 잠시 떠나 있어야 하는데…….

윤형은 고민이었다. 예원의 옆에 다른 누군가가 있는 건 싫었다.

그런데 저 좋을 대로 살았던 삶이 한순간에 변하는 것도 아니었기에, 돌아가고 싶은 마음과 예원의 옆에서 지금처럼 있고 싶은 마음이 서로 상충하고 있어 꽤 골치가 아팠다.

매사 명확하기만 했던 그는, 이런 문제를 겪어본 적이 없었다.

어쩐다.

그의 고민이 한층 더 깊어져만 갔다. 안 그래도 한 번은 다시 갔어야 하는데, 조만간 가서 직접 해결 보는 것이 나을까.

윤형은 이런저런 생각을 하면서도 결국엔, 예원을 떠올렸다. 처음으로 연애를 했던 순간처럼 무수한 고민을 했음에도, 종국에는 전과 같은 방식을 따랐다.

상대에게 충실하기.

상대가 싫어하는 일은 하지 않기.

그렇게 하면 될 것이라고만 여겼던 순간들에 빠진 것이 무엇인지 알게 된 지금, 그는 어느 때보다 즐거웠다.

혼자인 그의 오피스텔에서조차 외로움을 느끼지 못할 정도로.

윤형은 오늘 그가 예원에게 '예원아'라고 부르던 순간, 그녀가 지었던 표정을 잊지 못할 것 같았다.

충격을 받은 얼굴이었지만, 두 눈이 오롯이 저를 보고 있었다. 그 충격이 어디서 기인했는지도 알 것 같았기에 좋았다.

저가 느낀 이 기분, 감정을 예원도 느껴봤으면 좋겠다고 그는 그렇게 생각했다. 내일은 뭘 또 할지, 그녀와 어떤 일을 공유할지 기대하는 것만으로도 그는 충분히 즐거웠다.

오늘 점심시간에 잠깐 밖에 나가서 예원과 함께 식사를 하려던 윤형은 전화를 받지 않는 예원을 찾아 곳곳을 돌아다녔다.

도대체 어디에 있길래 연락도 받지 않는 걸까 궁금해질 무렵, 윤형은 결국 지나가던 여직원을 붙들 수밖에 없었다.

"잠시 말 좀 묻죠."

윤형이 길을 막고 질문을 건네려고 하자 서류철을 들고 종종걸음 치던 여직원이 동그래진 눈으로 그를 올려다봤다.

"네?"

"최 차장, 어디 있는지 압니까."

"아……. 그…… 예원 씨면, 지금 직원 휴게실에서 쉬고 있을 건데요."

여직원의 대답에 윤형은 다소 개운해진 얼굴을 할 수 있었다. 잔뜩 굳어 있던 얼굴을 풀고 그는 직원에게 다시 말했다.

"최 차장한테 모른 척해줘야 합니다."

"네?"

"비밀이거든요."

대체 뭐가 비밀이냐고 묻고 싶어 하는 직원의 표정을 본 윤형은 저 스스로도 웃음이 나는 이 상황에 급히 숨을 들이켰다.

비밀이라고 예원에게 아는 척하지 말라고 당부하는 처지에 웃음을 터트릴 수는 없는 노릇이었다.

멍한 얼굴로 저를 바라보는 직원을 뒤로하고 윤형은 서둘러 직원 휴게실로 걸음을 옮겼다. 점심시간이라서 그런지 다소 한산한 휴게실 앞에서 주위를 한번 살핀 그는 문을 두드렸지만 이렇다 할 소리가 나지 않아 결국 먼저 문을 열었다.

문을 열자마자 윤형의 시선이 예원을 찾아냈다. 소파에 앉아 졸고 있는 예원의 모습이 곤해 보이기도 했고, 귀여워 보이기도 해서 윤형은 웃고 말았다.

늘 예원을 보면 그는 웃었다. 그 스스로 자각할 정도면 꽤나 많이 그렇게 행동한다는 것이라는 걸 안다.

그래도 좋은 걸 어떻게 표현할 방법을 몰라 그는 마냥 좋은 사람처럼 웃곤 했었다.

"예원 씨, 좀 일어나봐요. 이렇게 자면 목 아파요. 그리고 배고플 텐데?"

툭.

윤형의 손이 예원의 손등을 두드렸다. 하지만 예원은 살짝 뒤척거릴 뿐 도무지 깨어날 생각을 하지 않았다.

윤형은 그런 예원을 물끄러미 바라보다 문득 예원이 깨면 배가 고플 것 같다는 생각이 들었다.

뭐라도 사와야겠다는 생각에 몸을 일으켜 휴게실 밖으로 나가던 그가 잠시 멈칫했다. 예원이 왠지 추워 보였기 때문이다.

먹을 걸 좀 사고, 담요도 하나 가져와야 할 것 같았다. 그렇게 예원에게 필요한 것들이 눈에 밟혀 그는 오 분을 더 미적거렸다.

휴게실에서 쉬고 있는, 정확히 말하자면 잠깐 깜빡 잠이 든, 예원이 앉아 있는 소파 앞에 한쪽 무릎을 꿇고 얇은 담요를 덮어주고 있는 윤형을 이제 막 문을 열고 들어서던 희재가 발견하고는 반사적으로 입을 열었다.

"사…… 장님?"

하지만 윤형이 조용히 해달라는 듯, '쉿-' 하자 나가야 하는 건지 아닌지 갈피를 잡지 못한 채로 서 있을 뿐이었다.

사실 아침마다 샌드위치와 주스를 대령하는 사장의 모습을 봤지만, 소문은 무척이나 다양했다.

소문이 난 걸 분명 윤형은 알 텐데도 불구하고 만나는 직원마다 비밀이라고 말하는 통에 다들 예원의 앞에선 입도 뻥긋하지 못하고 있었다.

게다가 윤형이, 소문이 예원의 귀에 들어가면 끝까지 찾아낼 거라는 진심을 가득 담은 말도 했기 때문에 예원의 앞에서 정말로 소문을 들먹이는 사람은 없었다.

희재는 이제 테이블에 예원이 간단히 먹을 수 있는 간식거리를 올려놓은 그가 동그스름한 예원의 이마에 살짝 입을 맞추고 일어서는 모습을 보고 나서야 어색하게 웃고 말았다.

지금, 제가 본 것이 상사의 애정 행각쯤 되는 건가.

"비밀입니다."

"네?"

아무리 비밀이라고 해도 저건, 누가 봐도 사장님이 한 건데…….

희재가 하지 못한 말이 공허하게 그녀의 머릿속에서 둥둥 떠다녔다.

그걸 아는지 모르는지 윤형이 휴게실에서 나가려다 말고 다시 희재에게 말했다.

"꼭 지켜야 합니다. 예원이가 사람들이 아는 게 싫다고 해서."

"예?"

지금 저걸 말이라고 하는 건가. 희재는 도무지 이해하기 힘들다는 얼굴로 윤형의 뒷모습을 바라봤다.

벌써 저 멀리 가 있는 윤형의 음성이 귓가에서 둥둥 떠다니자, 희재는 고개를 휘휘 내저었다.

윤형의 음성은 평소에 저희를 대하던 것과 사뭇 달랐다. 예원과 있을 때면 늘, 저러는구나 싶어 희재는 새삼 예원이 부러웠다.

저렇게 달큼한 소리로 '예원이가-'라니…….

게다가 싫어하니까 아는 척하지 말라고 단속하는 폼 좀 보라지. 부러우면 지는 거다. 그러니까 부러워하지 말자. 희재가 스스로에게 무수히 말했지만 이내 쓰게 변한 입맛은 어쩌지 못했다.

"아, 부럽네. 나도 연애해야 하나."

희재의 말이 아무도 듣지 않는 허공을 떠돌기만 할 뿐이었다. 부럽네, 부러워. 끊임없이 속으로 저절로 외쳐지는 것을 어쩌지 못하고, 부러워하는 시선을 거두지 못한 희재는 이내 곧 휴게실에서 나갔다.

손에 보드랍게 잡히는 담요의 촉감에 예원은 조금 어색했다. 언제, 휴게실은 왔다 간 건지. 그의 흔적이었다.

직원들만 올 수 있는 공간에 들어올 수 있고, 저에게 담요를 덮어주고 갈 사람이 그밖에 더 있겠는가 하는 생각도 잠시였다.

예원은 이렇게 자신을 좋아해주는 그의 행동들이 금방 없어지지는 않을까 불안한 마음도 있었다. 그러면 또 힘들지 않을까 싶어, 윤형이 지치지 않을 선에서 자신을 드러내줬으면 좋겠다고 생각한 적도 있었다.

"어? 차장님 일어나셨네요?"

"점심시간 다 끝나가는데, 일어나야죠. 근데 오늘 희재 씨 어디 가나 봐요."

평소에도 꾸미기를 좋아하는 희재였지만, 오늘따라 유달리 더 유난스러울 정도로 화장에 공을 들이기 시작했다. 파우치엔 웬 화장품이 그렇게 많은지, 옆에서 구경하는 사람들이 혀를 내두를 정도였다.

저걸 다 들고 다니면 꽤나 무겁지 않을까. 예원은 지극히 현실적인 고민을 하다가, 이내 쓸모없는 생각이라는 걸 깨달았다.

좋아서 하고 다닐 텐데……. 설령 조금 무겁다고 할 성싶더라도 그게 그렇게 큰 단점이 되지는 않으리라.

예원은 희재의 모습을 보며 저를 돌아볼 수밖에 없었다.

자신은 어떤 모습이더라. 오늘 아침에 간단히 기초화장만 하고, 입술을 바른 상태. 지극히 단조로운 모습이었다.

입술에 바른 립스틱만 아니었으면 아프다고 오해할 수도 있을, 그런 상태. 예원은 그런 스스로를 알아차리자마자 한숨을 삼켰다.

아무리 일하는 중이라고 해도, 가끔은 윤형을 마주쳤다.

너무 신경을 안 쓰고 다닌 것이 아닐까. 순간 걱정스러운 마음이 들고 말았다. 아무리 있는 그대로의 저를, 그런 자신을 좋다고 말한 윤형이었지만 그도 남자인데…….

예쁘게 꾸민 여자를 더 좋아할 것이라는 생각이 들기 시작하자 서운했다. 그냥 서운한 게 아니라 그가 준 것들이 보기도 싫어질 정도로 서운했다.

예원은 조금 전까지 쑥스러우면서도 좋았던 기분이 급속도로 저조해져 서둘러 휴게실을 빠져나갔다.

윤형에게 물어야겠다. 그 생각을 하고 나니, 걸음이 바쁠 수밖에 없었다.

어서 가서 물어봐야지. 물어보면 서운했던 마음이 훌훌 털어질 수 있지 않을까. 예원은 그렇게 생각했다.

아직 점심시간이 끝나지 않아 다행이라고 생각한 예원은 서둘러 걸음을 옮겼다. 옥상 공원에 종종 있곤 하던 그를 떠올리고는,

그녀는 서두를 수밖에 없었다.

몇 분이면 그가 사장실로 내려가기 위해 움직일 것이었다.

숨이 찰 때까지, 걸음을 서두르다 보니 공원에 있는 벤치에서 일어난 그를 마주할 수 있게 되었다. 그녀는 숨을 몰아쉬느라 정신이 없어 보일 정도였다.

그런 예원의 앞에, 윤형이 곧장 다가와 빠르게 걸어서 상기되어 있는 예원의 안색을 살폈다.

"무슨 일이에요?"

그날 이후, 그는 조금은 더 저를 편하게 대하는 것 같았다. 이렇게 좋아하는 티를 내는데, 이름을 부르면 더 좋아하지 않을까. 예원은 그렇게 생각하면서도 어쩐지 막상 윤형의 앞에서 하려니 용기가 나지 않았다.

"아……. 물어볼 게 있어서요."

"좋네요. 이렇게 먼저 와서, 먼저 말을 해주는 거."

윤형의 말에 예원은 머쓱해지고 말았다. 제가 그렇게 도망가는 유형의 사람이었던가, 고민하지 않을 수 없는 대목이기도 했다.

"그래서 궁금한 게 뭐였어요?"

"사장님은……."

"윤형 씨는. 이런 질문일 때는 호칭을 달리 해줬으면 좋겠는데."

윤형의 지적에 예원은 그가 얄미우면서도 비식, 웃음이 흐르는 저 자신을 제어하지 못했다. 못 말리는 남자, 그가 딱 그런 남자였다.

"예쁜 여자들 좋아하지 않아요? 보통 남자들이 그렇잖아요. 아니, 그것보다 만나는 사람이 잘 꾸미는 게 좋지 않아요?"

'나는 잘 안 꾸미고 다니는데, 그런데…… 왜 좋아요? 어디가 좋아요? 나랑 왜 만나고 싶은 거예요?'

뒤이어 쏟아내고 싶었던 말을 차마 다 하지 못하고 입 안으로 삼켜낸 예원은 윤형의 말을 기다렸다.

저를 내려다보는 윤형의 시선이 어딘지 모르게 평소와는 많이 달랐다는 걸 깨닫자마자 그가 제게 다시 은근한 시선을 건넸다.

"예원 씨가 예원 씨라서 좋다고 하면 지금 당장은 안 믿겠다 싶기도 하네요."

제가 저라서 좋다니.

예원은 그다운 말에 고개를 저었다. 저런 대답이라면, 그 이상의 자세한 말을 해주지 않을 게 분명했다.

"예원 씨가 화장에 신경을 많이 못 쓰는 건, 일을 더 잘하고 싶은 욕심에 외모보다 일을 더 신경 쓰고 있기 때문이라는 걸 알고 있고."

"아……."

멍청하게, '아…….'라니. 예원은 뱉어낸 말을 주워 담고 싶었다. 차라리 소리도 내지 말걸, 하는 마음이 가득해지기 시작하자 윤형이 손을 뻗어 예원의 볼을 매만졌다.

"열심히 사는 예원 씨가, 그런 여자들보다 더 예뻐 보여서 눈길조차 가지 않으니까. 뭐 나는 좋아요. 가끔 나한테 기대도 좋긴 하겠지만, 예원 씨 성격에 그건 쉽지 않을 걸 알고 있어서 서운하지는 않아요."

"그…… 러니까 제가……."

예원은 쉽게 입을 떼기가 힘들었다. 박민준, 그녀와 무려 사 년을 만났던 남자도 이렇게 이해해주지 않았다.

그저 그에게 맞추지 않는다고, 그보다 바쁘게 사는 그녀가 이상하다는 식이었다. 회사에서 살아남기 위해, 입사 동기들보다 빨리 승진을 해서 자리를 잡고 싶어 하는 열망을 가득하게 가진 그녀를 민준은 비난했었다.

비난이 무언가. 차라리 맹렬한 비난은 탄탄한 성이라도 쌓아서, 방어를 할 수 있기라도 했지. 민준이 사 년간 그녀에게 했던 건 비난보다 더한 타인의 시선이었다.

여자 나이 서른셋에 차장 직함을 달고, 곧 팀장까지 바라보고 있다는 사실에 남자 직원들은 예원을 안줏거리 삼아 입을 놀리곤 했다.

그리고 그건 민준이 제게 보낸 시선이기도 했었다. 사 년을 만났던 남자친구가 그런 시선을 보내다니, 어지간히도 잘못 산 건 아닐까 고민해본 적도 있었다.

한데 윤형은 모든 걸 이해해줬다. 정말로 집안만 아니면, 신파 드라마 몇 편 찍을 정도로 차이가 큰 집안을 등에 업지 않았더라면 저도 그가 표현해주는 만큼 할 텐데, 싶었다.

"서운하지 않아요."

윤형의 서운하지 않다는 말에 예원은 그만 할 말을 잃었다.

"예원 씨 나름의 방식을 비난할 생각은 없어요. 예원 씨가 그동안 어떤 사람들을 만나고 살아왔는지 모르겠지만, 나는 그런 사람이 아니에요."

저의 생각과 사람들의 입에 오르내리는 해원그룹의 막내아들 서윤형.

그리고 지금 제 앞에 있는 서윤형은 전혀 달랐다. 예원은 그의 생각을 듣고, 옥상 공원으로 빠르게 걸었던 저 자신이 꽤나 부끄러웠다.

이토록 얄팍한 믿음이라니.

"나는 내가 현재 하고 있는 일, 만나고 있는 사람에게 매우 충실한 편이에요."

윤형의 손길이 더 끈적해지고 있다는 걸 알면서도 예원은 그저 그렇게 가만히 내버려둘 수밖에 없었다.

"예외는 없어요."

"그럼, 모든 사람에게 이렇게 하셨겠네요."

예원이 윤형이 다른 여자에게, 지나간 그의 여자에게 그렇게 했다는 사실이 싫다거나 짜증스러워서 건넨 말은 아니었다. 그저 사실이 그랬겠구나 싶어서 한 말이었지만 윤형의 표정이 세상을 다 가진 듯 환하게 펴졌다.

"그거 질투죠?"

"네?"

단번에 묻는 윤형의 말에 예원은 크게 당황해서 말을 더듬었다. 질투라니. 세상에, 질투라니. 그저 물었을 뿐인데 윤형은 기분이 좋아 어쩔 줄 몰라 하고 있었다.

"예원 씨가 그런 것도 하네요?"

"아…… 아니거든요! 그, 그런 거 아니에요."

"그런 게 아니면, 저런 거?"

또 장난치는 윤형의 말에 예원은 팩하고 토라지듯 몸을 돌려 성큼성큼 걸음을 옮겼다.

"예원 씨, 같이 가요."

"저, 점심시간 끝나서 얼른 내려가봐야 해요."

예원이 얼굴을 붉게 물들인 채로 말했다. 하지만 윤형의 웃음 섞인 소리가 예원의 등 뒤에 바싹 닿았다.

"예원 씨, 근데 얼굴 왜 이렇게 빨개요?"

아, 정말 저 입 좀 누가 막아줬으면 좋겠다. 예원은 그렇게 생각하면서 몸을 모로 돌려 윤형을 째려봤지만 그는 여전히 웃는 낯을 하고 있었다.

"방금 내 입 막고 싶다고 생각한 거죠?"

"와. 독심술 있어요?"

"막을 수 있는 방법 있는데……. 알려줄까요?"

윤형의 말이 달콤했다. 그래서 예원은 그의 말을 듣지 않고도 알 수 있을 것 같아 조금 전보다 더 부드러운 시선으로 단호하게 말했다.

"싫습니다!"

말하지 않아도 알 것 같거든요.

한숨을 폭, 내쉬는 예원의 작은 어깨를 조심스럽게 좇던 윤형은 어느 순간부터 은밀하던 시선을 드러내기 시작했다. 직원들이 지나가면서 그를 보고 당황하는 것을 느꼈지만 예원은 무언가 골몰하고 있었는지 알아차리지 못했다.

둔하기도 엄청 둔하네.

윤형은 굽이 낮은 구두를 신고 사무실을 종종걸음 치는 예원에게서 시선을 떼지 못했다. 가볍게 잠깐 만날 사이, 그 정도가 적당하다고 생각하고 다가갔던 관계에서 먼저 헤어 나오지 못하게 된 건 저였다.

몇 달 만나면 다시 돌아가고 싶어지겠지, 했던 마음도 있었다. 한데 막상 사귀기 시작한 예원은 말 그대로 출구가 없었다.

윤형은 그렇게나 자만하더니 먼저 두 손 들고 백기를 던지고 말았다.

사실 한국에 있는 동안 재미있게 만날 가벼운 인연 정도라고 생각했던 면도 조금은 있었다. 이렇게까지 되리라고 생각조차 하지 못했다.

"사장님?"

"가죠."

여기서 이러고 있을 게 아니라고, 회의가 있다는 걸 일깨우듯 비서가 곁에서 그를 부르자 겨우 걸음을 옮긴 윤형이었다.

못내 아쉬워 예원이 사라진 방향으로 시선을 한 번 더 주고는 회의실로 걸음을 옮겼다. 예원이 저의 곁에 있겠다고만 한다면야 싹 정리하고 정착할 수도 있는데…….

확신이 없었다. 저 여자가 제게 오리라는 확신.

아직 그게 부족한 관계였기에, 윤형은 시간을 조금 더 가지고 싶었다.

어쩌다 제가 이토록 코가 꿰여서 여태 해오던 것, 하고 싶어서 안달을 내던 것들을 모두 내던지고 새롭게 시작할 생각을 하는지 알다가도 모를 일이었다.

오늘 예원도 야근인 것 같았으니 잠시 짬이 날 때 예원이 먹을 수 있는 간단한 요깃거리를 좀 사서 몰래 올려놓고 가야겠다고 생각했다.

업무가 끝나면 제가 집까지 데려다줘도 좋을 일이었다. 윤형은 조금 전까지 하던 고민을 말끔히 씻어내고는 새로운 계획을 세웠다.

아니, 그도 안 되면 이번 주말엔 외곽으로 나가도 좋을 일이었다. 가을을 즐기기엔 나들이만한 것도 없으니까.

무조건 편안한 차림. 활동적으로 입으라는 당부에 당부를 들었던 예원은 윤형이 왜 저에게 그런 당부를 했는지 그의 차에 올라타서 들었다.

"아침 안 먹었죠?"

윤형의 말에 예원은 고개를 끄덕이고는 그가 건넨 주먹밥을 받아 들었다. 파는 것 같지는 않은 외형에, 예원의 시선이 커다래졌다.

"이거……."

"맛없어도 맛있게 먹어요. 그거 한다고 블로그란 블로그를 모조리 뒤졌거든요."

직접 만들었다는 말에, 예원이 놀라서 차를 출발시키는 윤형의 옆모습을 뚫어져라 바라봤다.

"이걸 직접 했다구요? 윤형 씨가? 언제?"

"의외네요."

윤형의 답에 예원은 두 눈을 깜박 감았다 떴다. 의외라니. 뭐가 의외라는 말일까. 예원이 운전에 열중하느라 자신을 바라보지 못

하는 윤형을 뚫어져라 바라보고 있었다.

"이렇게 궁금한 것도 많고, 나한테 많이 말하게 할 줄 알았으면 진작 이런 건 열 번도 더 해주는 건데. 아쉽네요."

윤형의 말에 예원은 저야말로 예상 밖의 이야기를 들어 의외라고 하고 싶었다. 저 덩치 큰 남자가 부엌에서 주먹밥을 만든다고 움직였을 생각을 하니 바람 빠진 웃음이 입가에서 비식비식 새어 나오고 말았다.

"근데 너무 안 어울리는 거 아니에요?"

"뭐가 안 어울려요?"

반쯤 내린 창문 사이로 새어 들어오는 바람처럼, 점차 제 주변에 물들어가고 있는 윤형의 흔적들이 예원은 싫지 않았기에 윤형이 자신에게 이렇게 해주는 것이 좋기 시작했다.

"부엌에서 무언가를 하는 윤형 씨는 상상이 가지 않아서……."

"그럼 상상하지 말고 직접 봐요. 아침에."

"네?"

윤형의 말에 예원은 두 눈을 동그랗게 뜬 채로 그가 무슨 말을 저에게 하는 건가 곰곰이 되짚어보다 버럭 소리를 질렀다.

"윤형 씨!"

그보다 더한 것을 이미 하고 시작한 사이라고 해도, 가끔 윤형이 이렇게 장난을 쳐오면 예원은 크게 당황하고 말았다.

면역력이 없는 부분이라, 예원은 윤형을 부르는 것이 전부였다. 밋밋하고 심심한 반응에도 윤형은 너무도 즐거운 얼굴을 하고선 저를 보고 있었다.

"왜요?"

"몰라서 묻는 거 아니죠?"

"음, 그럼 아침에 날 보지 말고 점심의 나를, 저녁의 나를 봐요."

이게 무슨 말장난인가 싶어서 예원은 그를 뚫어져라 바라봤다. 또 장난을 치려는 건가. 아니면 무슨 할 말이 있는 건가.

그도 아니면, 그냥 그는 이토록 가벼운 사람인 건가.

예원의 생각이 가짓수를 늘려갈 때쯤 윤형이 신호에 정차한 차를 다시 출발시키며 입을 열었다.

"그렇게 제자리에 있어요."

아-

예원은 의미 없는 소리를 뭉텅 뱉어냈다. 그 순간만큼은 윤형의 그 한마디가 뭐라고, 대체 무어라고 감동을 받은 건지 마구 뛰어대는 심장을 붙들고 싶은 마음이었다.

"시…… 간이 참 빨리 흘러가네요. 벌써 가을이에요. 여름이 왔다 싶었는데."

그 자리에 있어달라는 윤형의 말에 예원은 고백이라도 들은 사람처럼 쑥스러워서, 그저 아무런 말이나 있는 대로 뱉었다.

하지만 정말 시간이 빨리 흘러간다고 생각했기에, 예원은 차창 밖으로 빠르게 지나쳐 가는 풍경들을 보며 아쉬운 눈빛이었다.

"예원아."

그런 예원에게, 윤형이 말했다.

"머물러줘."

방금 전 자신이 뭐라고 했더라, 예원은 생각했다. 그러다 문득 저가 시간이 참 빨리 흘러간다고 말했던 것을 깨닫고는 탄식했다.

지금, 이 남자가 또 자신에게 머물러달라고 청했다.

"시간이 흘러간다고……."

"흐르는 게 아니라 지나는 거고, 그 지나는 시간을 함께 보내고 싶어졌으니까."

예원은 그만 좀 심장이 뛰어댔으면 좋겠다고 생각했다. 뒷말이 무엇인지 모르겠으나, 이미 넘어갔다고 말해줄까.

예원이 진지한 윤형을 바라보며, 꽤나 심각하게 생각했다. 차가 언제 갓길에 세워졌는지 깨닫지 못했던 것처럼, 그녀는 윤형을 보느라 알아차리지 못했다.

윤형의 얼굴에 스친 미묘한 변화를…….

"그러니까 그 시간에 머물러줘, 예원아."

커플들이 바글바글한 곳에 끼여 있는 기분이라 예원은 윤형의 옆에서 떨어지기가 싫었다. 사실 늘 멀찍이 떨어져서 걷던 걸 그만두자마자 윤형이 연신 웃고 있었다.

"그렇게 좋아요?"

"물론, 좋죠."

"뭐가 그렇게 좋은데요?"

"굳이 하나만 말해야 해요?"

윤형의 물음에 예원은 걸음을 멈추고 그를 바라봤다. 표현을 하는 것에 인색한 자신과 달리 윤형은 매 순간 자연스럽게 말하고 행동했다.

그런 윤형이, 저를 좋아하는 이유를 찾고 싶었다.

그냥, 자신이 자신이라서 좋다는 막연한 대답이 아니라 조금은 구체적이고 자세한 그런 대답을 듣고 싶었다.

"이렇게 다른데 왜 좋은 건지 잘 모르겠어서요."

"사실 많이 다르죠."

"그죠?"

"물론 다르지만."

윤형이 뒷말을 잇기 전에 예원은 먼저 말을 끊고 생각하던 것들을 뱉어냈다. 윤형의 시선에서 한시도 눈을 떼지 않은 채로 그녀는 입술을 달싹였다.

"사실 알지 모르겠지만 저는 얼빠에다가 금사빠 맞거든요."

"그래서 사람을 진지하게 만난 적 없을 테고. 맞죠?"

"아니거든요!"

예원은 지나가는 사람들이 모두 다 자신을 한번 쳐다보자 아랫입술을 잘근 깨물었다. 단점을 들킨 것만 같아서 더 성을 내듯 말해버렸다.

"그런 것 같은데, 아니에요? 그러면 실연당했다고 하던 날에 나랑 같이 있을 생각이 안 들지 않았을까 싶어서. 만약에 나라면 그랬을 것 같다고 생각했었으니까."

"네?"

"내가 당신하고 헤어지면 다른 여자랑 한 공간에 있는 걸 싫어했을 거라는 말을 하는 거라고."

예원은 윤형의 말에 반박을 할 수가 없었다. 아니라고 했던 조금 전과 달리 할 말을 찾지 못했기 때문이었다.

"그래서 요즘엔 겉을 멀쩡하게 낳아준 부모님께 꽤 감사해하는 중이에요."

"와. 그거 회장님이나 사모님이 들으면 되게 황당해하실 말 아니에요?"

"왜? 맞지 않나. 일단 예원 씨가 좀 괜찮다 싶게 생긴 사람에게 금방 빠지는 사람이니까. 그래도 괜찮아요. 어차피 서윤형 한정일 텐데."

"그 정도면 병인 거 아시죠?"

예원은 제 입으로 본인이 얼빠고 금사빠라고 해놓고도 윤형에게 다시 듣게 되니 이게 그냥 하는 말인지, 돌려서 구박하는 건지 구분하기가 어려웠다.

"사 년, 일 년, 한 달. 시간이 중요한 게 아니라 얼마나 상대에게 집중했는지의 문제라고 생각하니까."

"이렇게나 다른데 그래도 제가 좋다고 말하는 거예요?"

"좋아하는 데에 이유를 꼽기 시작하면 그건 그냥 좋아하는 게 아니라고 생각해요."

"그럼요?"

"상대의 조건을 보고 만나는 게 아닐까 싶은데."

예원은 윤형의 말에 대꾸할 수가 없었다. 마주 보고 서 있는 윤형의 얼굴엔 여전히 웃음이 가득했다.

"그러니까 이번엔 제대로 나한테 집중해요."

하고 있는데, 뭘 더 어떻게 하라는 말인가 싶어서 예원은 그를 뚫어져라 바라봤다.

"이렇게 해주니까 너무 좋은데."

"아직 대답 안 했거든요?"

"음, 진짜 예원 씨라서 좋은 건데 다른 이유가 필요해요?"

"그게 좀 그러니까……."

"그럼 이렇게 해요. 하루 한 가지씩 말해줄게요."

"네?"

놀란 예원은 자신이 두 눈을 동그랗게 뜨고서 그를 바라보고 있었다는 걸 알지 못했다. 그렇지만 그녀는 그가 자신을 보고 내내 웃고 있었다는 사실을 알아차렸다.

연신 싱글벙글하는 그 얼굴 위에 분명하게 저를 바라보고 있는 시선, 말들이 내려앉자 마치 발치가 땅에 닿지 않는 사람처럼 붕 뜬 기분이었다.

"나에 대해, 그리고 내가 왜 예원 씨를 좋아하는지에 대해 궁금해하는 당신이 좋아."

"와."

탄식에 가까운 예원의 음성에 윤형은 걸음을 옮겨 예원에게 다가갔다. 바로 앞에 서서 그는 예원의 얼굴을 매만졌다. 볼을 만지작거리는 윤형의 손길에 예원은 주위로 지나다니는 사람들을 바라보곤 당황하고 말았다.

이렇게 트여 있는 장소에서 이 남자가 무슨 일을 하려는 건가 싶기도 해서 걱정도 아주 조금 들었다. 하지만 그 모든 걸 상쇄시킬 정도로 발끝을 간질거리는 윤형의 시선이 집요하리만치 자신을 쫓아다녔다.

"예원 씨."

"뭐……. 왜…… 요?"

"해도 돼요?"

"뭘 해요?"

"키스."

주위를 지나가던 커플이 그 소리를 듣고 웃는 게, 사람들이 흘 긋거리며 쳐다보는 게 느껴질 정도였다.

"안 되나?"

"사, 사람도 많고……."

"안 돼도 하려고 했으니까."

"네?"

"그러게 누가 이렇게 귀여우래요."

"귀엽다니? 누가요? 내가? 윤형 씨 그런 말 좀……."

예원은 다른 사람 보기 쑥스럽고 민망한 건 둘째 치고, 자신의 손과 발이라도 지키고 싶은 심정에 말을 쏟아냈다.

"진짜 이 여자 힘들게 하네."

윤형이 말을 하자마자 예원의 입술을 삼켰다. 말을 하려고 달싹이던 예원의 입술을 먹어 치울 기세로 달려드는 통에 그녀는 결국 윤형의 재킷을 꽉 붙들 수밖에 없었다.

정신이 없을 정도로 혼을 빼어놓는 키스를 하는 남자, 그 남자가 앞에 있기 때문에…….

6.

윤형이 자신이 '윤형아'라고 부르는 걸 들으면 너무도 기꺼운 얼굴로, 환히 웃어주지 않을까. 예원은 그렇게 생각하다 고개를 휘휘 내저었다.

이게 다 무슨 소용인가 싶었다. 정작 현실에선 도저히 입이 떨어지지 않는걸. 한숨을 쉬는 중에도 비식, 웃음이 터져 나왔다.

연애는 원래 이런 건가. 아니, 그래서 이런 건가.

예원은 쉽게 구분이 가지 않았다. 따뜻한 허브티를 좋아하는 것 같아서, 의외라고 생각했던 것도 잠시뿐. 이제는 익숙하게 옥상에 있는 공원에 갈 때면 허브티를 손에 꼭 쥐고 갔다.

오늘 오후에 일이 있다고 했는데, 끝났으려나. 예원이 시간을 계산하면서 이십 분 남짓 남은 점심시간을 여유롭게 즐겼다.

휴대폰을 들여다보면서, 시간이 가는 걸 아쉬워하는 것도 아까울 정도였다.

"있었네요."

윤형의 부름에, 예원은 그럴 리 없다는 얼굴을 하면서도 환히 웃었다. 지금쯤 한창 임원들하고 식사해야 하는 게 맞는데 자신의 앞에 있다는 것이 믿어지지 않았다.

"뭘 그렇게 놀란 얼굴을 하고 있어요. 그거, 티?"

윤형이 갑갑해서 혼났다며 넥타이를 느슨하게 풀더니 이내 예원의 손에 있던 허브티를 잡아 들었다.

다행히 적당히 식어 미지근해진 티라, 단숨에 벌컥 들이켜기엔 안성맞춤이었다. 목이 많이 말랐나 싶어 예원은 윤형이 숨을 돌릴 수 있을 때까지 기다렸다.

"이제 좀 살겠네요."

"지금 점심 드셔야 하는 거 아니에요? 점심은요? 왜 여기에……."

"그래서 왔잖아요."

이 남자가 또 무슨 소리를 하려고 그러나 싶어 예원은 저도 모르게 바짝 긴장을 했다. 또 이상한 소리를 해서 저를 놀릴 것 같은 느낌이었다.

"또 이상한 소리 하려고 그러죠?"

"아뇨. 예원 씨한테 늘 솔직하게 말하는데."

그럴 리 없다는 얼굴로 윤형을 바라보던 예원은 슬그머니 웃고 말았다. 이 남자가 저에게 하는 모든 말과 행동이 놀리는 것보다는 다디단 말과 행동에 가깝다는 걸 알기 때문이었다.

"그러니까 밥도 먹고 숨도 좀 쉬려고 이렇게 왔죠."

"네?"

"예원 씨가 있어야 숨도 좀 쉴 것 같고, 밥도 좀 넘길 수 있을 것 같았거든요."

소 한 마리는 너끈히 먹게 생긴 사람이 할 말은 아닌 것 같지만, 윤형은 그런 말을 잘도 했다.

"저…… 윤형 씨?"

"내가 여기 있는 가장 큰 이유가 예원 씨인데, 당연히 이렇게 와서 봐야죠."

진심으로 윤형이 그만 말했으면 싶을 정도로, 예원은 민망해서 얼굴을 붉혔다. 하기야 그녀도 듣긴 들었던 적이 있었다.

한국에는 별로 들어오고 싶어 하지 않아, 매해 어쩔 수 없는 이유를 들어 한 번씩 붙들어 놓는다던 해원그룹 막내아들에 대해 얼핏 들어본 적이 있었다.

그 생각은 미처 하지 못했는데, 기억이라는 게 우습게도 한번 생각나니 그동안 들었던 윤형에 관한 이야기들이 떠올랐다. 그러자마자 불안해지는 제 마음에 예원은 초조했다.

"혹시, 돌아갈 거예요?"

예원은 이제 막 그를 좋아하기 시작했는데 홀랑 달아나버릴까 봐 걱정스러워졌다.

"어딜요?"

"그…… 원래 있었다는 데요."

"아뇨. 혼자는 절대 안 가죠."

다행이다, 라는 말을 입 안으로 삼키고 나서야 웃었다는 걸 예원은 몰랐다. 윤형이 그 모습을 보고는 서둘러 다시 말을 덧붙였다.

"음……. 전에 기억나요? 사진 보고 호텔 찾아온 거?"

윤형의 말에 예원은 가족 식사 자리에 온 예비 형수, 둘째형의 아내가 될 사람과 찍혔던 사진을 오해하고 찾아갔던 자신이 부끄럽기만 해서 작게 고개를 끄덕였다.

"우리 같이 만나요. 오늘 저녁에 식사하자는 걸 예원 씨랑 놀려고 거절했는데, 같이 봐요."

"저……."

"부담은 빼고, 격식도 생각하지 않아도 괜찮아요."

두 눈을 동그랗게 뜬 예원을, 윤형은 견딜 수 없이 좋다는 시선으로 바라보고 있었다.

어쩌지 못하는 감정이 넘쳐서, 뚝뚝 떨어지는 그 모습을 본다면 누구라도 그가 그녀를 좋아하고 있음을 알아차릴 것이었다.

결국 윤형은 눈앞에 선 예원을 으스러져라 끌어안았다. 표현을 할 수 있다면, 이만큼의 세기만큼 너를 좋아하고 있다고 하는 듯 예원을 끌어안고 놓지 않았다.

이미 티가 담겨져 있던 일회용 컵은 발치에 굴러다닌 지 오래라, 그는 신경도 쓰지 않았다. 예원이 숨이 막히다고 윤형의 등을 두드리기 전까지.

"희재 씨, 오늘도 옥상은 출입 금지?"

"하…… 아. 오늘은 사장님이 외부에 다녀오신다고 해서 괜찮을 줄 알았는데 계시네요."

암. 오늘은 점심을 먹고 저희도 옥상에 올라가서 쉴 수 있을 줄 알았더니, 이게 웬일인가. 희재의 시선이 옥상에 있는 두 사람에게 닿았다가 떨어졌다.

사람들이 발길을 돌리며 제2순위로 염두에 두었던 곳들로 저마다 발길을 돌리자 희재도 민지와 함께 걸음을 재촉했다.

"그래도 휴게실이 낫겠죠?"

"아무래도 사장님이 거기까진 아직 안 오시니까."

"아니, 대체 왜! 비밀이냐구요. 다 아는데 비밀이 무슨 소용이라고."

꿀 떨어지는 목소리로 조용히 비밀이라고 말하고 다니는데, 듣지 않았다가는 무슨 후폭풍이 있을지 몰라서 직원들은 팔자에도 없는 연기 중이었다.

우리는 모른다는 티를 팍팍 내고 다니는 것이 더 이상할 수 있어 보였겠지만 최 차장님은 아직 눈치조차 채지 못한 것 같았다. 비밀이 맞는 건가 하는 의구심은 든 모양이었지만, 글쎄. 그것도 잠시뿐이었다.

그런 모습을 보니 사장인 윤형의 말처럼 둔한 게 맞는 거 같기도 했다.

"참, 사장님 소문하고 다르게 엄청 멍뭉이 같지 않아요?"

못 먹는 떡이니 얘기나 실컷 하자 싶어서 민지가 먼저 말을 꺼내자 희재 역시 맞장구를 쳤다.

"멍뭉이도 그런 멍뭉이가 없지 않아요? 저는 사장님이 최 차장

님한테 '누나'라고 하는 거 엿들은 적 있는데 비명 지를 뻔했잖아
요."

"저 덩치에, 저 얼굴에……. 멍뭉미가 있을 줄은."

아무도 상상하지 못한 영역이라 새로웠었다. 멍뭉미라니. 서윤
형에게 그런 것이 장착된 줄 알았더라면 외국 여자 연예인이나 모
델 중에 연상이 있지 않았을까.

희재는 그렇게 생각하다가 지금 그가 보여주는 것이 예원에게
한정된 것일 수 있겠다는 생각에 고개를 휘휘 저었다.

"근데 우린 언제까지 모른 척해야 하는 거지?"

"그러게요."

그러고 싶지는 않지만, 장소와 시간을 가리지 않는 사장님 때문
에 심장이 덜컥거리면서 놀라고 당황스러운 건 직원들이었다.

모른 척하라더니, 광고를 하고 다니면 어떻게 모른 척하냐고 시
위를 하고 싶었으나 차마 말은 하지 못하고 어색하게 웃기만 하던
그들은 한숨을 푹 내쉬었다.

아마도, 사장님이 예원과 결혼을 하든지 해야 이 상황이 종료되
지 않을까 싶은 생각이 들자 멀었다는 걸 깨달았기 때문이었다.

회의가 끝나자마자 윤형은 비서에게 오후 일정을 모두 취소하
고 다시 잡으라고 말했다. 다소 얼이 빠진 비서에게 죄책감이 조금
들긴 했지만 그는 모른 척했다.

윤수에게서 함께 저녁을 먹자는 연락을 받았을 때에는 나가려
고 시간을 비워뒀지만 이후 지혜가 함께 나온다는 말을 듣자마자

가지 않겠다고 했었다.

그래서 부득이 일을 잡은 것이었는데, 다시 취소해달라고 했으니 비서에게 조금 미안하기는 했다.

사실 지혜와 친구라고 해도 가족으로 다시 엮이게 되니 조금 불편한 감정이 생겨, 가급적 마주치고 싶지 않았다. 친구로서야 언제든 환영이지만, 형수가 된다니 어쩐지 어색해지는 느낌이라 달갑지 않았던 것이다.

"형, 잠깐 통화 괜찮아?"

윤수에게 전화를 건 윤형은 곧장 본론을 꺼낼 생각이었다. 물론, 지금 형이 통화가 괜찮다는 가정하에.

-어, 무슨 일?

"저녁 먹자던 거."

-너 나올 수 있는 거냐?

"괜찮을 거 같아서. 어디로 가면 돼?"

-아. 문자로 찍어서 보낼게.

이따 보자, 라는 윤수의 말에 윤형은 얼른 다음 말을 이었다.

"동행할 사람 있어."

마치 오늘은 참 서핑하기에 좋은 날이군, 하는 말투였어서 윤수가 조금 느리게 반응하고 말았다.

방금 뭔가 이상한 말을 들은 거 같다는 생각을 하자마자 들은 걸 믿지 못했기 때문이었다. 윤형이 누군가를 가족과 밥을 먹는 자리에 데리고 나온 적이 단 한 번도 없었다.

-어……? 어. 그래.

윤수가 다소 얼빠진 소리로 답하고 나서야 윤형이 용건만 간단하게 하려던 통화를 그제야 끝낼 수 있었다.

예원이 편하게 형을 만나야 할 텐데 싶기도 하고, 잔뜩 경직돼서 저에게만 기대는 예원을 보고 싶기도 한 이중적인 마음에 윤형은 또다시 웃음이 흘렀다.

"보고 싶네."

방금 봤지만 또 보고 싶어 큰일이라고 생각하면서도 그는 좋았다.

예원을 보면 항상 조급했다. 더 저 사람의 곁에서 떠나고 싶지 않다는 바람이 가득 마음을 메우면 언제나처럼 예원을 갈구했다.

"예원 씨, 불편해요?"

"도련님, 당연히 불편하죠."

"오, 그래도 예비 형수로 있네? 어른들 없는 자리라 평소처럼 할 줄 알았더니?"

"저……."

지혜가 윤형의 장난스러운 말투에 뭐라고 하려다가 입을 다물고 윤형이 데려온 여자, 최예원이라고 스스로를 소개하던 여자를 바라봤다.

결국 그녀는 무척이나 불편해 보이는 여자에게 말을 건넬 겸 분위기도 편하게 풀어볼 겸 더 입을 열었다.

"도련님이 너무 당연한 걸 묻잖아. 오빠가 좀 어떻게 해봐. 저러다가 먹는 거 다 체하실 거 같아."

윤수를 채근하는 지혜의 모습에도 윤형은 여전히 예원만 바라보고 있었다. 어디 더 불편한 건가 싶어 뭘 어떻게 해줘야 할지 고민도 했다.

"아니에요. 괜찮습니다. 윤형 씨, 나 괜찮아요."

한사코 괜찮다고 하는 예원의 모습에도 안심이 되지 않았던 윤형은 마음을 놓을 수가 없었다.

너무 제 주위로 끌어당기려고만 하는 건가 하는 생각이 들었던 것도 잠시. 그는 예원이 더 자신의 삶에 들어왔으면 좋겠다고 생각했다.

"예원 씨, 저희 부모님 소원이 뭔지 아세요?"

"형."

"물론 이런 말 하면 부담스러워하실 것 같아서 하지 않으려고 했지만, 저 녀석이 이렇게 누구 말을 잘 듣는 줄 처음 알아서 말이죠."

"형, 그만해. 이 사람 부담스러워해."

"저 녀석 서울로 들어와서 정착하는 거, 하나 바라십니다."

윤형은 시시콜콜한 가족 이야기 같은 건 예원에게 아직 하지 않은 상태였었다.

"저 녀석 어렸을 때 가족이 모두 있지만 혼자인 것보다는 외국에서 공부라도 하는 게 낫겠다 싶어서 보냈거든요. 근데 이렇게 오래도록 들어오지 않으리라고 가족들 그 누구도 생각하지 못했었고."

예원의 시선이 자신을 향하는 건 좋았지만 형의 말은 듣기에 좋지 않았다. 사실 그 혼자 듣기 싫었던 것뿐이지 예원은 관심을 두고 귀를 기울이는 모양새였다.

"저……."

"형, 그만하자. 이 사람 부담스러워해. 그냥 가벼운, 간단한 식사 자리라고만 알려주고 나왔어."

윤형은 예원이 자신이 없는 삶을 생각 못 하도록 더 깊숙이 제 생활 반경 안으로 들여오고 싶었던 욕심이 뭐라고 지금 이 상황을 만들어냈나 싶었다.

"예원 씨, 갈래요?"

"아니요."

"가요."

가지 않겠다는 여자를 붙들고 가자고 조르는 윤형을 본 지혜와 윤수의 얼굴엔 놀라움이 가득 번져 있었다.

저희가 본 게 그 무뚝뚝하고 속에 있는 말을 잘 안 하는, 가족에게 고수하는 그 모습인, 윤형이 맞는 건가 싶었다.

"윤형 씨가 오자고 그랬잖아요."

"그랬죠."

"그리고 하루 한 가지, 그거 거짓말이죠?"

"아. 그거."

윤형은 예원이 왜 저 말을 꺼냈는지 알고 있었다. 자꾸만 가자고 하니 제 관심을 어디로든 돌려보려고 하는 나름의 노력이리라.

하지만 윤형은 정말로 말할 생각이었다. 예원이 얼굴을 붉히며 소리를 지르는 모습도 귀여웠으니까. 그 모습을 구경하는 셈 치자고 생각했다.

"아직까지 안 버려줘서 좋아요."

"사장님!"

소리를 버럭 내지르는 예원을 보던 윤형은 물을 마시다가 콜록거리는 지혜의 소리에 혀를 찼다.

이게 어디 저럴 일이었던가. 윤형은 다소 뻔뻔하다시피 싱글벙글 웃기만 했다.

그 모습에 지혜가 놀라서 입술만 뻐끔거렸다. 무언가 말하고 싶은 얼굴을 하고서는 정작 말 한마디를 못 하는 그 모습을 예원만 보지 못했다.

하지만 윤형은 그래서 다행이라고 생각했다. 만약에 예원이 봤더라면 저에게 조금 더 투덜거렸을 게 분명했다.

하지만 그의 행동을 제재하고 싶었던 생각으로 하는 거라면 소용없었다. 그에게는 예원의 투덜거림마저 귀엽고 좋았으니까.

"그러니까 내일도 만나야겠다. 그죠?"

"회사에서 보…… 잖아요. 그것보다……!"

"그러니까. 너무 다행이지 않아요?"

"쫌!"

예원이 결국 성을 내자 윤형은 웃으며 예원의 등을 토닥였다. 다정한 그 손길과 행동들에 혀를 내두르던 윤수는 기침이 멎은 지혜에게 물 잔을 건네고는 천천히 말했다.

"다음 주 월요일, 저희 결혼식인데 오신다면 한 자리 더 마련하라고 하겠습니다."

"네? 결혼…… 하세요?"

"발표는 당일 오전에 날 거라서. 결혼식 날까지 비밀인 사항이라."

"아, 물론 어디 가서 말하거나 그러지는 않아요."

"그러리라고 생각했습니다. 오시는 겁니까."

"그게……."

망설이는 예원의 모습에 윤형은 형을 보고 하지 말라는 듯 고개를 저었다. 그는 그 모습에 윤수가 더 시선을 빛내고 있음을 알지 못했었다.

"제가 갈 자리가 아닌 것 같아서요. 그리고 딱히 오늘 이 자리도 제가 올 자리가 아닌 것 같았었어서……. 사장님이, 아니 윤형 씨가 불쑥 잡아놓은 약속 같아서 같이 나온 것뿐이에요."

"네."

눈에 보일 정도로 풀이 죽은 윤형의 모습에 순간 마음이 흔들렸던 예원은 저도 윤형의 가족이 궁금했었다고 할까 싶었다.

하지만 그러면 정말로 그의 둘째형 결혼식에 가야 할 것 같았다. 그다음은 보지 않아도 뻔한 일이었다.

"식사는 너무 감사합니다."

"예."

"그에 따르는 호의도 감사합니다."

"바르시네요. 옆에 있는 그 녀석하고는 달리."

놀란 표정은 어찌하지 못했다. 예원의 그 모습에 윤형이 다시 금세 원래대로 돌아와 있었다. 예원을 바라보고 연신 웃는 그 얼굴로 그녀를 보고 있었다.

윤형과 예원이 먼저 일어나겠다고 하고선, 룸을 벗어나자마자 지혜의 입에선 감탄사가 연신 흘러나왔다.

"와."

"지혜야."

"오빠, 도련님 맞아? 그 서윤형 맞아? 형님이 보신 게 이거 맞는 거겠지? 컬쳐쇼크 받은 얼굴로 혼자 돌아왔었던 때부터 알아봤어야 했어. 어머님이 이거 아시면 진짜로 기뻐하실 것 같은데."

"가만히 있자."

윤수는 조금 전 동생의 모습을 떠올리고는 헛웃음을 입 안으로 삼켜냈다.

"응?"

"가만히 있어. 먼저 말할 때까진 아는 척도 하지 말고."

"왜?"

"하는 거 보니, 조만간 알아서 데리고 올 것 같으니까."

"근데 아까 들었어? 이래서 좋고, 저래서 좋고. 다 좋다고 광고하더라. 안 그래도 저번에 부탁받은 거 있어서 가만히 있으려고 그랬어. 나 그 정도로 눈치 없지는 않아. 근데 진짜 의외긴 하다. 서윤형, 쟤가 저럴 줄은……."

종알거리면서 조금 전 윤형과 예원의 모습을 이야기하는 지혜의 모습에 윤수는 크게 호응을 하지 못했다. 하지만 부드러운 얼굴로 며칠 뒤에 법적으로든 공식적으로든 아내가 될 여자를 바라봐 주고 있었다.

곧 결혼할 사람들이라고 했지만 어쩐지 저희와는 다른 분위기가 흐르는 느낌이었다. 예원은 윤형과 오랫동안 만나면 저희에게도 유대감과 비슷한 종류의 감정들이 생겨나지 않을까 싶었다.

"무슨 생각을 그렇게 해요?"

"음, 조금 전에 윤형 씨 형님이요. 그리고 같이 결혼하실 분이 좀 부러웠어요."

"부러워요?"

"조금? 사실 여자 나이 서른셋인데, 결혼하는 게 전혀 안 부럽다고 할 수는 없죠. 물론 사람에 따라 다르지만, 저는 그래도 결혼 문제에서는 일단 하고 싶은 생각이 있어서 그런 걸 수 있어요."

예원은 말을 꺼내놓고도 공연히 남자에게 부담을 주는 말을 한 건가 싶어 서둘러 이유를 덧붙였다.

사실 지금도 결혼을 왜 안 하냐는 부모님의 압박을 받은 지 꽤 됐어서 마냥 연애만 할 수도 없는 노릇이었다.

결혼시장에 나서려면, 지금이 적기이기도 했다. 사실 지금도 그 시장에선 노후된 물건 취급이겠지만, 나이가 서른다섯이 넘으면 정말 소개팅을 받기도 어려워질 테니까.

"무슨 걱정이에요. 버리지 말아달라고 늘 말하는 나 좀 데리고 살아요."

윤형의 말에 예원은 거의 반사적으로 주위를 살폈다. 그의 말을 들은 사람이 더 있나 싶어서, 놀란 얼굴을 하고서도 주위를 두리번거렸다.

"그……"

"왜요. 데리고 살기엔 싫어요?"

잔뜩 불쌍한 얼굴을 하고선, 어깨를 축 늘어뜨린 윤형의 모습에 예원은 웃음을 입 안으로 삼켰다.

세상에 불쌍한 척하는 모습이 이렇게 잘 어울릴 거라고는 생각도 못 했었는데……. 정말 잘 어울렸다.

"윤형 씨."

"네……."

말꼬리도 늘여서 더 표정과 잘 어울릴 수밖에 없다고, 예원은 그렇게 생각했다. 그러면서 조용히 커피가 담겨 있던 잔을 들어 목을 축였다.

"정말 잘 어울려서 진짜 우울한 거라고 속을 뻔했어요."

"거의 넘어왔는데……."

"윤형 씨."

예원이 조용히 그를 다시 불렀다. 그런 예원의 모습에 윤형은 조금 전과 같은 모습을 하고선 방금 아무 일도 하지 않은 사람처럼 굴었다.

하여간 능청스럽고 뻔뻔한데 밉지 않아서 예원은 그게 가장 큰 문제라고 생각했다.

"내일 뭐 해요?"

예원은 그래도 더 물어볼까 싶어 윤형에게 말을 건네려고 했다. 하지만 그보다 먼저 그가 예원에게 말을 건넸다.

"내일…… 요? 내일 집에서 좀 쉬려고 했어요."

"그럼 내일 저녁 먹을래요? 할 얘기도 있고."

"중요한 얘기예요?"

"중요하죠."

윤형의 말에 예원은 단번에 궁금증이 일어났다. 대체 무슨 일 때문에 할 얘기가 있다고 말하는 것일까. 예원은 혹시 인사발령이 났는데 저가 보지 못한 건가 싶어 곰곰이 생각했다.

하지만 오늘 사내 게시글이 올라오는 란에는 새로운 공고 자체가 나지 않았었다. 그리고 윤형의 인사발령이라면 백화점 직원들이 수군거리고 다녔을 게 분명했다.

이처럼 조용할 리도 없는데…….

혹시 가볍게 만난 사이니 가볍게 헤어지려고 이러나 싶어 순간 불안감이 들었다. 하지만 지금껏 봐온 윤형의 성격상 그것도 아닌 것 같았다.

"그……."

예원이 말을 고르느라 고심하면서 입을 막 뗐다. 한데 그 순간 윤형도 동시에 예원에게 말했다.

"내일 집으로 갈게요."

"아……."

"내일 봐요."

윤형이 건넨 내일을 약속하는 말에 예원은 고개를 끄덕였다. 내일 보자는 그 말이, 귓가에 닿자마자 달아서 발끝을 간질였다.

예원은 이 기분 좋은 간질거림이 끝나지 않았으면 하고 바랐다.

"무슨 생각 해요?"

"뻔한 거 아닌가."

"네?"

"남자가 여자를 옆에 두고 무슨 생각을 하겠어요? 응?"

예원은 조금 전 저의 집 앞이라고 들이닥쳤었던 윤형의 행동에 정신을 차리지도 못했는데, 와서는 이런 말만 늘어놓는 윤형의 모습에 당황할 수밖에 없었다. 집으로 온다는 게 이런 의미였었나 싶어 당황하던 예원은 결국 윤형을 얄밉다는 양 흘겨봤다.

"윤형 씨 이러려고 왔죠?"

"언제쯤 이름 불러줄 거예요?"

"그, 그건……."

"나 누구누구 씨 말고 이름으로 듣고 싶은데?"

윤형의 간절한 바람에 예원은 어색하게 '하- 하-' 하고 웃을 수밖에 없었다.

"그…… 오늘 우리 뭐 해요?"

말을 돌려보려고 안간힘을 쓰고 있는 예원의 모습에 윤형은 결국 웃고 말았다.

"예원 씨가 괜찮다고 한다면."

"한다면?"

"음……."

예원은 윤형이 무슨 말을 하려나 싶어 소파에 앉아 있는 그를 가만히 바라봤다.

"저녁 내가 만들어주고 싶은데."

"그동안에는요?"

"저녁을 만들어야 하니까, 장을 봐야겠죠?"

청바지에 니트를 입고 있는 윤형을 그제야 이해하곤, 예원은 저절로 고개가 끄덕여졌다. 아, 그래서 이 남자가 평소보다는 편하게 입고 왔구나 싶어서 고개를 끄덕였을 뿐인데 윤형의 표정이 너무도 밝아졌다.

"그럼 장부터 보러 갈까요?"

"네? 왜요?"

"방금 좋다고 고개 끄덕인 거 아니었어요?"

"아니, 그건 그런 의미가 아니라……. 그리고 왜 윤형 씨가 내 집에서 밥을 하겠다고 하는 건데요? 해도 내가 해야죠."

"해줄 거예요?"

"……집에서 밥 안 해먹거든요."

예원은 정말로 집에서 밥 한 번 해먹은 적이 없었다. 집은 그냥 자고, 씻으려고 있는 공간이었을 뿐이지 그녀에게 있어서 한 번도 무언가를 해본다거나 하는 공간이 아니었다.

음식은 예원에게 정말로 미지의 영역이었다. 밖에서 일만 할 줄 알았지 집안일은 손도 안 대고 살았다.

물론 청소와 빨래 정도는 그녀도 너끈히 했지만, 요리는 전혀 다른 문제였었다.

"그럼 이 기회에 밥 먹으면 되겠네요."

"윤형 씨, 솔직하게 말해봐요."

"뭘요?"

"살찌워서 어디 팔아버리려고 이러는 거죠? 그러지 않고서는 어떻게 만날 나만 만나면 뭘 먹여요? 지난번에 갈대 보러 갈 때는 아예 차에 타자마자 기다렸다는 듯이 먹였잖아요."

윤형이 자신의 말에 웃음을 터트리는 걸 보면서도 예원은 테이블을 사이에 두고 윤형을 바라보고 있었다.

"이리 와요."

윤형이 저의 집 소파에 앉아 바닥을 두드리는데, 무척 잘 어울렸다. 위화감이라고는 들지 않는 행동에 예원은 앞으로 저 소파를 보면 윤형이 떠오를 것 같았다.

이래서 집에 친한 친구 외에는 사람들 잘 들이지 않았는데…….

"이리 좀 와봐요."

윤형이 다시금 저를 불렀다. 예원은 이런 순간에 가장 손끝이 간질거리는 느낌이었었다.

그가 가만히 저를 부르는 그런 순간들은 언제나 설레었다. 윤형이 알면 매번 자신을 부르고, 또 부르지 않을까…….. 순간 그런 생각을 하다가 예원은 어림없다는 듯 소파 옆으로 걸음을 옮겼다.

밖으로 나가려면 어쨌든 옷을 갈아입어야 하니까. 하지만 지나가던 예원의 손을 붙든 윤형이 그대로 잡은 손을 당겨 예원을 그의 무릎 위에 앉혔다.

놀란 예원이 단말마의 비명을 지르며 윤형을 보자 그가 장난기가 다분한 얼굴로 예원을 바라보고 있었다.

시선은 조금 더 집요했지만, 예원은 놀라서 그의 시선이 보이지 않았다. 그저 몸을 일으키려고 버둥거렸을 뿐이었다.

"오늘은 귀여워서 좋아요."

"네?"

"그러니까 할게요."

뭘 해? 아니, 그보다 귀엽다니. 누가? 자신이?

매번 이런 식의 말을 듣지만 이게 말이나 되는 소리인가 싶어서 윤형을 보자, 그가 비죽 입가를 비집고 나오는 웃음을 이젠 막지도 않았다.

"뭘 해요?"

"키스."

"네?"

"왜, 싫어요?"

이걸 좋다고 해야 하는 건지, 싫다고 해야 하는 건지 도통 알 수가 없어 예원은 대답하지 못했다.

"싫어도 별수 없을 것 같은데."

"왜요? 그럼 왜 물어봤어요?"

"형식상 물어본 거죠."

윤형의 손이 얼굴을 매만지고 있었다. 예원은 그 온기에 취해 있는 저를 발견하고는 웃음을 집어삼켰다.

벌써 이 눈치 좋은 남자는 자신이 웃었다는 걸 알아차렸을 게 분명했다.

"혼나기 싫으니까."

"네?"

혼을 누가 낸다고 이러는 건지. 예원은 됐다고 몸을 일으키려고 윤형의 어깨에 손을 얹어 힘을 실었다.

하지만 윤형이 조금 더 빨랐다. 예원을 그의 무릎이 아닌 소파에 앉혀놓고는 턱을 손으로 단단히 잡아 그만 보도록 만들었다.

놀란 예원의 시선에 온전히 그만 가득 들어차 있었다. 예원은 당장이라도 시선을 피하고 싶을 정도로 쑥스러웠다.

키스를 뭐 이렇게 대놓고 하는 남자가 다 있나.

지난번엔 탁 트인 공간에서 사람들이 지나다니건 말건 하더니, 이번엔 집에서 이러고 있었다. 차라리 밖이 아니라 사람들이 보지 않으니 다행인 건가 싶기도 했지만, 이거나 저거나 비슷하긴 마찬가지인 것 같았다.

"저……."

예원은 눈앞에 있는 윤형의 시선이 얼굴을 붉힐 정도로 집요해서 말을 끝내지도 못했다. 하지만 윤형은 그런 예원을 보고는 웃었다.

웃는 그 모습이 꽤나 매력적이라, 예원은 일순 멍하니 윤형을 바라봤다.

그가 조금 더 다가와 입술에 입술을 맞추자 전해지는 온기에 두 눈을 느리게 떴다 감았다.

그러곤 이내 온전히 소파에 등을 기대었더니, 그가 자신의 얼굴을 단단히 붙든 채로 오래도록 숨결을 주고 앗기를 반복했다. 그렇게 질척이는 소리가 귓가를 어지럽혔다.

"하……."

겨우 입술을 뗀 그가 자신을 놓지 않은 채로 입을 달싹였다. 그 작은 행동에 입술이 온기로 간질거렸다.

"밖에서 기다릴게요."

"네."

"마트 가요."

불규칙적인 숨소리, 자신만을 향한 그래서 좋은 그의 시선. 그 모든 것이 어우러진 순간이 예원을 사로잡았다.

지금 이 순간에도 윤형은 저를 먼저 생각했다. 예원은 이런 남자라면 오래도록 함께 있을 수 있지 않을까, 그렇게 생각했다.

자신이 최우선인 사람. 그런 사람은 없다고 단정 지어 생각했던 지난날이 우스울 정도로 그는 자신에게 매우 진심이었다.

원나잇에 책임지는 행동이라고 보기 어려울 정도였다. 누가 보면 정말 좋아하는 줄 알 것 같다고 생각하던 그녀는 어느새 집 안에서 없어진 윤형을 찾듯 주위를 두리번거렸다.

"미쳤네. 내가 진짜 미친 거 같네."

윤형의 진심을 의심하지는 않았다. 의심은 사람을 끊임없이 괴롭히는 소모적인 감정일 뿐이니까.

게다가 이렇게 잘해주는 윤형을 의심할 리도, 그럴 필요도 없었던 예원이었다. 모든 감정들이 자신의 의심으로 기인해서라는 걸. 그래서 이전에, 그 이전에도 자신은 모든 사랑에 있어서 의심했었음을 인정할 수밖에 없었다.

지금 윤형을 보면 자신이 얼마나 사람을 믿지 않았는지 알 것도 같으니까. 그런데 이상하게도 윤형은 믿어졌다. 그게 좋아서 바꾸고 싶지도 않았다.

"이거 어때요?"

"음, 뭐 해줄 거예요?"

안심을 들고선 이리저리 보는 윤형의 옆에서 예원은 오늘 메뉴가 뭐길래 윤형이 이렇게 고민하나 싶었다.

"스테이크."

"그럼 뭐 괜찮지 않을까 싶은데……. 사실 잘 볼 줄 몰라서요."

"그럼 이걸로 할게요."

장바구니 안에 하나씩 담기는 재료들을 볼 때마다 예원은 신기했다. 마트에서 누군가와 함께 장을 본 적이 처음이었기 때문이었다.

"왜 그렇게 봐요? 또 키스하자고?"

"윤형 씨!"

"장난이에요. 장난. 근데 왜 그렇게 봤어요? 예원 씨가 봐주는 건 언제든 환영이지만."

"다른 사람하고 장보러 나온 적이 처음이라서요."

"잘됐네."

윤형이 꽤나 만족스러운 얼굴이었다. 예원은 그런 그의 표정 변화가 이해되지 않아 어리둥절할 뿐이었다.

"처음이라는 것도 좋고, 다른 놈들하고 해본 적 없다는 건 더 마음에 들고."

"윤형 씨. 진짜……."

"앞으로 쭉 나랑만 다녀요."

"윤형 씨, 진짜 이럴 거예요?"

"뭐요? 이런 거?"

그가 말을 하자마자 예원의 어깨를 끌어당겨 자신 쪽으로 오도록 했다. 순간 윤형의 품에 안기게 된 예원은 놀라서 윤형을 올려다봤다.

그런 예원의 등 뒤로 어린아이들이 카트를 끌고 지나가고 있었다. 속도가 꽤 빨랐기에 윤형이 예원을 보호하지 않았더라면 부딪히고도 남았었다.

"내가 있을 때에는 덜 조심해도 되지만, 나 없으면 조심하고 다녀요. 아예 차를 줄까요?"

"돈 많아서 좋겠어요. 그렇게 차를 막 준다고 하고."

예원의 말에 윤형이 실없이 웃었다. 그가 왜 그러는지 모르지 않는 예원은 덩달아 웃고 말았다.

진짜 이러다가 실없이 웃고 있는 것도 닮겠다 싶어서 자제하려고 하는데도 불구하고 함께하는 순간엔 그게 잘 되지 않았다.

"나랑 쭉 같이 있으면 내 거 다 줄 건데, 싫어요?"

"싫어요. 저는 제가 번 것만 제 거 할 거라서요."

"아쉽지 않겠어요? 나 그래도 꽤 벌었는데?"

당근을 챙겨서 장바구니에 넣은 윤형이 생글거리는 낯으로 저를 봤다. 저런 표정을 짓고 있는데도 얄밉지 않아 보이니 큰일이었다.

솔직히 이쯤 되니 누가 누구에게 코가 꿰인 건지 감이 잡히지 않는 수준이라, 예원은 윤형의 능청에 고개를 저으며 아니라고 대답했다.

"그럼 봉사한다고 생각하고 데리고 살아주는 건 어때요?"

"네?"

"데리고 살아주기만 하면 내가 진짜 다 해줄게요."

"아니…… 결혼 생각 없는 거 아니었어요?"

서윤형이 결혼에 목을 맨다는 소리는 들어본 적이 없었기에 예원은 놀라 걸음을 멈춰버렸다.

그런 예원의 손을 한 손으로 붙들곤 한 손으로는 바구니를 들고 다니는 윤형의 걸음은 무척이나 신나 있었다.

"아주 없는 건 아니죠."

"그럼……."

"예원 씨니까 있는 거지."

"이런 거 다른 여자한테도 써먹어봤죠? 솔직히 말해봐요."

대답 없는 윤형을 본 예원은 계산된 물건을 받아서 마트 밖으로 걸음을 옮기는 윤형에게 이끌려 나갔다.

"질투하는 거예요?"

차에 물건을 넣은 그가 예원을 돌려세우더니 물었다. 그녀는 이게 질투인가 싶었는데, 영 알 길이 없는 감정이라 당황스럽기만 했다.

"모르겠는데, 이게 질투예요?"

"맞는 거 같은데……."

"그게 중요한 게 아니잖아요."

불퉁한 소리가 저절로 튀어나오게끔 행동하는 그가 조금은 얄미웠다.

주차장까지 한마디 말도 없이 데리고 오더니, 지금은 질투하냐고 웃는 윤형이 조금 얄미워서 예원은 입술만 삐죽거렸다.

달리 표현할 길도 없고, 오늘 제 집에서 요리를 해주겠다고 버티고 있는 윤형이 여기 떡하니 있으니 다른 반항은 할 것도 없었다.

"귀엽네, 진짜."

"됐거든요!"

"아니에요. 나 다른 여자한테 이런 적 없었다니까?"

조수석 문을 열어주면서도 제게 설명하는 모습이 마음에 들었다. 하지만 아닌 척 예원은 차에 올라탔다.

"안 믿어줄 거예요?"

"몰라요."

"믿을 거죠?"

"모른다니까요?"

"그럼 믿어줄 때까지 키스하고 싶은데, 그건 돼요?"

"윤형 씨!"

빽 소리를 내지르던 예원은 다시 입술을 깨물었다. 진짜 몇 번이고 윤형의 장난에 걸려들어서 번번이 반응을 보였다.

윤형이 이런 자신을 보고 즐거워하는 걸 알면서도 예원은 꽤 쉽게 걸려들곤 했다.

"이러니까 안심이 안 된다니까."

"윤형 씨만 아니면 나한테 이럴 사람 없다니까요."

"오늘 들은 소리 중에 두 번째로 마음에 드는 소리네요."

"첫 번째는…… 뭔데요?"

그놈의 호기심이 뭐라고, 예원은 첫 번째는 뭐였을까 궁금해서 묻지 않을 수가 없었다.

"이런 거 해본 게 처음이라고 했던 말."

"그게 왜요?"

"다른 놈들이 있었어도, 그냥 시간 때우듯이 만났다는 소리처럼 들렸으니까."

그게, 이렇게도 해석될 수 있었다니……. 예원은 조금은 신기해졌다.

"그 말이 그렇게 해석될 수도 있는 거였어요?"

"물론."

"내가 해봤었다고 하면 어떻게 되는데요?"

"가끔 보면 굉장히 쓸데없는 가정을 잘하는 거 알아요?"

"그래서 어떻게 되는데요?"

"어떻게 하긴. 나랑 한 백 번쯤은 더 와서 예전 생각 안 나게 만들어야죠."

붉어진 얼굴로, 그게 느껴질 정도로 얼굴에 열이 몰렸기 때문에, 윤형을 바라보던 예원은 시선을 내렸다.

지금 당장은 윤형의 시선을 마주치기가 굉장히 버거웠다. 집요하게 자신을 좇는 시선을 알지 못한다면 모를까, 알고 있는데 이렇게 쑥스러워하면서 바라보는 건 힘들면서도 은근한 기대를 키워 냈으니까.

"그럼 집에 가죠."

잘 익은 안심스테이크와 같이 견들일 야채들이 접시 위에 놓이

자 먹음직스러웠다. 거기다가 와인까지.

예원은 윤형이 왜 이렇게 오늘따라 더 신경을 쓰는지 알지 못해 어리둥절하기만 했다. 자신이 도와준다고 해도 한사코 가서 쉬라고 하는 윤형이었다.

"다 됐어요."

"도와주겠다니까."

"오늘은 예원 씨가 도와주면 안 되는 날이라."

"무슨 일 있어요?"

"일단은 앉죠. 앉아요."

윤형이 예원을 자리에 앉히고는 어서 먹으라고 예원을 몇 번이나 채근했다.

"맛있어요?"

"네. 맛있어요."

"다행이네. 잘 먹고, 잘 지내고 있어요. 알았죠?"

미묘하게 타이르는 느낌이었다. 하지만 예원은 있으라고 하는 윤형의 말에 숨겨진 의미가 더 신경 쓰였다.

"어디…… 가요?"

마이애미에서 살고 있었다는 이야기는 들었지만, 돌아가려는 건가 싶어 예원은 서운한 표정을 숨길 수가 없었다. 서운하다기보다는 무척이나 실망한 얼굴을 할 수밖에 없었다.

"정리하러 다녀오려고 해서 시간이 아주 조금 걸릴 거 같아요."

"그럼 그냥 음식을 해주고 싶었던 건 아니었네요?"

"잘 봐달라는 뇌물이죠. 예원 씨 옆에 당분간은 없을 테니까."

"거긴 당신 친구들도 많겠네요? 거기서 자라고, 학교도 거기서 나왔잖아요."

새삼스러울 것 없는 이야기였지만 예원은 어딘지 모르게 서운했다. 사는 환경 자체가 달랐던 윤형이라는 걸 모르지 않았다. 그랬음에도 어쩐지 스스로 말하고 나니 서운한 마음이 배가 되는 것 같았다.

"서운해요?"

"아니면 거짓말이죠. 그렇게 매일매일 와서 건드려놓고."

"완전히 가는 건 아닌데, 싫어요?"

"안 가면 거긴 그대로 있는 거죠?"

"아마도."

"그럼 늘 돌아갈 생각을 하겠네요."

"같이 가면 참 좋겠다고 생각해요."

윤형의 말에 예원은 고개를 저었다. 이제 막 연애만 하는 상대와 함께 외국을 간다는 것이 더 우스웠다.

"거기 가면 전, 뭐 해요?"

지극히 현실적인 문제를 고민하지 않을 수도 없는 노릇. 게다가 연애 상대가 일순 결혼 상대로 바뀌는 것도 아니고, 윤형의 입에서 결혼하자는 말이 나온 것도 아닌데…….

예원은 덥석 그러자고 할 수가 없었다.

"그러게요. 그래서 정리하고 오려는데."

"왜요? 정리하는 이유가 있을 거잖아요."

"당신."

윤형의 말에 예원은 그냥 하기 좋은 빈말이라고 생각했다. 하지만 그녀는 뒤이어진 그의 말에 모든 행동을 멈췄다.

"당신 옆에 있고 싶어졌거든."

"왜…… 요."

"당신이 나 없는 삶을 사는 게, 상상하는 것만으로도 싫으니까."

"그러니까 그럴 이유가 없는데……."

"왜 이유가 없다고 생각해. 이유는 충분해. 충분하고도 남아."

그러니까 그 이유가 설마 자신이라는 건 아니겠지. 예원은 그렇게 생각했다. 설마 저일 리가 없다고, 그래서 저 남자가 이런 행동을 하는 게 아니라고.

모든 상대들에게 충실했었다고 하니 자신에게도 그렇게 해주는 것뿐이라고 생각했다.

"당신이 좋으니까. 거기서 그쳤으면 괜찮았을 텐데, 그 이상인 것 같으니까 제대로 해보려고 내가 정리하겠다고."

"저……."

"그러니까 돌아오면 불러줘, 내 이름."

간곡한 부탁, 그리고 전해진 진심.

7.

윤형이 마이애미로 떠난 지 꽤 오랜 시간이 흐른 터였다. 어느 순간부터 예원은 날짜를 세지도 않았다.

괜스레 실망할까 봐 그런 것도 있었지만 정말 숨 한번 제대로 쉴 수 없을 정도로 바쁜 나날이 이어졌기 때문이었다.

하지만 간간이 휴대폰 메신저나, 메일은 확인했다. 휴대폰이나 컴퓨터를 켜면 늘 확인해서 윤형에게서 온 연락이 없나 보는 것이니 간간이라고 볼 수도 있었다. 예원은 남모를 한숨을 삼키면서 바쁘게 서류를 챙겼다.

"차장님! 월말 보고는요?"

"곧! 삼십 분이면 돼요."

"네!"

월말에다가 연말이라 보고할 것도 많고, 신경 쓸 일도 많았다. 해가 넘어가니 새해 선물을 발송해야 할 곳들엔 미리미리 확인을 하는 걸 잊지 않았다.

관리는 늘 했어야 하는 일이지만 요즘 들어 부쩍 힘들기만 했다. 윤형은 정리를 하러 간다고 하고선 그날로 연락이 두절된 상태였다.

정말 개도 이런 개가 없지 싶을 때가 가끔 있었다. 옥상 정원에서 혼자 가만히 있을 때가 그랬고, 집 소파에 앉아서 멍하니 앉아 있을 때가 그랬다.

그의 소원대로 예원은 매 순간 윤형이 생각났다. 정리를 하겠다는 말에 자신이 들어가 있었던 건 아닌지 자주 그날 저녁 윤형이 스테이크를 해줬던 날을 더듬어봤다.

그날 그가 그런 식의 말을 했는데 저 좋을 대로 해석했던 건 아니었는지.

"아니겠지."

"네?"

곁에 온 희재가 예원의 혼잣말을 듣고 예원에게 다가왔다. 그런 희재의 모습에 별일 아니라고 하면서도 그녀는 걱정이 앞섰다.

왜 지금껏 그가 연락이 없는지 궁금하기도 했었다.

초가을에 떠난 남자가 그 해가 지나갈 지금까지 오지 않았다는 게 불안을 가중시킬 뿐이었으니까. 차라리 어디 아픈 건가 하는 걱정을 하는 게 훨씬 덜 소모적인 일이었다.

"가요. 보고하러."

예원은 드디어 끝낸 서류를 뽑아 들고는 희재와 함께 걸음을 옮겼다. 백화점은 늘 그렇듯 같은 일상을 반복하고 있었다. 윤형이 있든 없든. 예원은 문득 그게 또 서운했다.

그가 이렇게 존재감이 없는 사람이었던 건가 싶었다. 한데 여전히 사장직은 비워져 있었다. 비워진 건지 아닌 건지 확인도 하지 않았었다는 표현이 옳았다. 사람들은 자신의 앞에서 윤형의 이야기를 하지 않았다.

알고 있었다는 것에 한 표 던질 수 있는 중요한 사항이었지만 지금은 그조차도 상관없었다. 윤형이 없었으니까.

이렇게 혼자 끙끙 앓고 있는 것보다는 먼저 연락을 해도 된다는 걸 안다. 알면서도 하지 않은 건 민준처럼 윤형도 마음이 변했는데, 자신 혼자 질척거리는 것일까 봐.

그렇게 남자에게 질척이는 여자로 되고 싶지 않은 자존심 때문이었다. 자존심이 뭐라고 사장실로 달려가 비서에게 묻지 못했다.

연락을 주겠지, 라는 막연한 기대감을 죽이지도 못했다. 이렇게 흐릿하게 있는 건 자신의 성미에 맞지 않음에도 오래도록 가만히 있는 것도 이상했다.

그만큼 윤형을 기다리고 있다는 반증과도 같았으니까 예원은 인정하기가 싫었다.

뉴스에 떴다는 말에 윤형은 인상을 찌푸렸다. 뭐 그리 좋은 소식이라고 어디서 달려든 건지 이해하기 힘들다는 얼굴까지 보태지자 지 여사는 혀를 찼다. 같이 온 미연 역시 윤형의 그 모습에 난감한 웃음을 터트리더니 과일을 깎았다.

"네 녀석 평소 하고 다닌 꼴을 생각했어야지. 연예부 기자들이 간만에 기삿거리 얻었다고 신나서 썼다더구나."

"별 이슈도 안 될 걸 가지고. 게다가 별로 크게 다친 데도 없는데요. 그보다 제 휴대폰 좀……."

"고속도로에서 그만하길 다행이지. 고속도로에서 몇 중 추돌이었는지는 알고 하는 소리냐?"

"그래서 절 받은 그 차 주인은 지금 사고 수습 때문에 병원은커녕 거리로 내몰리게 된 건 알고 하는 소리시죠?"

게다가 그의 차만으로도 수리비가 꽤 나올 것인데, 그의 차만이 아니라 다른 차들도 수리를 해줘야 하는 모양이었다.

정말 그 사람은 이 겨울에 거리로 내몰리게 될지도 몰랐다. 절망과 암담함이 교차하는 기분이 아닐까 싶었다. 윤형은 그저 어머니가 얼른 가시고, 예원에게 연락하고 싶은 마음뿐이었다.

사실 예전에 윤형은 서울로 돌아오려고 했었던 적이 있었다. 그게 꽤 오래전이라 그도 이제는 기억을 더듬어야 할 정도지만 고등 과정만 마치면 한국에서 대학교를 나오려고 했었다.

그게 어그러지기 시작한 건 조금씩 쌓여진 가족들과의 거리감 때문이었다. 형들처럼 삼사 년 정도 외국에 살고 있었던 게 아니었던 윤형을 바빴던 가족들은 챙기려고 들지 않았다.

온기가 필요했던 순간들마다, 고용된 사람들이 곁으로 왔기 때문에 윤형은 곁을 잘 내주지 않는 편에 속했다. 물론 그때의 그 비밀을 알게 되어 그런 것도 있었다.

거기다가 혼자 살았으니 자립심도 강해서 도움을 받는다는 건 있을 수가 없는 일이었다. 그런 윤형에게 다짜고짜 그의 아버지는 대학교를 졸업하면 회사에 들어와서 형들을 도우라고 하니 이상하다고 생각할 수밖에 없었다.

본인의 삶은 본인이 알아서 정리하고 만들어나가는 건데, 왜 형들을 위해 자신이 도와야 하고 희생해야 하는 건지 알지 못했었다.

그렇게 조금씩 벌어진 간격을 누구 하나 설명하고 메워주려고 하지 않았었다. 가족들 눈에는 윤형이 그저 별난 아이로 보였기 때문이었다. 별나게 혼자 하려고 하는 아이.

그래서 윤형은 가족들이 서로 느끼는 유대감을 제대로 알지는 못한다. 그저 친한 사이에 느끼는 정도만 가지고 있을 뿐이었다.

꽤 어렸을 때부터 혼자 외국에서 살았기 때문에 겪는 것들이라는 걸 그도 알고 있었다. 하지만 그래서 윤형은 하고 싶은 게 많았고, 혼자 자립하는 게 당연하다고 생각하며 살아왔었다.

서 회장의 눈에는 그런 행동들이 반항하는 걸로 비춰졌을지 몰라도 윤형에게는 너무나 당연한 일이었었다.

윤형은 거기까지 생각하다가 숨을 한 번 크게 삼켰다. 교통사고를 낸 아저씨가 안쓰럽다고 생각하다 보니 괜히 오래전 기억까지 들추며 생각에 잠긴 것이었다.

그런 윤형을 깨우기라도 하는 양 지 여사가 차분히 말했다.

"벌을 받았으면 그 값을 하는 건 당연한 일이지."

"그러지 마시죠."

"무슨 소리를 하고 싶어서 그러는지 말이나 들어보자."

"제 차가 얼마짜린지 모르시는 건 아니실 테고, 빌린 게 아니라는 것도 모르시지 않으실 테고……. 그래서 오른쪽 팔만 살짝 금갔다는 것도 아실 텐데. 그 수리비를 그분에게 달라고 하는 건 꽤 재미없지 않나 싶어서 말입니다."

"서윤형."

지 여사의 부름에도 그는 뜻을 굽히지 않았다. 차라리 자신이 어디 한 군데도 다치지 않은 척하는 편이 편했다.

"공연히 열심히 사시는 분 거리로 몰지 말자는 말입니다, 어머니."

"그렇다고 거리로 안 몰릴 성싶으냐."

"꽤 사고가 컸다고."

"네 차 폐차 지경인데, 그래도?"

"목숨값이라고 하죠. 그냥 저희 쪽에서 수습해주세요. 그리고 공장 셔틀 기사로 하라고 하시든 뭐든 월급에서 얼마씩 제하시는 방향으로 해서 지금의 비용은 처리해보시죠. 노블리스 오블리주."

윤형의 입에서 지 여사의 약점을 잡는 소리가 나오자 미연은 감탄에 가까운 소리를 냈다.

"영악한 놈."

"베풀라면서요. 베푸셔야죠. 그게 설령 본인 아들을 다치게 한 사람에게라고 할지라도."

"실없는 놈."

"어머니 닮았나 봅니다."

"네 녀석 데려갈 여자가 걱정이다. 이런 실없는 놈을 누가."

그 여자 잡으려 미국에서의 생활을 대부분 다 정리했다고 말하고 싶었다. 윤형은 그래서 예원이 간절하게 보고 싶었다.

보고 싶을까 봐 일부러 그동안 전화 한 번도 안 했는데, 병원 신세라니 우울하기만 했다.

서울에 도착하자마자 예원에게 가고 싶었는데 전화라도 해서 아쉬움을 달래볼까 하는 고민이 그의 머릿속에 가득 들어찼다.

서주가 전해준 뉴스를 보고 예원은 거의 혼이 나가서 당장 윤형이 있다는 병원으로 달려왔었다.

한데 오고 보니 몇 호실인지, 어디에 있는지도 알지 못했다. 용기 내서 전화를 했지만 수화음 소리만 신나게 들릴 뿐 윤형의 음성을 들을 수가 없었다.

공연한 걸음을 한 건가 싶다가도 심장이 덜컥거리는 기분은 어쩌지 못했다. 꽤나 큰 사고라는데 많이 다친 건 아닌지 걱정이 먼저였다.

예원은 그렇게 병원을 두리번거리다가 간호사들이 윤형의 이름을 말하는 걸 듣고 호실을 알아냈다.

가도 괜찮나 싶었는데, 그래도 후회하는 것보다 한 번은 보는게 낫겠다 싶었다. 예원은 걸음을 서둘러 병실 앞에 섰다.

숨을 한 번 크게 마셨다가 내쉬고는 문을 열자, 윤형이 병상에 누워 팔에 기브스를 하고 있는 모습만이 들어왔다.

예원은 왜 이렇게까지 윤형이 신경 쓰였나 했더니. 그게 좋아해서라는 걸 이제야 깨달았다. 미친 듯이 걱정을 해놓고도 알아차리지 못했던 마음이 다친 윤형의 모습을 보고 나서야 알게 됐다.

"야!"

그 순간 눈물이 그렁하게 차오른 예원이 결국 윤형에게 걸어가서 메고 있던 작은 가방으로 윤형의 등을 몇 번이고 때렸다.

"내가……!"

윤형이 놀랐던 것도 잠시. 울면서 그를 때리고 있는 예원을 진정시키려고 멀쩡한 한 팔로 예원을 품에 끌어당겨 안았다. 병실 안에는 예원을 품에 꽉 붙들고 있는 그와 어린아이처럼 우는 그녀의 소리만이 가득했다.

"얼마나……!"

"미안해. 내가 다 미안하니까 그만 울어, 응?"

엉엉 소리 내어 우는 예원은 창피한 건 둘째 치고, 그녀가 걱정했던 것보다 멀쩡한 윤형의 모습에 안도했다.

"쉬. 진정하자, 응?"

"진짜 너랑 안 만나."

"예원 씨. 예원아."

예원은 정말로 윤형하고 안 만난다고, 이렇게 심장 졸일 거 만나지 않겠다고 몇 번이고 말했다. 그때마다 윤형이 다 잘못했다고 예원의 등을 토닥이고 있었다.

"미안해. 그니까 안 만난다는 말은 하지 마, 응?"

"너 진짜 싫…… 어."

예원은 울음 가득한 목소리를 진정시키느라 말을 중간중간 끊을 수밖에 없었다. 하지만 윤형에 대한 얄미움이라든지, 서운한 마음이 가신 게 아니라 절대 안 만날 거라고 말하고 있었다.

"오늘은 나만 봐주니까 예쁘다. 예뻐서 좋아."

이 상황에서 넌 고백이 나오니?

예원은 차마 하지 못한 말을 삼키고는 윤형의 얼굴을 마주 봤다. 너무 기껍게 웃고 있는 그 얼굴이 얄미워서 그가 건넨 휴지로 얼굴을 정리하고는 고개를 들자마자 다시 숙이고 싶은 충동에 휩싸였다.

"누구……."

예원은 병실에서 윤형과 자신을 신기하게 바라보는 두 여자를 보고 직감했다. 타이밍 기가 막히게 들어와서 깽판을 쳤구나. 제 손으로 서윤형하고 만나고 있는 여자라고 광고를 했구나 싶었다. 누가 봐도 가족으로 보이는 사람들이었고, 그 둘 중 한 명은 예원도 알고 있었다.

어떻게 모를 수 있겠는가. 그녀가 다니는 회사 오너 일가인데……. 그러고 보니 윤형의 얼굴을 모른 건 정말이지 이상한 일이 아닐 수 없었다.

"어머니 그리고 큰형수."

"아, 안녕…… 하세요. 처음 뵙겠습니다."

"그…… 진정이 됐으면 우린 이만 가볼게요."

예원은 윤형을 노려봤지만 결국은 아무것도 보지 않고 윤형만 잡은 자신에게 잘못이 있었음을 인정하지 않을 수가 없어서 연신 인사만 했다.

나가면서도 잘 좀 봐주라는 지 여사의 말에 예원은 어떻게 대답해야 할지 난감하기만 했다. 병실로 들어서자마자 윤형을 때린 건 외려 자신이라서 잘 봐달라고 고개를 숙여야 하는 것도 자신 같은데…….

"오랜만에 보네?"

"보네? 오랜만?"

지 여사와 그의 큰형수가 나가자마자 윤형이 제게 한 말에 예원은 그를 흘겨봤다.

"오랜만? 전화기는 어디 삶아 먹었어?"

"아니, 그게……."

윤형이 우물쭈물거리자 예원은 버럭 성을 냈다.

"왜 사람 병신 만드는데!"

"보고 싶을까 봐……."

"뭐……?"

예원은 세상에서 가장 당황스러운 소리를 들은 사람처럼 그대로 몸을 굳혔다. 오른손엔 기브스를 하고서도 자신을 달래려고 애쓴 사람이다. 그렇게 생각하자.

그러니까 지금까지의 걱정과 서운한 감정은 조금 덜어내자. 그렇게 하려고 했던 마음이 무색하게 윤형의 말은 무척이나 당혹스럽기만 했다.

"그걸 말이라고 해?"

"어."

"야!"

예원은 다시 눈물이 나오려고 하자 입술을 깨물었다. 다시 어린아이처럼 울고 싶지 않았다. 안도해서 나는 울음과 서운함이 터져서 나오는 울음에는 분명한 차이가 있으니까.

결코 윤형의 앞에서는 보이고 싶지 않았다. 하지만 한번 터진 감정의 둑이 그렇게 쉽게 물러날 리는 없었다.

"예원아."

귓가를 두드리는 다정한 소리에도 결코 무너지지 않으리라 다짐에 다짐을 한 예원이 윤형을 노려보자, 그가 가장 불쌍한 표정으로 예원의 앞에 서서 왔다 갔다 거렸다.

"미안해, 응?"

"진짜 안 만날 거야."

"그러지 말고 봐주라. 나 진짜 힘들었는데……."

대답하지 않는 예원의 앞에서 윤형은 다시 말을 건넸다.

"네 옆에 있으려고, 너 보려고 나 진짜 다 정리했는데……. 좀 봐주면 안 되나."

속상하게 다치기나 하고. 예원은 윤형의 말에 울상이 되어 그를 바라봤다. 저렇게 말하면 자신이 풀릴 것이라는 걸 이미 알고 있는 것이 분명했다.

"봐줘, 응?"

"모른다고."

"응?"

"몰라."

"그런데 진짜 예쁘네."

윤형의 말이 다시 발끝을 간질였다. 이런 말 아무렇지 않게 하는 걸 보니 서윤형이 맞구나 싶을 정도였다.

"나 해도 돼?"

"뭐, 뭘?"

어느새 그녀는 자신이 말을 놓았다는 사실을, 그걸 편안하게 하고 있다는 것도 알지 못했다. 윤형은 일부러 그 사실을 말해주지 않고 있었다.

"키스."

예원은 멍하니 윤형을 바라봤다. 이 상황에서 그게 그렇게 하고 싶은 건가 싶다가도 이해를 포기했다.

서윤형이 어디 이해해서 되는 사람인가 싶기도 했다. 한데, 예원은 이게 윤형의 평소와 다름없다는 사실에 안도하고 있었다.

팔만 좀 불편하지 정말 괜찮은 모양이었다.

"많이 안 다쳐서 다행이네."

"내가 지금 많이 다쳤다고 하는 쪽하고, 많이 안 다쳤다고 하는 쪽하고. 어느 쪽이 그동안 서운하게 했던 걸 조금 줄여줄 수 있어?"

"없어."

"없어?"

예원은 단호했다. 그런 단호한 모습이 왜 그런지 모르지 않았던 윤형은 기분 나빠하지 않았다.

외려 즐거워하는 얼굴로 예원의 얼굴을 매만졌다. 불편한 오른손 대신 왼손으로 예원의 뺨을 어르고 달래듯 매만졌다.

"정말 하면 안 돼?"

"환자가……!"

"환자니까 소원 들어줘야지."

소원은 무슨. 그냥 하고 싶은 거면서 저런다고 예원은 투덜거렸다. 하지만 윤형은 그런 예원의 모습에도 아랑곳하지 않았다.

예원의 볼에 입을 맞춘 윤형은 그녀의 귓가에 속삭였다.

"사랑해."

두 눈이 커다래진 예원이 아무 말 하지 못할 정도로 단 소리였다.

"보고 싶어서 죽는 줄 알았어. 목소리 듣고 싶어서 더 죽는 줄 알았고. 그런데 전화하면 여기 올까 봐, 너 더 보고 싶을까 봐 안 했어. 미안해."

윤형의 이 소리가 듣고 싶었다. 예원은 여전히 마음이 풀리지 않았지만 이전보다는 많이 나아졌음을 느꼈다.

눈을 마주치고 뭐든 말해주는 윤형의 모습에 예원은 여전히 떨리는 손을, 윤형이 다쳤다고 해서 놀라서 떨린 손을 들어 그의 병원복을 꽉 잡아당겼다.

예원이 한 의외의 행동에 처음엔 윤형도 놀란 눈치였지만 이내 곧 눈 녹듯 사라진 상태였다. 언제 놀랐냐 싶을 정도로 연신 좋아하는 남자만이 있을 뿐이었다.

"한 번만 더 이러면."

예원의 말에 윤형은 얌전히 그녀가 하는 대로 기다렸다. 병원복 상의 옷깃을 꽉 잡은 채로 있는 예원이 너무 귀여워 보였기 때문이었다.

"진짜 죽을 줄 알아."

"응. 그렇게."

윤형의 대답에 예원은 윤형의 입술에 입술을 살짝 닿았다 떨어뜨렸다. 예원으로선 최대한 용기를 낸 행동이라는 걸 알기에 그는 왼손으로 예원의 턱을 잡아 그를 보도록 단단히 붙들었다.

다디단 사탕을 물고 핥듯 어르는 윤형의 행동에 예원은 조금씩 뒤로 밀려나 소파에 완벽하게 밀착하게 됐다.

"그만…… 해야겠다."

윤형의 숨소리가 귓가를 웅웅 울렸다. 예원은 그 소리에 정신을 차릴 수가 없었다. 이렇게 흥분한 게 자신 때문이라고 생각하니까 얼굴로 열이 몰리는 느낌이었다.

"나 퇴원할 때까지 여기 있으면 안 돼?"

"회사는 어쩌고……."

"사장이 여기 있는데?"

"그러니까 그 사장님이 내 일 해줄 것도 아니면서……."

"그럼 주말."

주말이라도 같이 있자고 말하는 윤형의 소리에 예원은 조금 흔들렸다. 자신도 그러고 싶었지만 덥석 그렇게 하자고 하면 가뜩이나 첫 만남이 별로인데 가벼운 인상을 심어주는 건 아닐까 싶었다.

"이렇게 비는데, 안 돼?"

"그건……."

"응?"

"알았어, 알았어요!"

결국 백기를 든 예원을 보자마자 윤형은 다시 그녀를 품에 끌어당겨 안았다.

품 안에 번지는 예원의 온기에 그는 표정을 느슨하게 풀어냈다. 윤형의 품 안에 있느라 보지 못한 예원이었지만 등을 토닥이는 그의 손길로도 충분하게 상상할 수 있었다.

예원은 안도했고, 다행이라고 몇 번이나 속으로 생각했다. 많이 다치지 않아서, 고속도로에서 사고 난 것치고 이만하길 다행이라고 몇 번이나 가슴을 쓸어내렸다.

품 안에 가득 들어차 있는 온기에 윤형은 슬그머니 올라가는 입꼬리를 내릴 생각조차 하지 못했다.

드디어 예원이 제 품에 있다는 사실이 믿기지 않을 정도로 좋았기 때문이었다. 그보다 이 온기가 더 좋았다.

예원의 살 내음이 좋아서, 윤형은 한참이나 예원을 끌어안고서 놓을 생각을 하지 않았다. 사실 많이 피곤했던지 예원은 오 분만 쉬었다가 가겠다고 하더니 금방 곯아떨어졌기 때문이었다.

"그동안 얼마나 못 먹고 다녔으면 얼굴이 반쪽이 다 됐네."

윤형은 예원의 얼굴을 어루만지며 말했다. 사실 처음 봤을 때부터 그게 그를 가장 속상하게 만들었다.

그사이에 일이 엄청 많았던 건가 싶어, 그는 당장이라도 회사에 출근하고 싶었다. 아니, 조금 솔직하게 말하면 나가지 않고 그냥 예원을 끌어안은 채로 가만히 있기만 하고 싶었다.

오랜만에 봤으니까 조금 더 보고 싶고, 만지고 싶었다. 그렇게 꽤 긴 시간 예원의 목소리를 듣고 싶었다.

윤형은 그런 바람을 가득 끌어안고서 예원의 등을 도닥였다.

도닥도닥.

예원의 등을 두드리는 그 손길이 조심스러우면서도 다정해서 예원에게 온기를 전해주고 있었다.

　다행스럽게도 주말이 쉬는 날이라 예원은 윤형의 말대로 병실에 있을 수가 있었다.

　"저…… 안녕하세요. 저번에 뵀었죠?"

　"아. 안녕하세요."

　예원이 어색하게 인사를 하자 윤형은 그 모습도 좋은지 곁에서 떠나지를 않고 있었다.

　"도련님, 그러고 계시면 엄청 정신없어요."

　"괜찮아요."

　"좀 앉아…… 요."

　"왜, 이러고 있을게."

　"아니…… 그래도 오셨는데 좀 가만히 앉아서 있으라고……!"

　예원의 다그침에 결국 윤형은 예원의 옆에 자리를 잡고 앉았다. 예원이 과일을 깎는 모습을 보면서 윤형은 웃음을 입 안으로 꾸역꾸역 밀어 넣었다.

　과일을 깎는 건지, 버리는 건지 도통 알기 힘들 정도로 깎으면서도 예원은 과일을 주겠다고 오늘 아침에도 이렇게 했었다.

　"제가 할까요?"

　미연의 말에 예원이 괜찮다고 했지만 윤형은 큰형수의 표정을 보고 알아차렸다. 안쓰러워서 저렇게 말하고 있는 것이었다.

　잘 보여보겠다고 못하는 것도 열심히 하는 모습이 보기 좋아 보였던 모양이었다.

"지금 과일을 깎는 게 아니라 버리는 거 알아?"

"알아. 안다니까. 그러니까…… 쫌!"

예원이 자꾸만 장난치는 윤형을 멀리 앉혀놓을 생각으로 고개를 퍼뜩 들었다가 자신을 향한 시선에 입을 그대로 다물었다. 어색하게 웃으면서도 예원은 미연에게 어떻게 해야 할지 감을 잡기 힘들었다.

큰형수라고 했던 것 같은데, 정식으로 소개받은 건 아니고 그 정신없는 와중에 간략하게 인사만 한 사이인데 지금 저가 이 자리에 있는 게 맞나 싶었다.

"어머님이 도련님 여자친구 궁금해하시는데……. 언제 데려오실 거예요?"

"그날 보시고도?"

"그럼요. 도련님이 그러는 모습 처음 본다고 재미있어 하시던데요? 잘 맞았다던데……."

예원을 반기는 분위기라 윤형은 다행이다 싶었다. 하지만 어쩐지 저보다는 예원이 더 반겨지는 분위기라 당혹스럽기도 했다.

"이거 서운한데요."

"도련님이 어디 그런 성격이시라고. 동서도 좋아할 거 같아요. 어쩐지 도련님이 들어오신다고 한다 했어요."

미연의 말에 예원이 눈에 띄게 긴장해 있는 모습이 눈에 들어왔다. 윤형은 예원의 긴장을 조금 풀어주고 싶었지만 미연의 앞에서 그러면 역효과가 날 수도 있었다. 어떻게 해야 하나 싶어서 계속 예원을 보기만 했다.

"도련님, 그러다가 예원 씨 얼굴 닳겠어요."

물을 마시던 예원의 귓가가 붉어지는 모습을 보자 윤형은 다시 웃음이 비식 흘러나왔다.

"정말 적응 안 되시는 거 알죠?"

미연이 능숙하게 사과를 깎자 예원은 부러움 가득한 눈으로 그 행동을 좇고 있었다.

"닳으면 안 되죠. 키스해야 하는데."

사레에 걸려 그 순간 콜록거리는 예원의 등을 부드럽게 도닥이던 윤형은 예원에게 물 잔을 건넸다.

"진짜 적응 안 돼요."

"괜찮아요. 형수님이 적응할 필요는 없죠. 예원이가 하면 되는 거지."

"와-"

감탄에 가까운 탄식이 미연의 입에서 흘러나오자 예원이 더 고개를 푹 숙였다. 그런 예원의 머릿속에 무슨 생각이 있는지 이미 알고 있었던 그는 보기 좋은 웃음을 입가에 그려 넣은 채로 입술을 달싹거렸다.

예원의 귓가에 속삭이는 소리가 꿀이라도 바른 듯 달기만 했다.

"도련님, 정말 적응 안 돼요. 예원 씨 당황하는 거 보니까, 예원 씨도 적응 안 될 것 같은데요?"

적응될 리가 있나. 예원은 속으로 혼잣말만 했다. 이미 망쳐놓은 첫인상을 이 이상 망가뜨릴 수가 없었던 그녀는 혼자 속으로 끙끙 앓았다.

윤형이 도무지 그만할 생각이 없어 보였기 때문이었다. 막으려면 소리라도 질러야 할 것 같은데, 하필이면 그의 큰형수 앞이었다.

"그만하지?"

예원이 그래도 말려보자 싶어 윤형에게 말했다. 말 잘 듣는다고 했던 건 본인이었으니 까먹지나 말았으면 좋겠다는 생각이 가득했다.

"그만해?"

"그만해."

"말 잘 듣겠다고 했으니까."

의외로 순순하게 그만두는 윤형의 모습에 미연이 다시 당황하자, 예원은 왜 그러나 싶어 둘을 번갈아가며 쳐다봤다.

윤형은 도통 말해줄 생각이 없는지, 생글거리며 웃을 뿐이었다. 예원은 뭔가 이상한 기분이었지만 입 밖으로 꺼내 물어볼 수가 없어서 가만히 있었다.

그런 예원을 모르지 않은 윤형이 예원의 오른손에 그의 왼손을 살포시 얹어 도닥거리듯 만지려고 하자, 예원이 윤형의 손등을 잡아서 얌전히 제자리에 가져다 놨다.

그걸 세 번을 반복하자 결국 짜증이 난 예원이 한숨을 삼키고는 조용히 물었다. 안 그래도 미연의 시선이 윤형과 그녀에게서 떨어지지 않고 있었는데…….

"지금, 뭐…… 하는?"

"뭐 하긴, 예원 씨 보면서 놀죠."

"네?"

"다쳤으니까 쉬고 놀아야죠."

윤형의 말에 예원은 헛웃음을 삼켰다.

"그래서…… 예원 씨는 언제가 좋을 것 같아요?"

미연이 그 모습을 유심히 들여다보다 다정한 틈을 비집고 말을 붙였다.

"형수님, 이 사람 놀라요."

"도련님이 일부러 이렇게 한 거 아니었어요? 들어보니까 동서랑은 이미 한 번 본 모양이던데……."

"그건 뭐……. 겸사겸사 오해도 제대로 풀어주고 할 겸해서 그랬죠."

윤형의 말들에도 미연이 물러나지 않았다. 그 행동과 말에 그는 큰형수가 오늘은 작심을 하고 왔다는 걸 알 수 있었다.

보통 이 정도쯤 하면 한발 물러서주던 사람이 물러나는 법이 없었으니, 당연히 드는 생각이었다.

"저……."

그 사이로 예원이 용기를 내서, 목소리를 냈다.

"아직 그럴 만한 사이가 아닌 것 같아서요."

예원의 말에 윤형은 그럴 수 있다고 생각하면서도 마음 한편에 번진 서운한 감정에 씁쓸했다. 겨우 이만한 걸로 서운한 것도 싫었고, 예원이 여전히 거리감을 두고 있는 태도를 고수하는 것도 싫었다.

여러모로 마음에 들지 않는 부분이었다.

"어…… 그러면……."

"나중에 제가 직접 말할게요. 형수님 안 가세요? 주실 거 다 주신 것 같은데."

이제 그만 좀 가달라는 윤형의 시선에 미연은 부드러운 웃음을 머금었다.

"알았어요. 갈게요. 좀 조심히 다녀요. 윤조 씨도 엄청 걱정했어요."

"큰형이요?"

"그이도 놀랐던 거 알아요? 세상에⋯⋯. 차가 그 지경으로 망가졌는데 멀쩡하니 하늘이 도운 거죠."

윤형은 예원이 있어서 위화감을 느끼지 못했었다. 보통 이런 분위기에서 그는 늘 가족들과의 묘한 거리감을 느끼고 겉돌았었다. 한데, 이상하리만치 그런 기분을 느끼지 못했다.

미연이 나가자마자 윤형은 그 사실을 제일 먼저 알아차렸다. 예원이 있어서 타인과 가족 그 어디쯤에 머물러 있던 자신의 위치가 흐릿해진 것 같다고. 그래서 좋다고 생각했다.

"나랑 의논 안 했지?"

예원의 말에 윤형은 딴청을 피웠다. 하지만 시선은 예원에게서 떨어질 줄을 모른 채로 단단히 고정되어 있었다.

"안 했지."

"왜?"

"이럴 거 아니까."

"알면서 주말에 일부러 부른 거⋯⋯."

"맞아. 그래야 틈을 안 줄 테니까."

윤형이 짐짓 단호하게 대꾸했다. 두 눈을 동그랗게 뜨고 그를 보는 예원의 모습이 귀여워서 당장이라도 끌어안고 얼굴을 맞대고 싶은 기분이었다.

하지만 기브스를 풀지 못한 오른팔 때문에 편하게 그럴 수가 없었다.

"조금 더 분위기 있는 데서, 조금 더 좋은 곳에서 말하고 싶었는데."

"뭘?"

"곁에 있어달라고."

"지금도 있는데, 어딜 더 있으라고."

미리 언질을 하지 않았다고 불퉁한 소리를 내는 예원의 속이 훤히 보였다. 윤형은 그동안 자신이 속 썩인 것도 있으니 그럴 만하다 생각했다.

하기야 그가 예원에게 연락 한 번 하지 않았던 건 오직 그의 입장에서만 좋은 행동이었다. 걱정하고 있는 예원은 생각하지 않은 이기적이기까지 한 행동이라 입이 열 개라도 할 말이 없는 게 사실이었다.

「I'm begging u.(내가 빌게.)」

지금과는 비교도 되지 않을 다정한 음성으로 그가 말했다. 말하면서도 예원에게 다가간 윤형은 서울에서 다시 새롭게 시작하기 위해서 그가 가지고 있는 것들을 정리하러 마이애미로 가기 전에 했던 생각을 입 밖으로 꺼냈다.

「Please, marry me.(부탁이야, 결혼해줘.)」

당황한 예원의 앞에 선 그는 자유로운 왼손을 뻗어 예원의 얼굴을 매만졌다. 다정한 손길에 예원이 멍하니 그를 바라보자, 윤형이 다시 입을 열었다.

"같이 있겠다고 정리했잖아. 그러니까 같이 있어줘."

윤형의 말이 조금 전보다 더 묵직하게 예원의 심장에 내려앉았다.

"그……."

"대답. 대답해줘."

"그러니까…… 이게……."

"응?"

오늘 듣지 않으면 예원이 우물쭈물하다가 시간을 꽤나 끌 것이라는 사실을 알고 있었던 그는 예원에게 끊임없이 대답해달라고 말을 걸었다.

"그러니까……."

"싫어?"

"싫은 건 아니지만, 너무 빨리 대답하라고 하니까."

예원의 대답에 윤형은 웃고 말았다. 이럴 것 같다고 생각했는데, 정말 쑥스러워하고 있는 모습을 보니 왜인지 모르겠지만 좋았다.

"예스?"

작게 끄덕이는 행동마저, 좋았다.

"정말, 예스?"

볼이 붉어져서는 저를 흘겨보는 시선도 좋았다. 그냥 예원이 예원이라서 좋은 것뿐이었다.

"오늘은 더 예쁘다. 그래서 더 좋다."

윤형의 속살거림에 예원이 결국 참지 못하고 고개를 푹 숙였다. 윤형은 그의 어깨에 닿은 온기에 웃음을 터트렸다.

"그러니까 계속 같이 있어야겠다."

절대 놓지 않고, 옆에 붙어서 예원이 하라는 대로 말 잘 듣고 사는 것도 꽤나 괜찮았다. 사실 윤형은 누군가가 그에게 뭘 시키는 걸 싫어했다.

간섭받는 기분을 별로 좋아하지 않았던 그가 예원이 하는 것들은 전부 괜찮다고 넘겼다.

그리고 시간이 지나면서 그는 예원에게 많이 다가가서 돌아오는 길을 잃었다. 애초에 그런 길은 스스로 지우고 다가갔을지 몰랐다. 간섭받는 것이 싫었던 사람이라고 보기 어려울 정도로 변한 모습이었다. 하지만 그는 그런 변화가 싫지 않았다.

길을 걷다가 문득 고개를 돌려서 주위를 둘러봤을 때, 출구가 보이지 않을 정도로 컴컴한 어둠이 내려앉아도, 돌아가는 길을 잃어도 눈앞에 제 사람이 있으니까.

그거 하나 보고 왔다고 생각할 수 있도록, 다른 생각은 하지 못하도록…… 그는 길을 지웠다.

"결혼하자."

빠르면 빠를수록 좋아.

윤형이 장난인 것처럼 진심을 덧붙였다. 웃음기 가득한 그 음성에 예원의 몸이 흠칫 굳어졌다가 느슨하게 풀리는 것이 여실히 느껴질 정도였다. 윤형은 그런 예원의 등을 천천히 도닥거리듯 쓰다듬었다.

8.

불과 일주일 전에 들은 게 무엇이었나. 예원은 진지하게 생각했다. 지금 이렇게 제게 장난을 거는 남자가 했으리라고 믿기지 않을 진지한 언어에 정신을 차리지 못하고 고개를 끄덕였었다.

윤형의 입에서 나오리라고 생각하지 않았던 말 중 하나였었으니까.

'내가 빌게. 부탁이야, 결혼해줘.'

그 상황만 생각하면 손발이 오그라드는 느낌이었다. 그렇게 되기라도 할 듯 간질거리는 기분이 몸을 관통했다.

"응? 뭐 해."

"아……."

윤형이 예원에게 다가와선, 웃음기 가득한 소리로 물었다. 다소 밝은 톤의 니트를 입고 있는 윤형이 그 순간 무척 말랑해 보여서 예원은 손에 꽉 잡고 있던 접시를 손에서 미끄러트렸다.

사실 조금 놀란 것이 한몫했었지만 그런 걸 생각할 겨를 없이 그녀는 놀라서 두 눈을 동그랗게 떴다.

그 접시가 바로 그녀의 발등 위로 떨어질 게 분명했는데, 전혀 아프지 않고 그릇이 깨지는 소리만 났기 때문이었다.

"괘…… 괜찮아?"

윤형의 물음에 예원은 그제야 질끈 감았던 두 눈을 뜨고 주위를 살폈다. 이게 어떻게 된 일인지 알고 싶어 하는 시선이 여기저기를 배회하다가 붉은 피를 흘리고 있는 윤형의 발등에 떨어졌다.

놀라서 말도 못 하고 입술만 벌린 채로 있는 예원을 본 그는 조용히 한숨을 삼켰다.

"앞으로 그릇 드는 건 금지."

"어?"

"이렇게 깨먹어서 안 다치면 괜찮은데, 다치면 어떻게 하려고. 나는 네가 다치는 게 싫어."

"누가 그릇 들다가 다친다고……. 그것보다, 내가 약……! 약 좀 가져올게. 잠, 잠깐만!"

예원이 허둥거리면서 몸을 움직였다. 그런 예원을 꼼짝도 못 하게 막은 건 윤형이었다.

"여기 있네. 그릇 들고 움직이다가 다칠 뻔한 사람. 불안해서 어떻게 눈도 못 떼게 만드는지……. 재주다."

"재주 많아서 좋겠네."

"좋지. 근데 지금 마음에 안 드는 거 있어?"

윤형의 물음에 예원은 솔직히 그 프러포즈가 싫었다고 할까 진지하게 고민했다.

"아니."

대답을 하고서도 그녀는 표정을 관리하기가 힘들었다. 너무 냉큼 아니라고 대답했기 때문에 그녀는 윤형의 얼굴을 천천히 살폈다.

눈치가 빠른 윤형이 알아차렸을지 아닌지 살피는 그 시선 끝은 결국 걱정이었다.

"안 아파? 이거 치료 안 해?"

"할 건데, 그렇게 무턱대고 아무 곳이나 밟으면 발바닥에 유리 조각 밟힐 거라는 생각은 안 했지?"

"아……."

윤형의 지적에 예원이 그제야 탄식에 가까운 소리를 냈다. 아닌 게 아니라 정말 예원은 그 점을 고려하지 않고 있었다.

"그걸 생각 못 했네."

"거봐."

"왜 그걸 생각 못 했지. 그럼 어떻게 해?"

"내가 이렇게 안고."

예원은 그제야 윤형이 저 대신에 다치겠다고 원래 그녀가 서 있던 곳에 서 있다는 걸 깨달았다.

그렇게 예원이 한 걸음 뒤로 물러나 있는 상황이라는 것 역시 지금에야 알게 된 사실이었다.

윤형의 품에 안겨서 들려진 예원은 윤형이 저를 다치게 하지 않으려고 노력 중이라는 걸 깨달았다.

왜 불쑥 그가 다가왔다고, 말을 걸었다고 놀라서 접시를 깨먹은 건지…….

예원은 윤형의 다친 발등을 보고선 인상을 찡그렸다. 이젠 발바닥도 성하지 않을 것 같아 저가 다 아픈 느낌이기까지 했다. 그래도 쉬는 날이 평일이라 다행이라는 생각을 하면서 그녀는 가까운 병원 몇 군데를 떠올렸다.

정리는 다녀와서 해도 늦지 않으니까 우선 병원에 먼저 그를 데리고 가야겠다고 작정했다.

"접시나 깨먹고. 다칠까 봐 놀랐어."

"다쳤잖아. 그 발을 하고선 저기를 지나오면 어쩌자고……. 아까 본인 입으로 유리조각 있을지 모른다며."

"괜찮아. 내 발은."

"괜찮기는 뭐가 괜찮아. 피를 그렇게 흘리는데. 나 이제 진짜 괜찮으니까 그만 내려놔. 병원 가자."

예원의 말에 윤형은 그저 조용히 웃기만 했다. 온전히 그만을 걱정하고 생각하는 예원의 모습이 생각보다 더 그의 마음을 즐겁게 만들었다.

"좋네."

"뭐? 다친 게 좋아?"

미쳤냐고 대번에 예원이 말하려던 걸 알아챈 그가 웃음을 터트렸다.

"아, 그것보단 네가 날 걱정하는 게 좋아."

윤형의 말에 예원이 순간 할 말을 잃고 그를 바라봤다. 윤형의 품에 안겨 그를 보니, 새삼 그가 단단해 보였다.

"그…… 일단 좀 내려봐. 여기까지 유리조각이 튀었을 리 없잖아."

예원은 이미 거실 한가운데에 서 있는 것을 알아차리고선 서둘러 윤형에게서 벗어났다. 우선 그를 병원으로 데려가는 것이 먼저일 것 같아 안절부절못했다.

"나, 일단…… 카디건만 좀 챙기고요. 아니다, 지갑. 지갑이 어디 있었지?"

예원이 허둥대자 윤형의 웃음이 더 짙어져갔다.

"보는 것만큼 그렇게 안 심해."

윤형이 예원에게 그렇게 말하고 나선, 곧장 그녀를 품에 끌어안았다. 이렇게만 있어도 참 좋았다. 왜인지 알 수는 없으나, 그저 품에 안고 있는 것만으로도 좋아서 놓고 싶지가 않았다.

윤형은 매번 그 점이 신기했다. 그냥 안고만 있어도 좋은 여자라니. 남자한테 그런 여자가 있을 리 없다고 생각했었던 그였다. 그런데 지금 그가 예원에게 한정해서는 모든 예외를 넣기 시작했다.

"좋네."

"어?"

"좋다고, 이러고 있어서."

"미쳤어……."

아플 건데, 라는 예원의 말이 귓가에 닿자마자 윤형은 더 크게 웃음을 머금었다. 이까짓 상처쯤 혼자 얼마든지 치료할 수 있었다.

그 사실을 모르고 있어서 더 안절부절못하는 예원이 윤형의 눈에는 그저 귀여워 보이기만 했다.

맛있는 식사 한 끼 해주고 싶어서 며칠 전부터 그 메뉴만 먹었던 예원은 지금 상황이 매우 만족스럽지 못했다.

세상에 접시에 옮겨 담기만 하면 바로 식사를 할 수 있었다. 윤형에게 부엌 쪽으로는 얼씬도 하지 말라고 당부에 당부를 했었는데, 병원에서 청혼을 했었던 그 순간이 떠올라 생각보다 오래 가만히 서 있었던 것 같았다.

그런 저를 이상하게 여긴 윤형이 다가온 것은 두말할 것 없는 수순이었다.

"맛…… 있어요?"

예원은 어느 순간부터 윤형에게 반말을 했다가 존댓말을 하기도 했다. 사실 처음엔 자신이 그에게 반말을 하고 있다는 걸 자각하지 못해서 자연스러웠다. 그런데 반말을 하고 있는 저 자신을 인지하자마자 예원은 어색해서 버벅거렸다.

말 하나 하는 것도 어려워서 어떻게 해야 하나 고심에 고심을 하다가 내린 결론이었다. 일단 나오는 대로 말하는데, 어색하면 존댓말을 하자.

"맛있어."

방긋 웃으며 맛있다고 먹는 윤형의 모습이 좋아서 예원은 결국 웃고 말았다.

"발만 안 다쳤어도 좋았는데……. 괜찮은 거 맞아?"

"물론."

"그럴 리 없을 거 같은데, 내가 병원 가서 약이라도 다시 사올까? 먹고 있어요. 나 금방 다녀올 테니까."

예원은 유리조각을 빼고 물로 씻어내기만 한 윤형의 발이 신경 쓰였다. 결국 의자에서 몸을 일으키자 윤형은 아릿한 발로 바닥을 디딜 수밖에 없었다.

자신 때문에 식사도 제대로 못 하고 밖에 나가는 걸 가만히 두고 볼 수는 없는 노릇이었기 때문이었다.

윤형은 서둘러 카디건을 챙겨 드는 예원의 손을 잡아 그에게로 당겼다. 순간 휘청하던 예원이 곧장 품에 안겨들자 한숨을 쉰 그가 예원의 귓가에 속삭였다.

"밥 먹고 내가 알아서 다녀올게. 걱정 말고 있어."

"하, 하지만 나 때문에 다쳤으면서……."

"예원아."

그가 그녀를 불렀다. 예원은 그 부름이 무엇 때문이지 짐작이 가지 않아 그저 윤형의 얼굴을 빤히 올려다보기만 했다.

"괜찮아. 너 때문이 아니라 나 때문에 다친 거니까."

"그게 무슨 말도 안 되는 소리야."

"네가 다치는 게 싫었기 때문에 내가 이렇게 된 거니까, 나 때문인 거야. 괜히 너 때문이라고 생각하지 말라고."

윤형의 말에 예원이 말을 어물거렸다. 윤형은 그런 예원의 동그스름한 머리를 하염없이 쓰다듬었다.

어느 순간 정신을 차려보니, 그가 결코 삶에서 포기하고 싶지 않았던 모든 것들을 정리할 수 있는 결심을 하고 있었다.

그게 순전히 예원 때문이라는 건 두말할 것 없는 사실이었다.

그런 결심을, 생각을, 마음을 가지게 해준 예원에게 그는 섭섭하다거나 서운한 마음을 가지고 있는 게 아니었다. 그런 마음이었더라면 진작 이 관계는 끝이 났을 테니까.

더욱이 그런 마음이었더라면 그가 이렇게 예원에게 안달을 내지도 않았을 테니까. 그런 마음이 아니라 더 갈망하는 어떤 것이었다.

그게 예원이 제게 주는 애정이든, 서로가 서로를 믿을 수 있는 신뢰든 그건 중요한 문제가 아니었다.

그냥 예원이 이렇게 저와 함께 있게 되리라는 사실만이 가장 중요할 따름이었다.

"근데 어른들 뵙는 건 조금 미뤄야겠다. 이거 못해도 일주일은 있어야겠는데?"

"그치?"

"응. 아…… 그리고 어머니가 좀 보자셔."

그의 어머니라는 말에 예원의 몸이 살짝 굳어졌다. 윤형은 예원이 해원백화점 직원이었기 때문에 어머니 앞에서 그녀가 더 긴장하고 있다는 걸 알고 있었다.

"긴장 안 해도 괜찮아. 좋은 분이셔."

적어도 예원에게도 자신에게 하는 것만큼 한다면 좋은 사람의 탈을 쓰고 형식적인 것들만 챙기실 것이 분명했으니까. 윤형은 예원이 알아서 좋을 게 없는 말들은 굳이 꺼내지 않았다.

"좋은 분이신 거 같았어. 내가 첫인상이 그렇게 좋은 게 아니었을 텐데…… 허락이 그렇게 쉽게 나와서 의아하기도 하고……."

"네가 뭐 어때서."

"솔직히 우리 집은 평범하니까……."

"이보세요, 최예원 씨."

윤형은 공연히 헛웃음이 나오려는 걸 참으며 예원의 얼굴을 매만졌다. 예원의 시선 가득 들어 있는 불안이 그제야 그의 시선에 들어왔다.

"우리 집은 지금 잔치라도 벌이실 분위기라고."

"응?"

"네가 나 데려가준다니까 좋아하셔."

"어…… 어?"

"결혼도 안 하고 평생 그렇게 살 줄 아시던 분들이라."

"그러니까 지금 좋아하시는 이유가, 개차반처럼 산 서윤형의 과거사 때문이라는 거네?"

단어 선택이 조금 그렇긴 했지만 윤형은 굳이 정정하지 않았다. 어쨌든 대부분의 사람들이 알고 있는 것도 예원과 엇비슷할 테니까.

"뭐, 어느 정도는 그렇다고 봐야지."

윤형의 대답에 예원이 웃음을 터트렸다. 못 산다는 말이 언뜻 들리기도 했지만 윤형은 그보다 예원이 조금 긴장을 느슨하게 할

수 있겠다 싶어 다행이라고 생각했다. 저대로라면 어머니를 만나
도 괜찮겠다, 그렇게 생각했다.

종업원이 가져다준 차를 보고 예원은 괜히 라떼를 시켰나 싶었
다. 지 여사처럼 국화차나 허브티로 시킬 걸 그랬다고 후회했지만
이미 주문한 음료가 나온 뒤였다.

공연히 별게 다 걸린다 싶었다. 하지만 시어머니가 될 사람 앞
에선 뭐든 다 신경 쓰였다.

"그래, 일은 할 만하니?"

"네. 늘 하던 일이라서 힘들지는 않아요."

"그래. 윤수가 결혼을 한 지가 얼마 되지 않았으니, 서두르고 싶
어도 그러기가 좀 그렇구나."

예원은 연신 고개를 끄덕였다. 그녀 역시 일전에 한 번 윤수를
본 적 있어서 알고 있었다. 그날 무척이나 호의적이던 윤형의 형을
쉽게 잊을 수는 없던 일이었다.

더욱이 배우 윤지혜와 결혼을 위해 동생을 방패삼고 있었다는
사실은 새삼 놀랄 것도 없는 일이었다. 윤형은 그런 일에 꽤나 능
숙하다고 말했었으니 예원은 전혀 놀라지 않았다.

"윤수랑 얼마 전에 결혼한."

"배우 윤지혜 씨와의 루머는 사실이 아니라는 걸 알려주시려는
거라면, 윤형 씨가 이미 말해줬어서 신경 쓰지 않으셔도 괜찮아
요."

"그러니? 그런 데는 눈치가 있어 뵈니 다행이구나."

"네?"

"윤형이 말이다. 바깥양반이 십 년도 더 넘게 그만한 능력이면 와서 일해도 된다고 들어오라고 해도 오지 않아서 말이다. 올해도 잠깐 면이나 세워주고 돌아갈 요량이면 영 포기를 해야겠다고 생각했었는데 네가 들어앉혀줄 줄은 몰랐었지. 정말 들어올 줄은 생각해본 적 없었는데, 덕분에 들어왔더구나."

지 여사의 말이 꽤나 담담해서 예원은 외려 당황스러웠다. 아들이 외국에서 혼자 살겠다는 것이 진심이라고 생각한 건가 싶었다. 아니, 그보다 윤형이 왜 그렇게 오랫동안 외국에서 혼자 산 것인가 싶은 생각이 퍼뜩 들었다.

외국에서 산 것은 알지만, 그가 가족에 대한 유대감이 얼마나 결여되어 있는지도 단편적으로는 느끼고 있었지만 지 여사의 입을 통해 나온 이야기는 예상외였다. 무엇 때문에 그가 오랫동안 외국에서 홀로 지냈던 건지 예원은 그제야 궁금해졌다.

왜, 그는 혼자였던 걸까.

"그래서 말인데, 결혼하기 전에는 회사 그만두고 앞으로는 윤형이 외조를 좀 했으면 좋을 것 같구나. 큰아이도 그렇게 하고 있고, 둘째는 작품 활동만 너무 많이 하지 않는다면 무리가 없을 직업이니 신경 쓰지 않는다만. 넌 윤형이가 맡은 백화점에서 근무를 하고 있어서 말이다."

예원은 지 여사의 말에 머리를 한 대 얻어맞은 기분이었다. 지금껏 열심히 일궈온 것들이 전혀 소용이 없는 것이 될 때 느끼는 기분은 상상하기도 싫은 종류의 무언가였다.

"알아들었으리라고 생각하마."

"저…… 어머님."

"그래, 조만간 날 잡아서 사돈과 이야기를 나눴으면 좋겠는데…… 날은 윤형이 통해서 알려주고."

지 여사의 말에 예원은 멍하니 고개를 끄덕이기만 할 뿐 다른 말을 꺼내지는 못했다.

시어머니가 될 사람 앞에서 거르지 않은 말을 입 밖으로 꺼내놓을 수 없었기 때문에 말을 하기 어려웠다.

윤형을 오늘 저녁에 만나기로 했으니까, 그때 그에게 물으면 될 것이라고 생각하면서도 예원은 어딘지 모르게 개운하지 않았다.

아마도 그건 지 여사의 행동과 말에서 비롯되었으리라.

평소와는 너무도 다른 예원의 얼굴에 윤형은 그런 그녀의 낯을 살피기에 여념이 없었다. 오늘 어머니를 만났을 텐데 무슨 일이 있었던 건가 싶어 그는 쉽게 말을 꺼내지 못했다.

얼마 전 예원의 집에서 다쳤던 발 때문에 아직 예원의 부모님께 인사도 가지 못한 상태였다. 그래도 티가 나지 않을 정도로만 나아서 가자고 그가 날짜를 미루자고 했었다. 그게 나을 것 같았기 때문이었다.

만약에 예원의 부모님이 왜 다쳤는지 물어본다면 미안한 얼굴로 저를 바라볼 예원을 차마 마주할 수가 없을 것 같았다.

"도저히 안 되겠네."

윤형은 결국 분위기를 이기지 못하고 먼저 입을 열었다. 이러다가 제가 아니라 예원이 먼저 질식해버리지 않을까 하는 걱정에 그는 굳어 있는 예원의 얼굴을 매만졌다.

뻗은 손끝에 닿은 예원의 볼의 온기가 윤형의 마음을 가라앉혔다.

"도대체 무슨 일이 있었는데."

"그냥…… 별거 아니에요."

"최예원."

윤형이 그녀를 불렀지만 돌아오는 대답이 없었다.

"예원아, 말을 해야 알 거 아니야. 나 진짜 답답해서 죽는 꼴 보고 싶어서 그래요?"

윤형은 그의 말이 전혀 먹히지 않자 다시 말했다. 반말을 하기도 하고, 존댓말을 섞기도 하면서 그는 그녀를 걱정했다.

걱정하는 만큼 말은 급히 나왔고, 생각을 할 틈이 사라졌다.

"정말 아무것도 아니에요. 진짜 나 괜찮아."

"예원아. 대체 무슨 일이 있었는데."

서류를 내려놓은 지 오래인 그가 몸을 일으켜 그녀에게 다가갔다. 각자의 일을 하고 있었기에 예원의 손에도 기획안이 들려 있었다.

그는 그걸 보고도 보지 못한 척 행동했다. 윤형은 그렇게 예원의 의자를 돌려 자신을 바라보도록 만들었다.

"어머니 만났다면서."

"만났어요. 좋은 분이셔서……."

"어머니가 좋은 분이긴 해도, 가족에게 좋은 분은 아닐 텐데."

윤형은 예원에게 본인의 바라는 바를 강요했을 어머니가 쉽게 그려졌다. 예원의 상태가 그로 인한 것이라면 충분히 납득이 가고도 남았다.

"뭐랬어? 어머니가 뭐라고 했길래 네가 지금 이렇게 있는 건데?"

"아, 아냐."

"그리고, 우리 말이랑 호칭 정리를 해야 할 것 같은데."

윤형은 쉽게 제게 말하지 않는 예원으로 인해 다른 이야기를 꺼낼 수밖에 없었다. 조만간 예원의 부모님도 뵈어야 하는데 이렇게 애매한 말씨들은 어른들 눈에 좋게 보일 리가 없다고 생각했기 때문이었다.

"아."

예원의 탄식에 윤형은 웃고 말았다. 어쩐지 예원의 반응들이 너무 느리기도 했고, 귀여웠기 때문이었다.

"가급적이면 우린 동갑이니까 부르는 호칭 빼고는 반말이었으면 싶은데."

"네……?"

"네, 말고 응. 이제는 적응될 때도 된 거 같다는 생각은 나만 하는 건 아니지?"

윤형의 물음에 예원이 어색하게 웃었다. 그는 그런 예원의 얼굴을 천천히 더 살폈다.

조금이라도 이상한 점 같은 게 발견되면 곧장 어머니와 이야기를 나눌 생각이었기 때문이었다.

저로 인해 예원이 상처를 받는다거나, 힘들어하는 건 보고 싶지 않았다.

"별거 없었어?"

"없었다니…… 까."

예원은 다시 회사에서처럼 존대를 하려고 했다. 하지만 윤형이 계속 그런 예원의 시선을 놓지 않고, 끈질기게 바라보자 예원이 급히 말을 끊었다.

"뭐 있으면 꼭 말해야 해."

"근데 나 궁금한 건 있는데……."

예원이 말꼬리를 길게 늘이자마자 윤형은 예원의 자리 맞은편에 있던 의자를 끌어와 예원의 앞으로 가져왔다.

그러곤 이내 그곳에 앉아 예원의 얼굴을 마주했다. 제집에서, 저와 결혼하기로 약속한 사람이 자신에게 궁금한 것이 있다고 말하는 것이 왜 좋은지는 알 수 없었다.

알 수 없었지만, 무척이나 좋아서 웃음이 나는 걸 멈출 수가 없었다. 아니, 멈추고 싶은 것이 자신의 생각인지 마음인지 알 수도 없었다.

그게 그냥 얼굴 가득 드러나서 무척이나 곤란할 지경이었다.

"정말로 궁금한데……. 왜 형님들은 다 유학이라고 몇 년 잠깐 살다 오는 거였는데, 윤형 씨만 그렇게 오래 살다 온 건지."

정말로 궁금하다고 말하는 예원을 앞에 두고 그는 고민했다. 사실을 말해줄지, 아니면 이 질문을 가벼운 농담이나 장난으로 피할지.

어떤 것이 옳은 선택일지, 그는 고민하고 또 고민했다. 하지만 정해진 답은 없었다. 늘 그는 이 문제로 외로웠었다.

그 외로움이라는 것이, 그가 스스로 선택해 취한 것이 아니기에 그는 익숙하지 않은 이질감을 늘 느끼고 살아왔었다.

좋아하는 것을 하면서 살면 그 이질적인 느낌들이 사라질 것이라고 생각해, 그는 원하는 삶을 살고 싶어 했었다.

"선택지가 두 가지 있어."

"선택지?"

"사실을 듣고, 나와 함께 불편을 겪을 건지."

어리둥절해서는 저를 바라보는 예원의 시선에 그는 잠시 말을 멈췄다. 멈추고선 예원의 손을 마주 잡았다.

"아니면 가족들과의 자연스러운 관계를 위해 내가 하는 거짓말을 들을 건지."

"나는 늘 사실을 원해."

"내가 곁가지라서 그런 거야."

예원은 곧, 이내 놀란 얼굴이 되고 말았다. 윤형은 그녀가 그럴 걸 알고 있었다.

해원그룹의 막내아들로 이미 그는 많이 알려져 있었기 때문이었다. 그 누구도 그 사실이 사실은 거짓이었노라고 말한 적도 없었다.

"그래서 늘 아버지가 고용한 사람들이, 어머니가 보낸 사람들이 날 돌봤어."

"그…… 게……."

"언제쯤 알게 됐냐면, 열일곱 살 때 방학이라 잠시 집에 돌아왔는데 정말 드물게 두 분이서 다투시는 걸 들었어. 물론, 두 분은 내가 형들을 따라서 밖에 나간 줄 알고 계셨고."

그날이 아니었더라면, 그도 영원히 알지 못했을 일이었다. 그날 형들을 따라서 놀러 나가려던 그는 집에 머물겠다고 나가기 전에 마음을 바꿨던 참이었다.

쉬는 것이 더 나을 것 같아서였다. 그런 윤형의 귓가에 어머니의 날 선 비명과 같은 소리가 똑똑히 들린 건 꽤나 짧은 시간이 지난 뒤였다.

'여동생이 자식을 낳았으면 그 호적에 올리고 돌봐주기만 하면 될걸. 왜 내 자식 행세를 하게 해야 하는데……!'

그는 자신의 이야기가 아니라고 믿고 싶었다. 어머니의 입에서 나온 '윤형'이라는 저의 이름을 듣지 않았더라면, 그렇게 믿었을 것이 분명했다.

"말했듯이 완전히 남은 아니야. 곁가지라고 했잖아."

"하…… 지만."

담담히 본인의 이야기를 하는 윤형을 예원은 더 안쓰럽게 바라봤다. 반전은 더 이상 없을 줄 알았는데, 그녀는 꽤나 놀랄 수밖에 없었다.

가족사. 그것도 윤형에게는 꽤나 아픈 이야기.

예원은 그런 이야기가 있으리라고 생각해본 적 없었다. 다만, 문득 지 여사와 함께 이야기를 나누다 보니 궁금해졌었다.

왜 윤형만 그토록 오랫동안 외국에서 살았던 건지. 그 긴 시간

동안 방학 때가 아니고서는 일 년에 한 번 들어오지도 않았던 건지.

그가 한국에 오는 건 회장인, 그의 아버지가 그를 부를 때였다. 해원에서 근무하니 예원은 그 정도쯤은 듣고 살았다.

전혀 아무것도 맡고 싶어 하지 않는 막내아들. 그래서 서 회장의 고민이 깊다고 했었던 것도 같았다.

한데, 맡긴 곳이 해원에서는 중요하다고 여길 수 있는 곳이 아니었다. 백화점은 해원의 주력이 아닌 상징적으로 운영하고 있는 곳이었다.

달리 어떻게 키운다거나, 무언가 전략적으로 밀 생각이 별로 없는 곳. 그래서 다니는 직원들은 매해 비슷한 패턴만 유지하려고 노력하는 곳이었다.

그런 곳에 윤형이 온다고 했었을 때 모두가 놀랐었다. 놀란 건 물론이거니와 궁금증까지 더해졌었다. 이 모든 궁금증과 질문들에 대한 답을 막 들은 예원은 후련하다기보다 미안했다.

"그럼……."

"어머니가 아버지 여동생이라는 말을 하고, 제 아버지는 누구인지 모른다고 했으니까 제대로 아는 건 없어."

"다른 사람들은 알아?"

"아마, 내가 아는 것도 모르실 텐데 누가 알겠어."

윤형의 말에 예원은 울 것 같은 얼굴을 하고 있었다.

"그렇게 나를 걱정해주면, 좋아서 다른 생각 같은 건 할 수가 없어. 알고 있어?"

"하지만……."

"티 내지 않았으면 좋겠어. 나도 티 내지 않으려고 확인하지 않았으니까. 근데 일단 그분들의 입에서 나온 말이니까 99퍼센트 사실이라고 봐야겠지."

예원은 무척이나 덤덤하게 아픈 부분을 털어버리는 윤형을 보자마자 안쓰러웠다. 왜 윤형이 집안 식구들과 어울리면서도 겉돌고 있었는지 이제야 이해가 가게 된 그녀는 달리 어떻게 말할 방법을 찾지 못했다.

이러면 철없다고 생각했던 스스로가 너무도 못난 사람이 아닌가. 예원은 윤형을 멋대로 판단했던 예전의 자신이 너무 못난 것 같았다.

"괜찮아?"

"지금껏 괜찮았어. 근데, 네가 있으니까 더 괜찮아."

윤형의 말에 예원은 웃고 말았다. 온몸으로 자신이 좋다고, 이렇게 말하는 남자를 앞에 두고 고작 연락이 없었다고 무슨 생각을 했던 건가 싶었다.

"어머니가 속이 좀 쓰리신 모양이더라고. 그런데, 그렇다고 해서 그 말을 모두 들어야 하는 건 아니니까. 적당히 거절해. 괜찮아."

"알았어. 내가 알아서 할게."

"지혜는 그래도 손윗사람 흉내만 내지 정말 손윗사람처럼 행동하지는 않을 거야."

"성격이 털털한 거 같더라고."

"그러니까 형하고 결혼했겠지."

윤형은 말을 하면서도 내내 예원의 얼굴을 매만졌다. 그 보드라운 볼에 손이 닿을 때마다 그는 웃었다.

기분 좋은 웃음이 입가에 번져서, 사라지지 않았다. 딱 그 정도로 그는 기분이 좋았다. 누가 뭐라고 해도 예원과 더 오랫동안 있고 싶어서, 그 옆에 다른 남자가 있는 건 상상할 수조차 없어서 삶의 기반을 흔드는 일을 하겠다고 결심했던 거니까.

윤형은 예원이 집 안에까지 들어가는 걸 보고 나서야 집으로 걸음을 돌릴 수가 있었다. 그러다 문득 오늘 예원의 표정이 머릿속에서 잊히지가 않았다.

늘 일할 때 가장 생기가 넘치던 예원이, 스스로 원해서도 아니고 어머니의 강권에 의해 일을 그만두는 건 보고 싶지 않았다.

만약 예원이 먼저 쉬고 싶다고 말한다면 그는 언제나 그 의견을 지지할 의사가 충분했다. 하지만 이런 이유라면 반대였다.

결국 그는 차를 돌려 어머니와 아버지가 계신 집으로 방향을 틀었다.

예원이 불편해하는 것 같아서, 마음의 짐이라도 없애주는 게 낫지 않을까 싶은 마음에서 사실대로 털어놓았다.

사실 그는 그녀가 궁금해하고 있다는 걸 알고 있었다. 알고 있었으면서도 말하지 않았던 건 일종의 방어 본능과 같았다. 모든 걸 말해줘야겠다고 생각하면서도, 그렇게 숨김없이 모든 부분을 공유하고 싶다고 생각하면서도 그는 가장 중요했던 부분을 말하는 걸 주저했다.

예원의 반응이 그가 생각했던 것과 사뭇 다를까 봐 두려웠었기 때문이었다.

윤형은 어느새 집에 다다라, 차를 주차하면서도 내내 예원을 생각하고 있었다.

"저 왔습니다."

긴 다리를 성큼 움직여 집 안으로 들어온 그는 거실에서 우아한 모습으로 차를 마시는 지 여사를 볼 수 있었다.

"놓고 간 물건이 있었니?"

"아니요. 해야 할 이야기가 좀 있는 거 같아서 왔습니다. 물론, 어머니는 별로 좋아하시지는 않겠지만."

"보나 마나 그 얘기겠구나. 나는 그 아이가 입이 좀 무거운 줄 알았더니."

"예원이는 아무런 말도 하지 않았어요. 근데 말하지 않아도 알아지는데 가만히 있을 수가 없죠."

윤형은 예원이 알아서 한다고 해도, 그렇게 하지 않을 걸 알고 있었다. 좋아하는 사람에게 대부분 져주는 예원을 그는 알고 있었다.

그러니, 이번 문제는 그가 알아서 해결하지 않으면 두고두고 예원을 괴롭힐 게 분명했다. 직접적으로 괴롭히지는 않겠지만 일을 하고 싶다는 생각이 되살아날 때마다 예원의 마음을 괴롭힐 것이었다.

"일부분은 어머니 의견에 동조하니, 지금처럼 다니라고 이야기

220

하지는 않을 겁니다. 직원들이 불편해할 거고, 그런 직원들과 함께 있는 그 사람도 불편할 테니까. 하지만 본인이 원해서가 아니라면 일은 계속하게 둘 생각이니 막지는 마시죠."

"네가 외국에서 혼자 오래 있더니, 엄마 말도 잘 안 듣는구나."

"언제는 들었다구요."

윤형의 대답에 지 여사가 당황하지 않고 그런 윤형의 시선을 받아쳤다. 아들에게 조언이나 충고를 하는 어머니의 모습이 결코 아니었다.

지지 않으려는 기질이 다분한 모습이 설핏 드러나자 윤형은 쓰린 마음을 속으로 감췄다.

"하지만 그 아이가 별로 좋지는 않을 거다. 손윗사람들도 다 내조를 하겠다고 최대한 외부 활동을 자제하는데."

"그 사람한테 그런 일을 시키자고 함께 있자고 말한 게 아닙니다."

이쯤에서 물러나라는 지 여사의 시선에도 그는 완고하기만 했다.

"네가 이러는 이유를 모르겠구나. 어렸을 때에는 말을 그렇게 잘 듣더니. 언제였지……. 언제부터 이렇게 말을 안 듣고."

"제가 혼자 산 세월만큼이겠죠."

"어디 너 혼자 큰 줄 알고."

"어머니."

윤형은 부드럽게 지 여사를 불렀다. 어머니라는 말이 그 순간부터, 너무도 어색했다. 그에게 있어서 그날은 꽤나 버거운 날이었기에 결코 쉽지 않았다.

속으로 삼키고 삭혀내기까지 꽤나 오랜 시간이 걸렸다.

그래도 지금의 부모님이 이렇게 키워주셔서 자기 자신의 앞가림 정도는 잘할 수 있다고, 그렇게 생각하면 고마워해야 하는 거라고 그는 스스로를 다독였었다.

"어머니."

"다 큰 녀석이, 잘 부르지도 않다가 그렇게 하니까 이상하구나. 평소에는 지 여사님이라고 잘만 하던 녀석이."

"제가 어머니라고 부르는 걸 싫어하셨으니까요."

놀란 지 여사의 얼굴에 그는 웃음을 터트렸다.

"숨기시는 거 알고 있습니다. 그리고, 싫어하시는 것도 알고 있으니까 지금처럼만 조용히 지내면 별문제 없지 않을까 싶은데요."

"너……!"

"어머니, 그러니 본인이 원하시는 모범적인 가정을 위해서도, 제가 결코 죽을 때까지 모를 것이라고 생각하던 아버지를 위해서라도 그냥 계시는 편이 좋지 않을까 싶은데…… 어떠세요?"

다정한 음성, 하지만 말들은 지 여사를 협박하는 편에 가까웠다. 여태 숨기고 있던 사실을 밝혔다고 무언가 크게 달라지리라 생각하지 않았다. 하지만 적어도 예원만큼은 편할 수 있을 것은 분명했다.

미술관 관장의 일을 도맡아 하는 예원을 상상하자 윤형은 순간 나른한 포식자처럼 웃을 수 있었다. 그래, 옆에 예원이 있으니까. 그걸로 충분했다.

9.

긴장으로 뻣뻣이 굳어 있는 윤형을 볼 때마다 예원은 안쓰럽기도 하고 웃음이 나기도 했다.

"우리 오빠들 되게 진상인데."

예원의 말에 윤형이 순간 꼭 그림처럼 웃었다. 그 웃음에 외려 불안해진 예원은 방금 무슨 일이 벌어진 건가 싶어 주위를 둘러봤다. 하지만 거실엔 단둘밖에 없었다. 볼에 닿았던 온기가 거짓은 아닌 것 같아서 예원은 말을 더듬고 말았다.

"그…… 지금…… 뭐…… 한 거예요?"

"반말하라니까."

"아니, 그러니까 지금 뭐 한 거냐니까?"

"내가 너랑 만나느라 얌전해져서, 잊은 거 같아 하는 말인데."

윤형의 낮은 저음에 예원은 괜스레 긴장됐다. 오랜만에 듣는 윤형의 낮은 음성은 무척, 낯설었고 또 듣기 좋았다.

"개새끼라며."

"⋯⋯야!"

예원은 지금 있는 곳이 부모님이 있는 본가라는 것도 새까맣게 잊고 윤형에게 소리를 질렀다.

"와⋯⋯. 뒤끝 봐. 언제는 좋다며."

"여전히 좋아."

"근데 아직도 그 말을 왜 하는데?"

놀란 엄마가 빼꼼히 거실을 보고 있는 걸 알지 못하는 예원은 불퉁한 얼굴로, 불만 가득한 음성을 냈다.

그런 예원을 마주 보던 윤형은 어느새 긴장으로 굳었던 몸이 느슨해진 것을 깨닫지 못했다. 다만 눈앞에 있는 예원이 너무도 사랑스러워서 그는 환하게 웃었다.

"못지않은 개새끼니까 걱정하지 말라고."

"나 방금 되게 걱정스러워졌어."

예원이 숨이 넘어갈 듯 웃는 것을 본 그는 그녀가 웃음을 멈추고 말을 할 때까지 가만히 기다렸다. 그저 예원을 보기만 하면서.

"진상들 오늘 무사할 수 있을까 걱정하는 날이 올 줄은 진짜 몰랐는데⋯⋯. 재미있겠다."

예원의 즐거운 얼굴에 그가 따라 웃었다. 예원이 이렇게 즐거워한다면야, 윤형은 예원의 오빠들과 사이를 조금 더 돈독하게 하는 시간이 있어도 상관없겠다 싶었다.

어차피 하룻밤 자고 올라가려고 했으니, 술을 얼마나 마시든 상관없었던 참이었으니까.

"근데 그러지 마."

"응?"

하지만 제동을 거는 예원으로 인해 윤형은 그대로 예원의 시선을 뚫어져라 바라봤다. 조금 전까지 무척이나 즐거워했던 것으로 아는데, 왜 그러는가 싶어 그가 예원의 행동을 주시했다.

"그래도 처음 만나는 자리에서는 점수 따야 하는 거 아닌가 싶어서. 본인 입으로 말했다시피 무척이나 소문이 깔끔하지 못하니까?"

아.

윤형은 그제야 소리 내어 웃었다. 웃음소리에 다시금 예원의 어머니가 부엌에서 거실을 바라보고 있는 것을 보면서도 그는 견딜 수 없을 정도로 즐거웠다.

웃지 않고는 지금 이 순간의 기분을 달리 설명할 길이 없었다.

"그렇지. 이랬지."

윤형의 말에 예원의 눈꺼풀이 느리게 감겼다가 떴다. 마치 슬로 비디오를 보는 기분이라 그는 예원의 코끝이 입술에 닿을 정도로 가깝게 얼굴을 가져다 댔다.

"이래서 좋아해."

불쑥 튀어나온 고백에 예비 장모님이 헛기침을 하고선 부엌으로 다시 들어갔다. 형님들이 오려면 아직도 멀었나 보다 생각하던 그의 눈에 귓불을 붉히고선 고개를 푹 숙인 예원이 들어왔다.

방금 한 말에 예원이 동요한 것 같아 그는 허리를 숙여 예원의 눈을 바라봤다. 방금 어느 부분에서 쑥스러워한 건가 싶어 물어보려던 그는 이윽고 두 눈을 크게 뜨고 말았다.

아주 작게, 하지만 사랑받는 사람의 설렘을 가득 담은 음성이 그의 귓가에 닿았기 때문이었다.

"고백, 그만 좀 해요."

술에 떡이 된 남자들을 한심하다는 시선으로 바라본 예원은 그 와중에도 멀쩡한 윤형을 칭찬해야 하는 건지, 대체 그동안 얼마나 놀았으면 이 정도 술로도 끄떡이 없는 거냐고 볶아야 하는 건지 갈피를 잡지 못했다.

"술을 잘 마시나 보구나. 술 좋아하는 남자, 엄마는 별로인데……."

"아냐, 저 사람 술 안 좋아해."

"그러니?"

순심의 말에 예원은 몇 번이고 윤형을 변호했다. 그래도 이 중에서 그를 제일 잘 아는 건 그녀밖에 없었고, 또 윤형은 알려진 이미지가 너무도 나빴다.

부모님은 알지 못하지만, 오빠들은 익히 알고 있을 것이었다. 해원그룹의 막내아들 소문이야 워낙 모를 수가 없는 것이었으니까.

그렇게 적대감을 가지고, 동생을 주기 싫다는 얼굴을 한 오빠들을 싫은 내색 한 번 없이 상대한 그에게 칭찬이라도 하고 싶은 심정이었다.

자신이 시어머니가 될 지 여사를 상대한 것과는 비교도 되지 않을 정도로 피곤할 것이 분명했다. 어제도 릴레이 회의를 한 사람이라 굉장히 몸이 힘들 텐데. 그는 피곤한 기색 한 번이 없었다.

"그래도 사람은 괜찮아 보여서 다행이구나."

"상견례는."

"안 그래도 연락받았는데 도통 뭐가 뭔지 알 수가 있어야지. 저 녀석들 보낼 때 생각하고 있었는데……."

예원은 엄마가 내내 궁금해하고 있었던 부분을 조금 더 일찍 설명해주지 못한 자기 자신에게 실망스러웠다.

지 여사로 인해 자신만 스트레스를 받는다고 생각했던 것이 이기적이었고 바보 같았음을 이제야 알게 됐다.

"아……. 내가 먼저 연락해서 말했어야 하는데……. 엄마, 미안."

"뭣하러. 일하느라 바쁜데 신경 쓸 새가 있었을라고."

"하지만……."

하지만은 무슨 하지만이냐며, 새언니들과 함께 상이나 치우고 남자들 챙겨서 자리나 정리하자는 엄마의 성화에 예원은 결국 몸을 움직였다.

윤형을 처음 집에 데려왔다. 부모님은 반듯한 윤형의 모습에 딸의 짝으로 괜찮은지 살펴보는 예리한 시선이었고, 오빠들은 생전처음 보는 험악한 얼굴을 하고선 그를 저마다 평가했다.

그리고 이젠 그가 그런 가족들 틈에 앉아서 자신을 보고 있었다. 시선이 떨어지지 않고 있는 것도, 그 시선을 새언니들이 수군거리며 훔쳐보는 것도 신기했다.

이 모든 순간들이 신기하기만 해서 예원은 윤형의 얼굴을 빤히 바라봤다.

"이리 좀 와봐요."

또렷한 음성에 예원은 장하다고 해야 하는 건가, 아니면 조금 심술을 부려야 하는 건가 고민했다.

그러자 윤형이 몸을 일으키려고 했다. 결국은 자신이 그에게 갈 수밖에 없었다. 이 난리 틈에 그만 멀쩡한데, 그가 새언니들 옆에서 그릇을 치우고 있는 자신에게 오면 공연히 엄마까지 자신을 볼 것 같아 쑥스럽기 때문이었다.

어쩌나, 제가 가야지.

"왜요."

조금은 다정하지 못한 음성에 윤형의 시선이 예원의 얼굴을 쓸고 지나갔다. 예원은 자신을 불러놓고도 아무것도 하지 않은 그가 이상해서 천천히 입을 열었다.

"이거 몇 개예요?"

그녀는 바닥에 앉은 채로 고개만 들어서 자신을 바라보는 그에게 손가락을 펴 보였다.

"세 개."

"나 누구예요?"

"나랑 결혼할 여자."

술술 잘만 대답하는 윤형의 모습에 예원은 결국 '이상하다'고 중얼거렸다. 그녀의 등 뒤에서 새언니들이 치우는 것은 잠시 멈추고 이 모습을 바라보고 있다는 걸 미처 알지 못했다.

"예원아."

그가 다정하게 저를 불렀다. 그녀는 늘 들었던 자신의 이름에 당장 달아올라서 어찌할 줄을 모르는 아이처럼 안절부절못했다.

어떻게 반응해야 하는 건지, 느끼는 그대로 쑥스러워하면 되는 건지. 그도 아니라면 담담한 척 그를 보면 되는 건지 알지 못해 시선이 마구 흔들렸다.

"부엌 쪽엔 가지도 말라니까."

윤형의 말을 곰곰이 생각하던 그녀는 탄식에 가까운, 하지만 조금은 어이가 없어서 터지는 웃음을 막지 못했다.

"그러다 또 다 깨먹으려고."

"아니, 그건……!"

예원이 소리를 높여 윤형의 말에 반박하려고 하다가 그대로 입을 꾹 다물었다.

"덕분에 발바닥 찢어졌는데."

기억 못 하나 보다고, 그러니까 또 부엌에 들어간 거 아니겠냐고 말하는 윤형의 음성은 이젠 즐겁기까지 했다. 예원은 그런 그가 싫지가 않아서 큰일이라고 생각했다.

"아가씨가 그릇을 깨요?"

지선이 다소 놀란 얼굴을 하고선 다가와 있었다. 예원은 어느새 주위에 선 새언니들에 놀라서 주춤거렸다.

"물론 음식은 너무 맛있었어요."

"아가씨가 요리도 해줬어요? 어디서요?"

아깐 이런 건 하나도 물어보지 않고, 사람 간에 구멍이라도 낼 듯 덤벼드는 오빠들을 말릴 생각도 않던 새언니들이 돌연 호기심을 보이자 예원은 새벽이나 돼서야 그가 이 집을 나갈 수 있을 것이라고 생각했다.

피곤한 엄마는 먼저 들어가서 쉬시라고 해야겠다는 생각을 하면서도, 예원은 저절로 그에게 향하는 시선을 돌리지는 못했다.

"그리 좋니?"

"응?"

"좋아 죽겠다는 눈이잖아."

엄마의 말에 예원은 순간 멈칫, 모든 행동들을 멈췄다. 그를 새언니들 틈에 두고 온 게 걸려서가 아니라, 이 순간에도 좋아 죽겠다는 시선으로 보고 있었다는 사실에 다소 놀란 듯 보일 수 있는 얼굴이었다.

"뭐 그리 놀라."

"아니, 새삼스럽긴 한데. 새삼스러워도 괜찮다 싶어서."

"아이고. 아버지가 저놈 싫다고 하면 어쩌려고 그랬는데?"

순심의 물음에 예원은 단 한 번도 생각해본 적 없는 상황이라는 걸 깨달았다.

그를 가족들이 싫어할 것이라는 생각은 처음부터 해본 적 없는 사람처럼 멍하니 엄마를 바라봤다.

"이제 와 말이지만, 너랑 저놈."

"엄마, 그래도 놈이 뭐야."

"내 딸 훔쳐가면 다 놈이야."

엄마의 귀여운 투정에 예원은 말갛게 웃었다. 입가에 오래도록 걸린 웃음 위로 순심의 진심들이 지나갔다.

"니들 내려오기 전까지 형우랑 형도가 얼마나 난장을 피웠는지. 해원그룹 막내아들이 어떻다더라, 돈만 많다고 좋은 거 아니더라."

"엄마."

예원은 오빠들이 오늘 작정한 걸 보고 어렴풋이 느끼긴 했지만, 소문에 어두운 부모님에게 와서 그렇게 한 줄은 꿈에도 몰랐다.

"알어. 좋더라. 저노므 자식들이 멀쩡한 남의 집 자식 이상한 놈 만들어놔서 공연히 반대하게 만들려고. 이게 다 지들이 못해서 그러는갑다 해라."

엄마의 투박한 진심이 느껴져서, 예원은 그래서 오빠들이 그렇게 했다고 해도 인상을 찡그릴 수 없었다.

어쨌든 윤형이 지금 저희 집에 와서 간에 구멍이 나겠다 싶을 정도로 술을 마신 것도 다 본인이 했었던 과거의 일들 때문이니까.

누가 그렇게 화려하게 살라고 했나. 이게 다 자업자득이라는 거다. 꼭 나중에 윤형에게 자업자득인 거라고 말해줘야지.

예원은 그렇게 생각하자마자 저절로 노래를 흥얼거렸다. 흥얼거리면서도 천천히 지저분해진 거실을 치워나갔다.

윤형의 앞엔 아직도 새언니들이 앉아서 이것저것 묻고 있었다. 제발 낯간지러운 소리는 하지 말아야 할 텐데 싶으면서도, 그녀는 편안한 그의 얼굴에 마음을 놓았다.

"예원아."

윤형의 부름에, 예원은 고개를 저었다.

"여기 우리 집이거든…… 요?"

"와. 존댓말 또 해."

"이 남자는 술 마시더니 말 많아진 것 봐."

그러면서도 키득거리는 그 웃음이 살결 위로 전해졌다. 윤형은 예원을 끌어안고 놓지 않은 채로 누워 있었다. 잠깐 쉬었다가 가라는 예원의 말에 이렇게 된 것이긴 했지만 전혀 거리낌 없는 행동이었다.

"잠깐 쉬라고 했지, 자고 가라고 한 적 없는데."

"음, 그럼 안 자고 누워만 있을게."

"예전에도 아무 데서나 막 아무 여자나 끌어안고."

아하. 윤형은 그제야 품 안에 있는 예원이 꼼지락거리던 이유를 깨달았다.

"질투해?"

"누, 누가!"

귓가가 빨갛게 달아올라 있으면서도 아니라고 소리 내는 예원이 귀여웠다. 품 안에서 작게 움직이면 느끼지 못할 줄 아는 건지 조심스럽게 뒤척이는 행동들도 귀여웠다.

"안 되겠다."

놀란 시선이 자신을 올려다보고 있었다. 그럼에도, 그는 그 시선을 피하기는커녕 더 단단히 붙들었다.

"이러고 더 있으면 키스하고 싶을 거 같아."

예원의 시선에 스친 의아한 기색에 윤형은 웃고 말았다. 의외의 부분에서, 순진한 시선으로 자신을 보면 정말이지 미칠 것 같은데…….

예원은 그 사실을 모르는 것 같았다.

"술 마셨잖아. 그것도 엄청 많이."

"괜…… 찮은데."

"내가 안 괜찮아. 게다가 나만 마셨고. 술 냄새 날 거야."

키스 하나 하는데 되게 따지는 거 많다고 투덜거리는 예원의 모습에 윤형은 당황했다.

아니, 매너를 지키겠다고 참는 건 자신인데 이 상황에서 예원이 서운함을 토로할 줄은 꿈에도 상상하지 못한 일이었다.

내가 얼마나 너를 두고 많이 자제하는 건지 아느냐고 따져 묻고 싶은 심정이기도 했다. 그는 어느새 침대 헤드에 기대어 앉아 휴대폰만 만지작거리는 예원의 앞으로 다시 다가갔다.

예원의 침대에서 예원을 안고 있느라 입고 있었던 옷이 구깃해져, 다소 멋지지는 않아도 괜찮았다.

지금은 이 순간 하나로 모든 것이 즐거운 밤 같았으니까.

"정말 이렇게 하는 건 취향이 아닌데."

"언제는 취향…… 인 적 있었어요?"

조심스러운 시선과 달리 말은 직설적이었다. 늘 예원은 그랬다. 눈은 더없이 조심스러웠으면서 그 감정을 감추기 위해 돌려 말하지 않았다. 사람들은 말에 현옥되면 다른 곳에 집중하기 어려웠으니까.

"아. 내가 말 안 했나 보네."

무슨 말이요, 라는 웅얼거림이 이내 소리조차 제대로 나지 못하고 윤형의 입 안으로 사라져버렸다.

그는 단 사탕을 입 안에서 굴리듯 예원의 입술을 물고, 핥았다.

혀를 움직여 조금 더 갈구하는 듯 행동하면서도 그는 예원이 불편하지 않게 그녀의 얼굴을 꽉 붙잡은 채였다.

입으려던 재킷은 방바닥에 언제 떨어뜨린 것인지 알지 못한다. 다만 열에 달뜬 숨소리에, 알싸한 맛과 향이 나는 키스가 이 순간을 물들여가고 있었다.

"사랑해."

"아……."

"모든 순간 내 취향이 아닌 적이 없었어."

당신이 내 진심을 궁금해한다면 항상 말해주면 될 일이다. 윤형은 간단하게 생각했다. 예원이 물으면, 그 자리에서 모든 진심을 말해주면 된다고.

그렇게 두 볼을 붉게 물들인 예원의 얼굴에 그는 다시 웃었다. 웃으면서도 맞닿은 입술 위로 전해지는 열기에 정신을 차릴 수가 없었다.

어쩌면 좋지. 이렇게 좋은데, 앞으로 제대로 정신 차릴 수가 있을까.

즐거운 고민이 윤형의 머릿속을 돌아다녔다.

어쩌다 이 자리에 나오게 된 건지 기억을 되짚어보는 예원의 앞에 막 화장을 고치고 돌아온 지혜가 앉았다.

"어머, 동서."

"그……. 네."

아직은 동서는 아니라고 말하려던 그녀는 지혜가 그런 거라면 그런가 보다 싶었다. 사실 윤형에게 들은 이야기가 있는지라 손윗사람과 문제를 일으키고 싶지가 않았다.

"결혼식은 어디서 해? 나 친한 사람도 오라고 해도 괜찮나? 형님은 들으신 거 없으세요? 어머님이 무슨 말씀 없으셨어요? 도련님 결혼식인데 그냥 하실 리는 없고, 어디를 염두에 두고 계신 건지 도무지 알 수가 있어야죠. 아니면, 저희 호텔도 꽤 괜찮은데……. 좀 비워놓으라고 오빠한테 연락하는 게 나을까 싶어서요. 요새 도련님이 너무 서두르시잖아요."

"동서."

미연이 한창 자신의 말만 하는 지혜를 막았다. 가뜩이나 적응도 못 하고 있는 예원을 배려하는 듯 보였다.

언뜻 보기엔 그랬지만 예원의 시선에는 달리 보였다. 꼭 일을 시키고 싶어 하는 상사가 딱 저만큼의 배려를 보였던 걸 무수히 봤던 그녀였기에 더욱 쉽게 알 수 있었다.

"회사는?"

"어머님도 원하지 않으시고, 윤형 씨도 별로 내켜하지 않아서요. 그만두고 예전에 종종 다녔던 봉사활동을 조금 더 해볼까 싶어요. 졸업하고 십 년 동안 있었으니까, 한동안은 조금 쉬어도 괜찮지 않을까 하는 생각도 있구요."

예원은 저가 말하고서도 참 사무적으로 말했다 싶어 공연히 두 사람의 눈치를 봤다. 가끔 지혜나 미연을 만나면 결혼을 한다는 실감이 절실하게 나곤 했었다.

"그럼…… 갤러리 나오는 건…… 어때?"

미연의 말에 예원은 잠시 미연을 응시했다. 그저 보기만 할 뿐이었는데, 외려 당황한 듯 미연이 시선을 이리저리 움직였다.

"음……. 제가 해도 괜찮은 거예요? 어머님은."

"어머님이라면 걱정하지 않아도 돼. 안 그래도 내가 하기엔 무리가 많았고, 또 나도 거들어주면 좋기야 좋지. 꺼리지 않을 거라서."

미연의 말에 예원은 원하는 대로 할 수도 없는 거, 미연이 하라고 할 때 한다고 말할까 싶었다. 하지만 너무 금방 하겠다고 대답하는 건 속이 훤히 보이는 행동 같아 윤형과 함께 이야기를 해보겠다고 적당히 둘러댔다.

외부 활동을 거의 하지 않는다던 미연은 갤러리를 운영하는 것도 별로 내키지 않는 모양이었다.

하긴, 첫째며느리이니 돈을 굴릴 수 있는 갤러리를 안겨준 것일 수 있었다. 한데 문제라면 미연이 관심이 너무 없다는 것이다.

거만한 손윗사람보다야 미연같이 다소 순한 사람이 예원도 좋았다. 이면에 있는 다른 생각 같은 건 없었으니까.

"동서, 그럼 나중에 꼭 알려줘."

미연의 당부에 예원은 꼭 그렇게 하겠다면서 말갛게 웃었다. 그래도 시어머니인 지 여사를 제외하고 다른 사람들은 모두 마음 편히 저를 대해줬다.

그 사실이 지금처럼 다행스러울 수 없었다. 예원은 문득 이들 틈에 있으니 자신의 집에서 오빠들을 상대하던 그가 생각났다.

아마도 저와는 상상도 되지 않는 불편함과 긴장을 끌어안고서 그 자리에 있었을 것이 분명한 그가 새삼 보고 싶었다. 예원은 윤형의 그런 단단한 모습을 자신만 알고 있어 좋았다.

이 자리가 끝나면 당장 그에게로 가야겠다는 생각이 제일 먼저 든 것은 너무도 자연스러운 일이 되어버렸다.

갑자기 집 문을 열고 들어선 예원의 모습에 윤형은 당황해서 걸음을 멈췄다. 젖은 머리를 털던 손이 함께 멈춘 것은 너무도 당연한 일이었다.

"무슨 일……."

오늘 무슨 일 있었냐고 물어보려던 그는 다음 말을 입 안으로 보기 좋게 넣었다. 예원이 먼저 입을 맞춰오는 일이 처음이라, 그는 두 눈을 동그랗게 뜨고 예원을 바라봤다.

용기를 낸 듯 두 눈을 꽉 감고 있으면서도 입 맞춰온 예원의 모습에 그는 웃었다. 입을 맞추고 있지만 아주 조금씩 말려 올라가는 입꼬리는 멈출 줄 몰랐다.

결국 그는 예원의 얼굴을 두 손으로 감싸 안았다. 보드라운 살결이 손끝에 닿는 느낌은 언제라도 좋기만 해 그는 연신 예원의 입술을 탐했다.

가볍게 다가오는 윤형의 입술에 예원이 질끈 감았던 두 눈을 떴다. 달뜬 숨소리를 감춰보려고 애써 숨을 골랐지만 허사였다.

"무슨 일이야?"

윤형의 목소리가 아주 조금 잠겨 있는 것 같은 건 착각인 건가 싶어 예원의 시선이 조금은 가늘어졌다.

"그냥……."

"형수님들 만난 게 별로였어?"

"아니. 그냥, 만나니까 보고 싶어졌어."

너무 순수한 예원의 마음에, 윤형이 다소 놀란 듯 두 눈을 커다랗게 떴다.

그런 윤형의 반응을 보고 예원이 조금 주춤거리듯 말을 더듬었다. 여전히 서로의 숨이 피부 위로 닿을 정도로 가까운 거리에 마주 서서.

그에게 얼굴을 붙들린 채로 그녀는 말했다.

"그……. 별로야? 싫…… 어?"

여전히 어색한지 반말을 할 때면 늘 항상 손가락을 꼼지락거리는 예원의 행동을 보고 귀엽다고 할 새도 없이 윤형은 기꺼운 얼굴로 환하게 웃었다.

그렇게 웃는 모습이 처음이라 예원은 조금 전보다 더 놀랄 수밖에 없었다. 대체 무슨 일인 건지 이해가 가지 않는 머리로도 그녀는 윤형의 손을 감싸듯 잡으려고 했다.

"아니."

윤형의 단호한 대답에 예원의 손이 허공에서 흔들렸다. 갈피를 잡지 못하는 손에 시선을 한 번 줬던 그는 다시 시선을 예원에게 고정시켰다. 그렇게 하고 나서야 그는 예원의 귓가에 속삭였다.

"좋다. 너무 좋아서, 환장할 거 같아."

진심을 담은 윤형의 말에 예원은 당황했다. 진심이긴 한데, 어딘지 모르게 거친 그 표현에 그녀는 윤형의 얼굴을 똑바로 마주 볼 수가 없었다.

아니, 얼굴보다는 시선을 바로 보기가 부끄러웠다.

평소에는 잘만 보던 얼굴과 시선이었는데, 어쩐지 느낌이 그랬다. 분위기가 그렇게 하면 다시 시선을 바닥에 떨굴 것만 같아 보였다.

"오늘 왜 이래? 이러니까 정신을 못 차리겠잖아, 응?"

윤형의 채근이, 오늘은 조금 덜 싫었다. 그렇게 생각하던 예원은 문득 이상한 것을 알아차렸다. 평소에도 그가 했던 말과 행동들을 싫어한 적 없다는 아주 간단한 사실을 이제야 깨달은 것이다.

"근데 나 그거 궁금한데……."

예원의 말에 예원의 얼굴 곳곳에 입술을 비비던 윤형이 '응?' 하는 물음을 남기면서도 연신 키스를 퍼부었다.

"그……. 나 언제 처음 봤는데?"

"아."

윤형은 그제야 곤란한 얼굴로 웃었다. 손을 놓고 예원의 얼굴을 봐야 하는데, 그러면 몹시 쑥스러워하는 모습을 보일까 봐 고민했다.

어떻게 할까 고민하는 사이, 예원이 말간 눈으로 자신을 한 번 더 채근해왔다.

"아…… 곤란한데."

"응?"

"아니, 네가 너무 예뻐서 곤란하다고."

윤형은 이번에도 말하지 않는 쪽을 택했다. 어쩐지 오래전에 예원을 한 번 보고 밝게 빛나던 그 모습에 먼저 좋아하기 시작했다는 말을 하는 것이 쑥스러웠던 탓이었다.

"뭐야. 말 안 해주려고? 바에서 본 게 처음이 아니라고 그랬던 거 같은데."

"맞아."

"근데 말 안 해줘? 왜?"

나도 좀 알려달라며 조르는 예원의 모습에 윤형은 내내 입가에 웃음만 걸칠 뿐 입을 열지는 않았다.

예원이 너무 예쁘니까. 그래서 웃는 것이지, 결코 다른 건 없다고 그는 내내 그렇게 생각했다.

그래. 이건 당신이 너무 예뻐서 그런 거다.

10,

혼수를 어떻게 해야 할지 고민했던 예원은 그게 다 부질없는 것이었다는 걸 이내 깨닫고 말았다.

해원그룹 막내아들과 결혼하는 상황인데 혼수라니. 감당할 수나 있을까 싶었던 그녀는 필요 없다는 지 여사의 말에 한동안 멍하니 있기만 했었다.

필요 없다니? 어째서? 왜?

질문들이 끊임없이 머릿속을 떠돌아다니지만 예원은 선뜻 지 여사에게 물어볼 수가 없었다. 물어보면 지 여사가 대답이나 제대로 해줄까 싶을 정도로 묘하게 자신을 경계하고 싫어하는 기운을 뿜어냈다.

"어머님."

사모님이라고 불러야 할 것 같은 기분에 자꾸만 어색해지는 말투를 고치려고 무진 노력하면서도 예원은 방긋거리며 웃었다.

그래도 웃는 사람 좋아하시겠지 싶어, 그녀는 환하게 웃으며 입을 열려고 했다. 같은 자리에 있던 미연과 지혜가 함께 예원을 본 것은 물론이었다.

"혼수 이야기라면 괜찮다."

하지만, 묘하게 이상하게 변한 지 여사의 행동을 그녀는 이해할 수가 없었다. 대체 무엇 때문에 이렇게 행동하는 건가 싶어 그녀는 곰곰이 생각해봤다.

하지만 늘 그렇듯 결론은 하나였다. 윤형이 무엇을 했구나. 그런데 그 무언가가 무엇인지 전혀 모르겠다는 사실 때문에 섣부르게 말할 수도, 행동할 수도 없었다.

"하지만……."

"괜찮다고 해도."

"저희 어머니께서 작은 거라도 하고 싶어 하셔서요. 혹시……."

불편하지 않으시다면 그 정도쯤은 받아주시면 안 되겠냐고, 이젠 거의 애원하는 수준이었다.

아닌 게 아니라, 혼수를 어떻게 해야 하는 건지 한숨을 내쉬던 부모님은 이제 당황하는 수준을 넘어 제게 매일같이 연락해서 확인하고 있었다.

이번엔 꼭 답을 들어오라고.

"사부인께서 정 그러시다면 어쩔 수 없겠구나."

허락에 가까운 말이 떨어지자마자 예원은 진심에서 우러나온 웃음을 입가에 걸칠 수 있었다. 오늘은 엄마와의 통화에서 그래도 할 말이 생긴 것 같은 기분이었다.

"네."

하마터면 '감사합니다'라고 말할 뻔한 제 혀를 살짝 깨물고 나서야 그녀는 어색하게 웃을 수 있었다.

시어머니가 될 사람에게 '감사합니다'라니……. 정말로 사람들 앞에서 실수할 뻔했다. 그 생각에 등골이 오싹해졌지만, 일단은 실수하지 않았으니 다행이라고 스스로를 도닥인 예원은 이 시간 이후로 할 일들을 다시 생각했다.

반차를 내고 나온 길이었으니, 회사에 돌아가면 마무리해야 할 일들이 있었다. 또, 이젠 제대로 윤형과 상의를 해야 할 것도 같았다.

이렇게 불려 다니면 회사를 제대로 다닐 수 없는 건 당연한 일이 되고 말 것이니까.

"뭐 해요?"

윤형이 다가온 것도 모르고 주간 보고를 작성하던 예원은 한숨을 내쉬었다.

"주간 보고요."

"아. 벌써 요일이 그렇게 됐나?"

"네."

"예원아."

윤형의 부름에 그녀는 모니터에서 시선을 들어, 소리가 난 방향으로 고개를 틀었다. 그러자, 파티션에 기대어 자신을 보고 있는 그가 곧장 보였다.

잘생기긴 했다, 라는 생각도 잠시. 그녀는 다시 한숨이었다.

"무슨 말 할지는 아는데, 그래도 회사니까."

사람들은 아직 아리송해하는 눈치라고 굳게 믿는 그녀는 그들에게 확신을 주고 싶지 않았다. 분명 당장 한 달 뒤엔 다들 알게 될지라도

"이미 다들 아는 거 같던데."

응? 뭘 알아? 설마 그럴 리가……. 소리 없는 경악을 담은 말들이 채 다물어지지 못한 입술 사이로 새어 나오고 있었다.

"이미 다들 알아."

"그럴 리가…… 없…….."

없을 텐데. 정말로 다들 의심만 가득했지, 묻지도 않았다. 심지어는 아는 척도 하지 않았다. 궁금해하는 티도 내지 않았다.

"다들 보기보다 연기를 꽤 잘하더라고."

"뭐?"

"비밀이라고 해놨는데 생각보다 잘 지켜줘서 걱정 별로 안 했어."

윤형의 웃는 낯에 예원의 얼굴을 점점 굳어졌다. 그렇게 비밀이라고 했는데, 이 남자가 지금 무슨 소리를 하는 건지 싶기도 하고, 이상하기도 했다.

티 안 내고 다녔다고 생각했는데, 어디서 어떻게 티가 난 건지 궁금도 했다.

"이보세요."

윤형이 예원의 모습을 가만히 지켜보다가 결국 곁으로 걸음을 옮겼다. 한 걸음 더 다가왔을 뿐인데, 윤형의 손이 머리를 가만히 쓰다듬었을 뿐인데…….

좋았다. 말로 형언할 수 없는 그런 기분이 들어서, 예원은 심란하기만 했다. 자꾸 이런 식으로 무르면 안 되는데 싶어 마음을 다잡으려고 해도 허사였다.

"그게 너는 가능할지 몰라도 나는 안 돼. 좋아하는 사람하고 연애를 하는데, 비밀이 될 거 같아?"

"어?"

"사실 연애하자고 꼬시려면 무슨 약속인들 못 하겠어. 안 그래?"

윤형의 미소를 본 예원은 그제야 그가 자신에게 그냥 아무 약속이나 마구 했다는 걸 깨달았다.

늘 보면 화려했던 그 얼굴과 웃음이 오늘따라 얄미운 것은 기분 탓이 분명하다고 생각하면서도 마음을 어쩌지는 못했다. 결국 예원은 소리를 내질렀다.

"야!"

하지만 윤형은 아무렇지 않은 듯 예원의 머리를 연신 쓰다듬기만 했다.

"이렇게 순진하니까 내가 내내 쫓아다녔지."

"나이 서른셋 먹은 사람한테 그거 칭찬 아니거든?"

예원은 결국 불퉁한 소리를 잠재우지 못했다. 하지만, 어쩐지 기분은 좋아서 이걸 어떻게 화내야 윤형이 다음부터는 똑같은 행동을 하지 않게 할지 고민이었다.

"고민하고 있지?"

"어?"

"눈에 다 보여."

"그럼 좀 하지 말든가."

예원은 얄미워 죽겠다는 얼굴을 하면서도, 윤형을 향한 시선을 거두지는 않았다. 자신의 책상에 엉덩이를 걸치고 앉아 있는 그를 올려다보는 것이 꽤 좋았다.

사실, 아무도 없는 늦은 밤에 단둘이 사무실에 있는 건 새로운 일이었다.

"근데 어쩐 일로 일이 남았어? 보통 기획 없을 때는 퇴근 시간 안 넘기는 편이잖아."

덕분에 데이트 같지 않은 데이트도 더러 했지만, 이라는 윤형의 말에 예원이 한 번 더 그를 흘겨보고는 입을 열었다.

"오늘 오전에 반차 냈었는데 몰랐어? 승인 낸 게 당신이잖아."

예원이 너무도 자연스럽게 '당신'이라고 말했다. 그 말에 머리를 쓰다듬던 윤형의 손이 허공에서 멈췄다. 하지만 그걸 알아차리지 못한 예원은 주간 보고를 정리하면서 연신 입술을 달싹거렸다.

"연차 사용한다고 승인 내달라고 올라가면, 안 봐?"

"어?"

"그렇게 당신이 대충 하는 것처럼 보이니까 어머니가 별 신경 안 쓰는 것처럼 보이긴 했는데……."

"다시 말해봐."

윤형의 말에, 예원은 말을 멈추고 메일을 우선 보냈다. 보내고
나서 자신이 파일을 정리하는 사이 무슨 말을 했는지 되짚어봤지
만 도무지 감이 오는 게 없었다.

윤형이 저렇게 핀트가 나간 시선으로 자신을 보게 할, 그런 행
동이나 말을 한 적 없는 것 같은데.

"응?"

"방금 한 말, 그거 다시 해보라고."

컴퓨터를 끄면서도 예원은 어떤 말을 하라는 건가 싶어 윤형의
시선을 마주했다.

"어머니가 별 신경 안 쓰는 것처럼 보이긴 했는데?"

"아니, 그 앞에."

"앞에?"

"어. 앞에."

윤형이 대체 왜 이러나 싶어, 예원은 천천히 입을 열었다.

"그렇게 당신이 대충 하는 것처럼 보이니까……?"

그러곤 이내 깨달았다. 아, 자신이 무의식중에 너무도 자연스럽
게 '당신'이라고 그를 불렀구나.

"좋네."

그렇게 의식하고 나니 예원은 무척이나 쑥스러웠다. 쑥스러운
것뿐만 아니라 어딘지 모르게 간질거리는 기분이 들어 부끄럽기
도 했다.

"네가 '당신'이라고 불러주니까 좋아."

"그……."

"앞으로 그런 호칭으로 불릴 사람, 나밖에 없는 거잖아."

윤형의 말에 예원은 얼굴을 붉히면서도 고개를 작게 끄덕였다. 오늘은 윤형과 함께 회사를 어떻게 할 건지 이야기해야겠다고 생각하면서도, 한없이 즐거워지는 기분은 마음을 들뜨게 만들었다.

마음이 들뜨니 여태 가졌던 스트레스와 고민들이 한순간에 씻은 듯 날아가는 느낌이었다.

언제 봐도 예원의 집은 아담했다. 아담한 게 예원과 참 잘 어울린다 싶으면서도, 그는 예원을 어서 이 집에서 자신의 집으로 데려가고 싶었다.

일부러 그래서 큰 아파트로 이사한 것이었다. 혼자였다면 별로 신경도 안 썼을 집 문제였지만 이번에는 상황이 달랐다.

그래서 본가에서 머물지 않기로 생각하자마자 그는 나와서 살 적당한 곳을 알아봤었다. 지난번엔 혼자 지낼 만한 오피스텔이었고, 이번엔 예원과 함께 지낼 수 있는 곳으로 알아봤다.

둘이서 나중에 아이들을 기르면서도 즐겁게 살 수 있는 그런 적당한 곳이면 충분했다.

그가 미리 봐둔 집을 덜컥 계약하고, 예원을 데려왔던 날 또 등을 몇 대 맞긴 했었다. 하지만 예원이 이 집에서 돌아다니면 그렇게 가슴이 뻐근해져왔다.

부엌에 있는 예원에게서 시선을 떼지 않으면서도 그는 여전히 예원의 모든 것을 주시했다.

"그렇게 보고 있으면 더 실수한다니까."

예원이 커피가 든 머그잔을 윤형에게 건넸다. 그러고 나서야 그녀는 윤형의 옆에 앉았다. 그는 그 모든 과정들이 좋기만 해서 웃었다.

"그래서 무슨 할 말이 있는 건데?"

윤형은 이게 제일 궁금했다. 매번 예원은 다음 날 출근해야 한다고 평일엔 데이트를 잘 하려고 들지 않았다. 물론 데이트라고 해 봤자, 예원이 어딜 돌아다니는 걸 좋아하는 성격도 아니라 나가지는 않았다.

그렇다고 온전히 그의 취향에 맞춰달라고 하기엔 그는 활동적인 걸 좋아했다. 그러니 어느 적정선에서 늘 맞추는 편이었다. 예원이 너무 힘들지 않게 맞추다 보면 그도 좋아하는 무언가를 항상 찾곤 했었다.

"그……."

"무슨 말을 꺼내려고 이렇게 어려워해?"

"그러니까…… 나 회사."

"아."

윤형은 그제야 오늘 예원이 자신을 붙든 목적이 그저 그런 이유 때문이 아니라 명확한 이유가 있었음을 알았다.

"하고 싶은 대로 해도 돼."

"응. 그렇게 해도 된다고 어머니도 말씀해주시긴 했는데."

"오늘 모임 자리에 나가서 별로 안 좋았어? 왜 그래?"

윤형은 오늘 무슨 안 좋은 일이 있었나 싶어 예원의 안색을 먼저 살폈다. 하지만 별다른 것이 없어 의아하던 찰나 그녀가 그에게 말했다.

"아니, 그냥 오늘도 그렇고 지난번도 그렇고…… 이렇게 나가보니까 알겠어서. 어머님 말씀처럼 정말로 회사를 다니면서 그런 자리 나가는 건 힘들겠다 싶기도 하고……."

"원하는 대로 하라고 했으니까 어떻게 하든 상관하지 않을 거야. 근데, 정말 그렇게 하고 싶어?"

"어?"

"만약에 조금이라도."

"아냐. 정말 하고 싶어. 사실 큰형님이 갤러리 운영해보라고도 했고. 형님은 그냥 지금처럼 아무것도 안 하고 내조만 하고 싶다고 하시기도 했고."

윤형은 '갤러리'라는 말에서 주춤했다. 관장 최예원은 꽤나 좋을 것 같아도 그걸 집안에서 가만히 두고 볼지 미지수였다. 형수님이라면 충분히 예원에게 다 넘기고 장학재단 일을 더 하고 싶어 할 것이 분명했다.

장학재단은 아직까지 지 여사가 대부분 관장하고 있으니 따로 할 것도 없었다. 하지만 갤러리는 이야기가 좀 달라진다.

"곤란한데……."

"응? 안…… 돼?"

방금까지 하고 싶은 대로 하라고 했다가 말을 바꾸는 것처럼 보일 것 같기도 해서, 이걸 어떻게 설명해야 하나 아주 잠시간 고민하던 그는 돌연 태도를 바꿨다.

"아니. 돼. 형수님이 그렇게 말했으면 자리 만들겠다는 뜻이고, 네가 일을 못하는 것도 아니니까. 갤러리 일이 그리 신경 쓸 일도 많지 않으니 한다고 해."

"괜찮을까?"

"응. 괜찮아."

윤형은 그렇게 말하면서도 속으로 계산했다. 지 여사가 그날 이후로 예원에게 달리 강압적인 태도를 취하지 못한 이유 때문에, 이번에도 그렇게 하지 못할 가능성을 생각한 것이다.

그리고 이번에도 그냥 넘어가리라고 생각했다. 당장 예원에게 관장직을 넘기겠다는 것도 아니고 일만 거들어달라는 큰며느리의 청을 거절할 사람이 아니라는 걸 윤형이 그 누구보다 잘 알고 있었다.

"근데, 어머니 태도가 묘하게 이상해졌어."

"그래?"

"어머니는 모른다고 그러시지 않았어? 근데 꼭 이상해서……."

"뭐, 그냥 태도를 좀 바꾸고 싶었나 보지."

윤형은 끝까지 모른 척 행동했다. 사실 이런 건 예원이 알아서 좋을 게 없었다. 알아봤자 어떻게 할 수 있는 문제도 아니었고.

"걱정 말고 하고 싶은 대로 해."

"그리고 정말로 집에 내가 사갈 게 하나도 없어? 엄마도 그렇고 나도 그렇고…… 혼수를 안 해가는 게 좀 그래서. 현금 예단을 하기엔, 어머님이 내가 마련해서 드리는 돈은 얼마 되지 않을 거라고 생각하실 거 같기도 하고."

잔걱정으로 스트레스거리를 알아서 찾는 예원의 모습에 윤형은 손에 들고 있던 머그잔을 테이블 위로 내려놓았다. 그렇게 하고 나서야 그는 예원의 머리를 어깨에 기대게 만들어, 자신에게 온전히 기대도록 했다.

다소 의아하다는, 예원의 시선이 얼굴에 닿았지만 모른 체하면서 그는 잠시간 가만히 그대로 앉아만 있었다.

"나한테 다 맡겨도 된다니까."

"하지만."

"정말로 괜찮아. 이젠 나한테 맡길 부분은 맡겨."

윤형의 말에 예원이 우물쭈물거리면서 입을 쉽게 열지 못했다.

"내가 신뢰를 아직 덜 쌓았나 보네."

"아, 아니⋯⋯. 그런 게 아니라⋯⋯."

너무 미안해서, 라고 예원이 조금 작게 이어 말했다. 윤형은 그런 예원의 마음을 알고 있었기에 그녀가 무슨 행동을 하건 다 좋기만 했다. 하지만 집에서는 아닐 수 있었다.

"그러니까 공연히 스트레스 받지 말고, 장모님께도 내가 연락드릴게."

"아냐. 그거 내가 할게. 아주 작게라도 무언가 하고 싶다고 하는 엄마를 말릴 수는 없어서, 사실 오늘 어머님께 말했는데 그러라고 하셨거든."

밝은 예원의 얼굴과 달리 윤형은 지 여사가 장모님이 준 물건이 무엇이든 고용인들에게 줘버리라는 것에 한 표 걸 수 있었다.

그래서 마음이 편할 수가 없었다. 이걸 돌려 말할 재주는 더더욱 없었기에 그는 다시 입을 열었다.

"아냐. 내가 연락드릴게. 그것도 내가 알아서 잘 말씀드릴 테니까 하지 마."

"응?"

"근데 나 언제쯤 옆에서 재워줄 건데?"

윤형은 이 이상 예원이 스트레스를 받기 전에 주의를 돌릴 겸 장난쳤다. 그 노력 때문인지 모르겠지만 예원의 굳어 있던 몸이 조금은 느슨해져 제게 기대는 느낌이 들었다.

윤형은 그런 예원의 손을 만지작거리면서, 오늘 하루 어땠는지 내일은 무엇을 할 건지 물어보고 확인했다.

어쩐지 예원이 하는 모든 게 궁금했다. 시간이 지나면 조금 나아질까 싶었는데, 이건 그때나 지금이나 마찬가지라 모든 것을 알고 싶었다. 생각해보니, 모든 것을 알고 싶고 공유하고 싶어서 결혼을 하는 게 아닐까 하는 생각을 아주 가끔 하는 것도 같았다.

어느 정도 마음이 편안해지자 예원은 미연에게 연락하기가 한결 쉬웠다. 한 걸음만 앞으로 나왔을 뿐인데 확연히 다른 기분이기까지 했으니까.

"동서."

미연의 부름에 예원은 관장실을 둘러보던 시선을 돌려, 미연을 바라봤다.

"회사는 언제부터 안 나간다고 했지?"

"아, 그건……."

"회사 그만두고, 한 한 달쯤 있다가 여기로 오면 될 것 같은데."

"네."

해원그룹에서 운영하는 해원갤러리는 꽤나 오랜 시간 동안 운영되어온 갤러리로, 미술에 관심이 많은 사람들이 종종 찾는 편에 속했다. 감각적이지는 못해서, 갤러리 관람료가 크게 비싸지 않은 편이기도 했다.

"사실 나는 이런 건 별로 신경 쓰고 싶지가 않아."

"하지만 어머님이."

"그건 어머님 생각이지, 나는 별로……. 차라리 장학재단 일이 더 맞는 거 같기도 하고……. 하여튼, 나중에는 동서가 했으면 좋겠어."

지 여사가 그걸 가만히 두고 보면 다행이지만, 그렇지 않으면 꽤나 고달프지 않을까. 예원은 그렇게 생각했다.

"어머님은 사실 동서가 도련님하고 결혼을 안 할 수도 있을 거라고 생각해서 아버님한테도 도련님 자리든 뭐든 확실하게 결정 지어놓지 말라고 하시더라고. 동서랑 잘 안 되면, 언제든 기반이 있는 마이애미로 가버릴지 모른다고."

미연의 말에 예원은 지금 벌어지는 상황이 조금 이해가 되지 않았다.

"이런…… 거 왜 저한테 말해주세요?"

"묘한 동질감이 들어서."

묘한 동질감이라는 표현에 예원은 미연을 바라보기만 했다. 지여사의 큰며느리 사랑은 끔찍했으니, 동질감을 느낄 부분이 없을 것 같은데…….

어느 부분에서 미연이 자신에게 그런 느낌을 받은 건지 알지 못한 예원은 그저 미연의 말에 귀 기울일 뿐이었다.

"처음에 아버님이 나한테 그러셨거든. 그래서, 도와주고도 싶고. 어머님이 도련님 일이라면 아닌 척하시지만 날 세우시는 거 한두 번 본 것도 아니고."

"아."

"그리고 무엇보다 윤조 씨가 부모님 때문에 도련님을 제대로 챙겨주지 못한 걸 후회하기도 하고."

설령 가족이 챙겨주지 않았다고 해도 윤형이 누린 것들은 거의 최고였을 것이 분명했다. 미성년 때까지의 그는 분명 집안의 도움을 받았다고 했으니까.

진짜 그가 필요했던 건 이런 마음들이었을 것이리라.

하지만 말하지 않고선 알 수 없다는 걸 미연의 이야기를 듣고 나서야 깨달았다.

말하지 않고서는 모른다. 그래서 그가 그토록 낯간지러운 소리를 잘도 했구나. 예원은 문득 그의 모든 말들이 이제 쑥스럽지 않았다.

"사실 둘째 동서는 비슷한 집안에서 온 사람이니까 나보다 훨씬 더 잘 적응하고 있고, 막내 동서보다도 더 잘 적응하겠지."

"아무래도…… 그러시겠죠."

"그러니까. 갤러리 일 하면 더러더러 안면도 익힐 수 있고, 나중엔 도움도 받을 수 있으니까."

"네. 무슨 말 하시려는지 알 것 같아요."

미연의 고운 마음만큼은 고마워서, 나중에 지 여사가 이 일을 반대한다고 해도 괜찮을 것 같았다.

예원은 고맙다며 두어 번 더 말한 뒤에야, 그 자리에서 벗어났다. 얼마 남지 않은 결혼도, 그의 모든 상황을 알게 되는 것도 전부 좋았다.

좋아서 다시 그가 보고 싶었다.

사귀고 싶어서 백화점에 있는 모든 직원에게 연기를 강요한 그였지만 제 눈에는 한없이 좋은 사람으로만 보이면 그건 그것대로 괜찮지 않을까 싶었다.

물론, 함께 일하는 직원들이 들으면 기함할 일이라고 여기면서도 그녀는 그렇게 생각했다. 그 생각이 멈추지 않아 결국엔 입가를 비집고 나오는 웃음을 막지 못했다.

요즘 들어, 웃을 일이 참 많아졌다.

비서가 가져다 놓은 결재 서류를 보고, 보고서를 읽다가 결국 윤형은 결심을 한 듯 굳은 얼굴로 휴대폰을 들었다.

귓가에서 울리는 정겨운 목소리에도 얼굴을 풀 수가 없었다. 전화로 예민하다면 예민할 수 있는 문제를 이야기해서 다행이라고 해야 하는 건지 알 수가 없었다.

하지만 정말로 다행인 것은 예원이 이 일들을 겪기 전에 자신이 나섰다는 사실이었다. 이런 일을 하게 하자고 결혼하자고 한 게 아니었는데…….

"어머님."

-서 서방 아니가?

"예."

-그래, 무슨 일이고?

"다른 게 아니라, 혼수나 예단 문제 때문에 연락드렸습니다. 예원이가 어머님이 신경 많이 쓰신다고 해서요."

최대한 순심이 상처받지 않도록 조심스럽게 말하려고 하지만 그는 뜻대로 전달되지 않을까 봐 걱정이었다.

-걔가 잔걱정이 그리 많아. 그냥 이렇게 공으로 넘기는 건 아니다 싶어서.

"공으로 넘기다니요. 예원이 주시는데요."

-하이고…….

순심이 싫지 않은 듯 혀를 내두르는 소리가 귓가에 선명히 들렸다. 윤형은 조금 더 이야기를 해서 아예 관련된 이야기가 나오지 않게 해야겠다고 생각했다.

진실을 말해줄 수는 없어도, 적어도 굳이 겪지 않아도 될 일을 겪어서 상처받게 하는 것보다는 아예 하지 않도록 유도하는 것이 나았다.

"게다가 저한테 예원이 주시면 당분간 얼굴도 보기 힘들 텐데요. 그걸로 충분하죠."

예원과 함께하도록 허락해준 것만으로도 충분하다고 몇 번이고 말하는 윤형의 진심에 순심이 한결 물러선 듯싶었다.

-하지만서도…….

그래도 무언가는 하고 싶다는 순심의 말에 윤형은 곤란하기만 했다.

"그러시면 저희 결혼식 끝나고 아버님, 어머님 뵈러 갔을 때 좋은 거, 맛있는 거 많이 해주세요. 정말로 그거면 충분합니다."

윤형은 한사코 거절하는 게 어른에 대한 예의가 아니라고 생각하면서도 이번만큼은 어쩔 수가 없었다.

진짜로 자신의 가족이 될 사람들이었다. 그런 사람들이 지 여사의 말과 행동에 행여 상처라도 받게 되는 건 무슨 일을 하더라도 막고 싶었다.

-일간 한번 봄세. 딸 시집보내기 전에 몇 번 더 보고 싶기도 하고…….

"예. 제가 예원이랑 같이 내려가겠습니다."

윤형은 순심이 완전히 물러났다는 걸 알고는 속으로 안도했다. 그래도 상상하는 것만큼 어렵게 일이 풀리지 않아서 정말로 다행이라고 생각했다. 그렇게 통화 종료 버튼을 누르자마자 윤형은 사장실 문을 열고 들어선 예원을 봤다.

"너?"

"하……."

밭은 숨소리, 상기된 얼굴.

예원의 모든 것이 그에게 자극제가 되어 그를 고조시켰다. 달리 무언가 하지 않아도, 요즘 들어 특히 그녀의 모든 것은 그에게 강한 자극제였다.

"사랑해."

예원의 말이…… 돌리지 않은 그 언어가 심장을 미친 듯 뛰게 만들었다. 이렇게 뛰면 죽지 않을까 싶을 정도로, 아무것도 보이지 않을 정도로, 그 누구의 말도 들리지 않을 정도로…….

어느새 자신이 예원의 앞에 서 있다는 사실조차 알아차리지 못한 그는 문 앞에 바로 선 예원을 보고 있는 비서들을 알아차리지도 못했다. 그저 예원이 자신에게 달려와 '사랑해'라고 말했다는 사실만이 중요했을 뿐이었다.

예원의 얼굴을 두 손으로 감싼 그가 그녀의 귓가에 속삭였다.

"말해줘."

"사랑해."

"다시 한 번만 더 말해줘."

이렇게 사랑 하나만 붙들고 여자에게 다가가는 것이 다소 매력적이지 못해도 괜찮았다. 곁에 있어준다고 하기만 한다면 무엇이든 다 괜찮았었다.

예원이 자신을 좋아하는 것보다야, 제가 그녀를 좋아하는 마음이 더 커다랗다고 생각했으니까. 한데 이제 보니 마음을 그런 크기로 저울질하는 것부터가 잘못된 것이었다.

"사랑해."

거듭 말하는 예원의 한마디에 완벽하게 손을 든 그는 환하게 웃었다.

"응. 나도 사랑해."

그렇게 화답하면서도 그는 한 손을 떼서 예원의 등 뒤에 있는 문을 천천히 밀었다. 비서가 호기심 가득한 시선을 숨기지 않은 채로 보고 있음을 그제야 알아차렸기 때문이었다.

그렇게 문이 완벽히 닫혀서 단절된 공간이 되고 나서야 그가 예원의 허리를 바짝 당겨 안았다.

고개를 들고 자신을 바라보는 시선이 좋았다. 평소처럼 쑥스럽다고 시선이 비켜 있는 것이 아니라 더 자극적이었다.

"오늘따라 왜 이렇게 예뻐?"

"그러지 마."

"아냐. 정말로 예뻐서 그래. 진짜 예뻐서 환장할 거 같잖아."

진짜로 환장할 거 같아서 미치겠어.

윤형의 속삭임에 예원이 싫지 않은 듯 웃음을 터트렸다. 그만하라고 하면서도 웃음기가 잔뜩 섞여 있는 예원의 음성을 윤형이 놓칠 리 없었다.

"이렇게 무리시키면 어떻게 하라고, 응?"

"무슨……?"

"정말로 심장에도, 몸에도 안 좋아."

"어디 아파?"

순수한 걱정을 담은 예원의 시선에 그가 즐거운 만큼, 딱 그만큼 웃음을 터트렸다.

"너무 예쁘니까 자극적이잖아."

이젠 하다하다 네 말 한마디에 자극받는 몸은 또 어쩌냐고 그가 가볍게 덧붙였다.

"야!"

"소리 지르는 것도 자극적이면 어쩌지? 응?"

윤형이 예원을 옴짝달싹도 못하게 벽과 그 사이에 가둬놓고는 귓가에 속삭이기만 했다. 예원의 얼굴이 빨갛게 물들도록 낯간지러운 말들을 쏟아내는 그였다.

"그, 그만하라니까."

예원은 그런 윤형을 크게 밀어내지 못했다. 서로의 몸이 밀착되면서 여실히 느껴지는 그의 페니스 때문에 그녀도 조금 당황한 상태였다.

대체 어느 부분에서 이렇게 제대로 핀트가 나간 건가 몇 번이고 다시 생각해도 저는 고백한 것밖에 없었다.

그냥 무작정 사랑한다는 말을 하고 싶었다. 그래서 열심히 달려서 그가 있는 사장실까지 와 말했다.

'사랑해.'

그 말 한마디에 윤형이 이렇게 좋아할 줄 몰랐다. 또 그 말 한마디에 이렇게 자극받아 할 줄은 꿈에도 몰랐었다.

"또 딴생각하네."

"어?"

"방금 말한 거 들었어?"

"아니."

예원은 순순히 시인했다. 조금 민망해서 다른 생각을 했으니 발뺌하고 말 것도 없었다. 여전히 윤형의 더운 숨결은 귓가를 스치고 있었고, 그의 입술은 자신의 목덜미를 배회하고 있었다.

"장모님한테 전화드렸어."

"아……."

"조만간 한 번 더 내려가자. 내려간다고 약속드렸어."

그러면서도 왜 손은 가만히 있지 않냐고, 예원이 그의 손을 잡으려고 했다. 하지만 윤형은 그 손마저 잡아서 천천히 움직였다.

예원은 그 움직임에 크게 당황했다. 대체 이 낮에 사무실에서 윤형이 무슨 생각을 하는 건지 알기 어려웠기 때문이었다.

"너 나한테 주기 전에 두어 번 더 보고 싶다고 그러시는데……그건 무리일 것 같고. 다음 주쯤에 갈까?"

"시간이 돼? 요새 바쁘잖아. 회의만 하루 종일 잡힌 날도 많다던데."

"어디서 들었어?"

윤형이 다시 쇄골 언저리에 입을 맞췄다. 뜨거운 숨이 살결에 닿자 예원은 무언가 이상한 기분이었다. 이상하기만 한 건 아닌 것 같지만, 해가 중천에 걸려 있는 낮이었다.

밖엔 비서들도 있는 그의 사무실이었다.

어디 호텔도 아니었고, 그의 집도 자신의 집도 아니었다. 그래서 예원은 고개를 내저었다.

"알아. 안 해. 이렇게 할 거 아냐."

아는 사람이 잘도 이러고 있다 싶어서, 예원은 눈을 흘겼다.

"네게 소중한 건 내게도 소중해."

"말이나 못하면."

"진짠데?"

"진짜면 손이랑 몸부터 어떻게 좀 하지?"

정말로 위험한 수위를 아슬아슬하게 비껴가고 있는 윤형의 행동에 예원은 제재를 가해야 할 것 같았다.

"근데 좋은 걸 어떻게 해."

윤형이 다시 강아지처럼 온몸을 비벼오자, 예원은 그의 등을 아프지 않게 살짝 때렸다.

"그만하라니까?"

단호해진 예원의 행동에 윤형이 다소 아쉽다는 얼굴로 물러났다. 저 얼굴에 무르게 행동했다가 곤란했던 적이 한두 번이 아니었다.

"언제 끝나?"

"한 한 시간 남았나. 아, 그러고 보니 오늘 연차였었구나."

"이제 기억해주네."

예원의 투정에 윤형이 웃었다. 사무실 창문을 여는 윤형을 보던 그녀는 왜 창문을 여냐고 물으려다가 입을 다물었다.

조금 전 열기를 가득 머금었던 윤형의 체온이 분명 그 이유이리라.

"끝나고 같이 가."

"나 뭐 하고 기다려?"

"날 보고 있든가."

윤형의 말에 예원은 웃음을 터트렸다.

"날 보면서 쉬고 있든가."

"그리고?"

"그것도 아니라면 내 다리 위에 앉아서 쉬어도 괜찮고."

윤형의 마지막 말에 예원은 얼굴이 새빨갛게 확 달아올랐다. 모든 열이 얼굴에 쏠리는 느낌이었다.

그리고 그녀는 곧장 생각했다.

저 발정 난 멍멍이.

\\,

결혼식은 생각보다 조촐했다. 물론 이것도 상대적인 것이라, 예원은 일반 사람들이 호텔에서 올리는 예식보다 더 화려했지만 규모가 작았던 결혼식에 기가 눌려버렸다.

"지겨웠지?"

윤형의 물음에 고개를 저었다. 사실 지겨웠다기보다는 질려버린 것이 더 옳았다. 그리고 그것보다 더 부모님에게 온 신경이 갈수밖에 없었다.

이런 상황들이 너무도 자연스러운 지 여사나 서 회장과 달리 제 부모님은 지방에서 농사를 하며 산 분들이셨다.

이런 결혼식은 본 적도, 생각을 한 적도 없었을 것이 분명했다.

"엄마랑 아빠는 잘 갔겠지?"

"우리보다 먼저 집에 도착하셨을 텐데, 걱정 마."

"그러게……."

쓸데없는 걱정이었겠구나 싶어 예원은 공연히 난 웃음을 급히 삼켰다. 윤형의 손을 붙들었다. 이미 옷을 갈아입고서도 밖에 나가지 않고 기다려준 그의 배려가 고마워서 예원은 그에게 물었다.

"진짜 집에 연락드렸어? 나 아까 옷 갈아입을 때 드렸다고 해서……."

한 번 더 전화하면 꽤나 이상할 것 같아 예원은 몇 번이고 확인만 했다.

"드렸어. 정 의심스러우면 형수님한테 물어봐봐."

"어?"

"그렇게 자꾸 확인만 하고 안 나가면, 나가기 싫은 걸로 간주할 텐데 괜찮겠어?"

윤형의 장난스러운 말에, 하지만 진심이 다분히 묻어나는 그 시선에 예원은 단번에 몸을 일으켰다.

"와. 이러면 나 상처받지."

윤형이 뒤에서 자꾸만 달라붙어서 장난을 쳤다. 하지만 예원은 왜인지 모르게 잔뜩 긴장이 됐다. 평소처럼 장난을 잘라내거나 받아주지 못할 것 같아서였다.

그걸 아는지 모르는지 윤형의 장난이 끊이지 않았다. 사실 오늘 하루가 어느 시점부터는 현실 같지 않은 느낌이기도 했다.

그 현실 같지 않은 하루가 완벽해서, 그래서 더 현실 같지 않았다.

긴장으로 잔뜩 굳어진 예원을 어떻게 풀어줘야 하려나, 고심할 시간도 없이 예원이 씻고 나왔다.

"아."

그가 멍하니, 감탄했다. 막 씻고 나온 예원을 보자마자 그냥 튀어나온 의미 없는 말이라 그도 생각지 못했다.

"응?"

무슨 말이라도 한 줄 알고 자신을 바라보는 예원의 모습에 그는 웃음을 집어삼켰다.

"긴장 그만해. 누가 보면 내가 오늘 잡아먹는 줄 알겠네."

윤형의 말에 예원이 작은 소리로 틀린 말도 아니지 않냐고 웅얼거리는 것을 그는 들었다.

"그리고 뭐 이렇게 빨리 나와?"

"왜?"

"보통 내가 의미 없이 뱉은 말에도 반응하는 정도로 긴장한 거면 좀 안에서 뭉그적거리다 나와야지."

"당신이 빨리 나오라며."

예원이 대체 어느 장단에 맞추라는 건지 모르겠다며 툴툴거렸다. 윤형은 그런 예원의 모습이 귀여웠다. 지금 이것조차 자신의 말을 따라주기 위함이었다는 것이 더 그의 마음을 배부르게 만들었다.

"진짜 미치게 만든다."

윤형의 말에, 예원의 시선이 발치로 떨어졌다. 적당히 부끄러워하고, 긴장하는 예원이 얼마나 지금 예쁜지 그녀는 모를 것이라고 생각하면서도 그는 그 모습들을 두 눈으로 샅샅이 훑었다.

오늘은 무조건 내 마음대로 할 거야.

윤형이 다짐을 하듯 예원에게 몇 번이고 말했다. 사실 통보보다
는 애원에 가까운 부탁에 가까웠지만.

'그러든지.'라고 작게 답한 예원의 음성을 듣자마자 그는 예원
에게 곧장 달려들었다. 서 있던 예원의 몸이 한 번 뒤로 주춤 물러
나야 할 정도로, 그렇게.

샤워가운만 입고 있던 예원의 몸에서는 꽤나 좋은 냄새가 났다.
자신과 같은 것을 사용한 냄새라, 더 좋았다.

그는 예원의 동그스름한 어깨를 길게 물고 핥으며 시선을 들어
예원의 옆모습을 바라봤다. 단단히 붙들어놓은 허리에 얹은 손을
아주 조금씩 천천히 움직였다. 예원을 달래는 듯한 움직임이었다.

달뜬 숨소리가 가득한 호텔 룸.

어느새 벗겨진지도 모르는 가운이 바닥에서 뒹굴었다. 하지만
그런 걸 신경 쓸 새가 없었다.

그저 맞닿은 살결만으로도 기분이 좋아서, 그는 예원의 몸 곳곳
을 물고 핥았다. 그렇게 아주 천천히 예원의 몸을 움직여, 침대에
종아리가 닿게 만들었다.

그렇게 고개를 숙여 예원의 봉긋한 젖 몽우리를 혀로 핥아 올렸
다. 살살 핥다가 물고 빠는 행동을 연이어 반복하자 예원의 몸이
점점 뒤로 넘어갔다.

어차피 넘어가도 침대라, 그는 허리를 단단하게 붙들고 있는 손
의 힘을 천천히 뺐다. 예원의 몸을 가만히 침대 위에 눕히고서는
그가 다시 그 위에 올라타듯 몸을 겹쳤다.

가슴에서 배로, 배에서 허벅지로 입술을 내리던 그가 예원의 다리 사이에 얼굴을 가져다 댔다.

숨을 고르게 내쉬려고 노력하던 예원이 순간 아래에서 느껴지는 뜨거운 열기에 놀라 시선을 내리자마자 다리를 오므리려고 했다. 하지만 그보다 빨리 윤형이 예원의 두 다리를 꽉 붙잡고 있었다.

"아, 아…… 니……."

그거 하지 마, 라는 말이 달뜬 숨소리 뒤로 가볍게 사라졌다. 윤형이 예원의 여린 속살을 달래듯 살살 핥고 있었기 때문이었다.

그러면서도 눈을 치켜떠, 예원이 어떤 모습으로 있는지 하나도 놓치지 않겠다는 양 행동했다. 허리를 뒤트는 예원은 이미 두 볼을 빨갛게 상기한 채였다.

윤형이 물고 빠는 소리가 귓가를 어지럽히기만 했다. 예원은 허우적거리는 손을 들어 윤형의 머리카락을 잡았다. 하지 말라고 끌어 올리려는 행동에, 그가 입가에 띄운 미소를 더 크고 짙게 한 채였다.

머리채쯤이야 얼마든 잡힐 수 있다는 가벼운 생각을 하면서 그는 예원의 엉덩이를 토닥거렸다.

먹어도 질리지 않은 자신만의 만찬인 것 같아, 그는 남김없이 다 맛보고 싶었다. 예원의 손끝부터 발끝까지 남기지 않고 먹어 치워야 직성이 풀릴 것 같았다.

시선은 계속 예원의 모습을 보고 있으면서도 그는 성난 짐승처럼 행동했다. 이러지 말아야지, 조금은 다정하게 해야 예원도 같이 좋을 거라고 생각했다.

근데 그게 생각에서 그치게 될 줄은 정말 몰랐었다.

"하…… 아……."

예원의 달뜬 숨소리라니. 다른 그 어떤 약보다 더 강했다.

"하. 미치겠네. 왜 이렇게 예뻐? 응?"

그가 예원의 속살에서 입술을 떼곤, 뜨거운 숨을 뱉어냈다. 그 작은 행동에 예원의 몸이 움칠 떠는 것이 눈에 보일 정도였다.

그는 처음처럼 반응하는 예원의 몸에 더 즐거웠다. 사실 예원은 그날 필름이 끊겨서 기억이 아예 안 나니 모르겠지만 저희가 처음 몸을 섞는 건 그날이 아니었다.

오늘이지.

윤형은 벌써부터 잔뜩 성을 내고 있는 자신의 페니스를 살살 달래면서 손가락 두 개를 예원의 안에 넣었다.

이물감에 예원이 젖은 눈으로 자신을 바라보다가 입술을 벌렸다. 밭은 숨을 턱턱 뱉어내는 그 모습에 윤형은 자제심이고 뭐고 다 날아갈 것 같아 필사적이었다.

손가락이 예원의 안을 휘저을 때마다 예원이 엉덩이를 움칠거렸다. 발끝을 달달 떨면서 생경한 감각을 어떻게 하고 싶은지 자꾸만 몸을 뒤틀었다.

"조금만, 응?"

조금만 더 손으로 해야, 자신의 것을 넣었을 때 아프지 않을 수 있을 거라는 걸 알기 때문에 그는 예원의 몸을 어르고 달랬다.

살살 달래면서도 인내심이 점점 바닥을 보이고 있어서 더 이상

참기도 힘들었다. 윤형은 결국 예원의 말캉한 입술에 입을 맞추면서, 천천히 잔뜩 성이 난 페니스를 예원의 안으로 진입시켰다.

손가락과 다른 질량감에 예원이 잔뜩 앓는 소리를 내자 그는 그런 예원의 등허리를 천천히 쓰다듬었다.

괜찮다고, 너무 예쁘다는 말을 수도 없이 반복한 뒤에야 그는 비로소 예원이 괜찮아졌음을 확인할 수 있었다.

그러자마자 윤형은 조금 전에 보였던 다정한 행동들이 다 거짓이었던 것처럼 굴었다. 살이 부딪히는 소리가 적나라하게 울렸다. 예원이 자신의 목에 손을 두르고는 얼굴을 어깨에 비비는 것이 꽤나 만족스러웠다.

별로일 줄 알았는데 퍽 만족스러워서 그는 웃음이 났다. 예원의 안을 빠르게 헤집던 그의 것이 파정을 했다. 그러자마자 예원도 함께 절정에 올라 저절로 흔들어지는 엉덩이를 어떻게 하지 못했다.

그 모습이 예쁘기만 한 윤형은 예원의 안에 그의 것을 그대로 둔 상태에서 예원을 아이 안듯 안아서 침대 헤드에 기대어 앉았다.

"아무래도 안 되겠다."

윤형의 말에 밭은 숨만 쌕쌕 내쉬던 예원이 눈꼬리에 눈물을 매단 채로 그를 바라봤다. 이렇게 보면 또 참기가 곤란한데 싶어 난감한 웃음을 터트렸다.

"참아지지가 않아서."

네가 너무 예뻐서 도무지 참을 수가 없다고, 윤형은 예원을 살살 달랬다. 그러니까 이번엔 네가 좀 봐달라고 그가 예원에게 갖은 소리를 다 했다.

다디단 그 소리에 예원이 넘어간 것은 두말할 것 없는 일이었다.

손가락 하나 까딱할 힘조차 남아 있지 않은 예원은 겨우 이불을 끌어당겨 침대 속으로 파고들었다.

"와……. 진짜. 어떻게 이럴 수가 있어?"

예원은 까무룩 잠들지 않은 자신이 더 신기할 지경이었다. 어떻게 사람이 다섯 시간 동안 할 수 있는 거지? 물론 그냥 몸만 끌어안고 있었던 순간들도 많았다.

하지만 여전히 지친 기색 하나 없는 윤형의 체력이 새삼 감탄스럽다가도 지쳐서 아무것도 할 수 없는 자신의 상태에 윤형이 괜스레 얄미웠다.

따지고 보면 이게 다 윤형이 괴롭혀서인데 너무 혼자만 멀쩡했으니까.

"너무 얄미워."

"괜찮아."

"뭐가 괜찮아? 하나도 안 괜찮아. 나 너무 힘들어. 어떻게 이럴 수가 있어?"

침대 위에서 투정을 부릴 줄은 꿈에도 상상하지 못했기에 예원은 속상했다. 날이 밝으면 오늘부터 인근에 있는 시장도 좀 가고, 윤형이 좋아하는 레포츠도 함께 해볼까 고민했었는데, 그런 게 모두 소용없게 되었으니까.

슬슬 어깨를 문지르는 손이 아래로 향하려고 하자, 예원은 고개를 꺾어서 윤형과 시선을 마주쳤다.

"지금 당장 나 기절하면 안 될까?"

예원의 작은 투정에 윤형은 배부른 포식자처럼 나른한 웃음을 터트렸다. 안 한다는 속삭임이 연이어 귓가에 닿았지만 예원은 믿지 않았다.

믿을 수 없었던 것도 있었고, 몸을 섞을 때 윤형이 얼마나 감당이 되지 않는 소유욕을 드러내는지 봤기 때문이었다.

"그냥 손 떼지?"

"내일 아프면 어쩌려고."

"그냥 마사지 받으러 갈게. 호텔에 있겠지."

예원이 윤형의 손을 치우려고 했지만 자신이 저지른 일이니 책임을 져야 한다는 말을 하면서, 그가 연신 예원의 몸 구석구석을 주물렀다.

"근데 너무 예뻤던 걸 어떻게 해."

윤형의 말에 장난이 반 진심이 반이라고 해도 예원은 늘 그의 말엔 내성이 없었다.

"솔직히 말해봐. 우리 그날."

"언제?"

"그날 있잖아."

내가 너 두고 도망간 그날, 이라고 예원이 말하자 윤형의 웃음이 더 짙어졌다.

"그날도 이랬어? 근데 나 별로 안 힘들었……."

"당연히 안 힘들었겠지."

"응?"

"그날 안 잤으니까. 내가 그날 참느라 얼마나 힘들었는지 모를 거다. 평생 가도 모를걸."

윤형의 말에 예원은 벙쪄서 그를 올려다봤다. 그 모습이 또 예쁘다면서, 이러다가 심장이 튼튼해지거나 아프거나 둘 중 하나는 분명할 거 같다는 윤형의 말 같지도 않은 소리를 자동적으로 흘려듣게 됐다.

"아니, 뭐라고?"

"그날 네가 얼마나 꼬셨는데. 잘해준다고, 자자고."

"그건 술 취한 거고……. 그 앞에 뭐라고 그랬어?"

"아. 안 잤다고?"

야.

예원의 소리 없는 부름에 윤형이 그제야 장난기 어린 얼굴로 예원의 얼굴 곳곳에 입을 맞췄다.

"당연한 거지."

"뭐가 당연해. 와……."

나 속았어. 이 남자가 처음부터 속였네, 라고 웅얼거리자마자 윤형은 더 크게 웃었다. 그래 봤자 사실을 처음부터 말해주지 않아서라는 걸 알기 때문에 별 신경도 쓰이지 않은 그였다.

"그리고 내가 아무리 이미지가 바닥이라지만, 누가 술 취한 여자를 건드려. 내가 아는 거라곤 이름하고 해원백화점 다닌다는 거 딱 두 개뿐인 여자를."

윤형의 말에 예원은 어이없어 터지는 웃음을 내버려뒀다. 사실 싫은 게 아니었다.

그저 처음부터 당연히 그날 잤을 거라고 생각했던 자신의 상상이 조금 허무하게 무너졌다는 사실이 당황스러운 것이지, 그가 정말 자신을 속여서 그런 건 아니었다.

"자. 자자."

윤형이 아이를 어르듯 도닥거리자 예원은 너무했다고, 웅얼거리면서도 윤형의 품에서 새근새근 잠들었다.

바닷소리가 귓가에 닿자 윤형은 눈을 떴다. 얼마나 잔 건지, 예원은 괜찮은지. 궁금한 것들을 하나씩 확인하면서도 그는 다음 일을 생각했다.

눈을 뜨니 점심때가 다 되어갔다. 그는 예원이 일어나면 함께 갈 만한 식당을 찾아놓는 편이 낫겠다 싶었다.

아마 일어나면 배고파 할 것이 분명했다. 어젯밤에 결코 한 번도 보여주지 않았던 소유욕을 마음껏 드러낸 덕인지 그는 무척 몸이 가벼웠다.

물론 같은 행위를 했지만 예원은 무척 지쳐했었다. 이번이 마지막이라고 한 번만, 한 번만 하면서 조금씩 갈구하던 행위에 예원은 제어를 걸 줄 몰랐다.

그랬기에 어제 정말로 원하는 만큼 예원을 안고도 또 안을 수 있을 것 같았다. 물론, 예원의 체력을 고려해야 했기에 그건 상상에서 그쳐야 했지만.

그는 갈 만한 타이 레스토랑 두어 군데를 알아놓고 나서야 다시 침실로 들어갔다. 암막커튼을 쳐놓은 상태라, 밖이 환하다는 걸 예원은 아직 모를 것이었다.

그렇다고 해서 커튼을 거둘 생각이 있는 것도 아니었다. 일어나고 싶을 때 일어나게 해주고 싶어서 그는 잠시 예원의 얼굴을 보드랍게 매만지기만 할 뿐이었다.

새근새근 잠든 모습이 보기 좋아서 윤형은 몇 번이고 예원의 얼굴을 매만졌다. 자신의 행동에 예원이 깨지 않도록 하면서도 그는 연신 그녀의 귓가에 속삭였다. 밀어를 속삭이듯, 작게 달싹거리는 입술 사이로 갖은 고백을 쏟아냈다.

피곤함에 떠지지 않는 눈을 겨우 뜨자마자 예원은 환한 빛이 들어찬 하얀 침대 시트를 볼 수 있었다.

그제야 그녀는 어제 윤형과 잤다는 사실을 기억해냈다. 낯 뜨거운 소리도 잔뜩 했었지, 라고 생각하던 그녀는 이윽고 얼굴을 붉혔다.

여기가 신혼여행지라는 사실도, 어제 첫날밤을 보냈다는 사실도 모두 신기하기만 했다.

마치 현실 같지 않은 묘한 흥분이 내내 몸을 훑었기 때문이었다.

"어? 일어났네."

침실로 들어오던 윤형은 킹사이즈 베드에 누워 눈만 깜박이고 있던 예원을 발견하자마자 옆으로 한달음에 다가왔다.

"어……."

"괜찮아? 마사지 해줄까?"

마사지? 왜 갑자기 마사지를 말하는거지 싶었던 예원은 몸을 일으키려다가 다시 누웠다.

"아……. 이래서 마사지……."

예원의 반응에 윤형이 크게 웃고 있었다. 예원은 못 움직일 정도는 아니지만 생전 처음 겪는 근육통에 난감했다.

"그냥 좀 더 쉬었다가 내려가지, 뭐."

"있다가 여기 풀에서 좀 놀까? 물에서 노는 건 몸도 풀어주고 좋지 않아?"

윤형의 물음에 예원은 고개를 끄덕였다. 생각해보니 물에서 움직이는 건 좋을 것 같았기 때문이었다.

"이따가 친구들 만나기로 한 시간은 몇 시인데?"

"저녁이라 상관없어."

"그럼 아침 겸 점심 먹고 잠깐만 놀까?"

예원의 물음에 윤형은 말 없이 예원을 품에 끌어안았다. 그녀는 따뜻한 윤형의 품에서 다시 잠에 들 것만 같아 고개를 흔들었다.

"왜?"

그 움직임에 반응한 윤형의 물음에 예원은 웃음이 날 것 같아 입술을 깨물고 나서야 입을 열 수 있었다.

"졸려서. 근데 어디서 먹지?"

알아본 곳이 정말 단 한군데도 없어서 예원은 지금부터라도 검색을 해야 하나 싶었다.

사실 윤형이 지냈던 동네니까 아무것도 계획하지 않고 비행기

와 호텔만 결제해서 온 신혼여행이었다.

무언가 정해져 있을 턱이 없는 무계획에 친구들은 그게 장난인 줄 알고 웃기만 했었는데…….

"아, 내가 미리 알아놨어. 호텔 바로 앞에 있는 해변가 보이지?"

"응."

"해변가에 있는 레스토랑 하나가 괜찮다더라고. 조금만 더 있다가 내려가자."

윤형의 말에 예원은 그러자며 다시 고개를 끄덕거렸다.

땀이 맺히듯 투명한 유리컵 표면에 물방울이 송골송골 맺혀 있는 모습에 시선을 두다가, 앞에 앉은 여자와 옆에 앉아 있는 예원의 시선에 어색하게 굴 수밖에 없었다.

"진짜 오랜만인 거 같네. 저번에 세드릭이 말해줘서 알았거든. 윤이 완전히 한국으로 돌아가려고 정리하고 들어갔다고……. 근데 옆엔…….'

누구냐는 무언의 물음에 윤형은 앉으라는 말도 하지 않았는데 알아서 자리를 잡고 앉은 메이의 뻔뻔함을 탓해야 하는 건지, 이 상황에서도 말 한마디 하지 않은 예원의 눈치를 계속 봐야 하는 건지 알지 못했다.

"메이."

"응."

"장난이 심하다고 생각 안 해?"

"무슨 장난. 오랜만에 보니까 친구 얼굴도 까먹었나 봐. 세드릭

하고 데릭이 너 없어서 심심하다고 몇 번이나 그랬는지 몰라."

예원이 기껏 친구들하고 시간을 보내자고, 그를 배려해서 선택한 신혼여행지가 마이애미였다. 해변에서 놀기도 하고, 인근에 갈 만한 좋은 곳들도 많은 것 같다면서 신나하던 예원에게 그는 고마웠다.

적어도 이런 상황이 오리라고는 생각하지 못했는데, 어떻게 해야 하나 고민하는 그 대신 예원의 입술이 달싹였다.

"윤형 씨 친구라고 했죠?"

"메이예요."

예원은 그 말을 듣고 가만히 고개를 주억거리더니 입꼬리를 당겼다. 백화점에서 늘 보던 사무적인 웃음을 마주하자 윤형은 무언가 잘못되었음을 느낄 수 있었다.

"반가워요."

예원의 인사에 메이가 답삭 반갑다고 답했다. 윤형은 이 상황이 무척이나 기가 막힐 수밖에 없었다.

분명히 정리한 여자가, 그것도 틈만 나면 그를 침대 위로 끌어들이려고 갖은 노력을 들이던 여자가 왜 제 아내가 된 사람에게 친구라는 허울로 인사를 하고 있는지 이해가 가지 않았다.

더욱이 거의 헐벗은 저 차림은 윤형으로 하여금 예원에게 뭐라도 말해줘야 하는 게 아닌가 싶을 정도였다.

"아직 점심 전이라고 했죠?"

"좀 놀았더니 시간이 이렇게 됐더라구요. 사실 반가운 얼굴이 있어서 물어보지도 않고 앉았어요. 기분 나빴던 건 아니죠?"

윤형은 그런 메이의 말에 옆에 앉아 있는 예원의 눈치를 살금살금 보고 있었다. 무슨 생각인지 알 수는 없어도, 썩 유쾌하지는 않을 것 같아 윤형은 이만 자리를 옮기자고 말하려 했다. 점심이야 다른 곳에 가서 먹어도 그만이니까.

"점심 같이 먹어요."

"네?"

"예원아?"

예원의 말에 윤형과 메이가 모두 놀라서 반문하듯 말꼬리를 올리고 말았다.

"이따가 만나도 되니까, 일단은 우리끼리 점심부터 먹고."

"아냐. 같이 먹어도 괜찮잖아. 어차피 친구인데 뭐. 게다가 당신 친구들 만나려고 여기 온 것도 있었고."

워밍업하는 셈 치겠다는, 예원의 느긋한 말에 윤형이 되레 당황하고 말았다.

"일단 웨이터부터 부르죠."

예원이 메이에게 말을 건네고는 서둘러 웨이터를 불렀다. 윤형은 이 자리가 꽤나 오래도록 이어질 것 같다는 불길한 생각을 떨칠 수 없어 애꿎은 물 잔만 만지작거렸다.

슬슬 눈치를 보는 윤형과 윤형의 친구라는 여자. 동양계인 것 같지만 국적을 묻지 않았으니, 예원은 그녀에 대해선 이름밖에 알지 못했다.

하지만 윤형이 당황하는 모습을 보자마자 얼굴 가득 기세가 당당한 여자를 보니 틀림없이 둘 사이에 뭔가 있었던 사이라는 건 눈치채고도 남았다.

샐러드와 파스타가 각자 주문한 대로 나오자, 예원은 조금은 사무적이지만 친절한 미소를 입가에 걸고 눈앞에 있는 '메이'라는 여자를 천천히 훑어봤다.

중국계일 것 같은 외모가 눈에 띄는 여자였다. 볕이 좋은 날이라 그런지 옷도 꽤나 과감하게 입고 있어서 지나다니는 남자들의 시선을 모았다.

예원은 윤형을 바라보고는 천천히 입을 열었다. 여상한 말이었다.

"중국계이신가 봐요?"

"어머니가 중국분이셔서요."

무척이나 일상적인 대화라고 생각했다. 그녀는 그 후로도 윤형의 친구들에 관한 걸 물었고, 메이는 전반적으로 곧잘 대답하는 좋은 정보원이었다.

이 상황이 매우 기이하다는 듯, 윤형이 어색해하는 것만 빼면 그럭저럭 괜찮은 점심이라고 칠 수 있었다. 전화가 걸려와서 윤형이 잠시 자리를 비운 사이, 예원은 마주 앉아 있던 여자에게 말을 건넸다.

"윤형 씨 친구 아니죠?"

"친구 맞는데요."

"아니, 그런 친구 말고."

예원은 윤형이 처음 만날 때부터 고백한 게 있기 때문에 여자의 등장에 심하게 당황하던 윤형을 보고 알아차렸다.

그냥 친구 관계인 사이는 절대 아니겠구나, 하는 생각이 바로 든 건 너무 당연한 것일 수 있었다.

"눈치가 빠르네요."

"메이, 이런 상황에서 알아차리지 못하는 게 더 이상한 거죠. 그래서 원하는 건 얻었나요?"

"뭐……."

"윤형 씨가 당황해하거나, 내가 윤형 씨에게 화를 낸다거나 하는 걸 보고 싶었던 게 아니었어요?"

뭐가 더 남았으려나 진지하게 고민하는 예원을 메이는 신기하게 바라보고 있었다.

"아무렇지 않나요? 당신 남편이 된 남자랑 내가 그런 사이였다는데?"

"물론 싫죠."

"근데 왜 이렇게 아무렇지 않게 행동해요?"

"아무렇지 않은 건 아니에요. 지금 이렇게 있는 건 싫지만, 윤형 씨 친구들과 친한 사이 같고. 그리고 내가 없었던 윤형 씨의 시간을 당신은 알고 있으니까 존중하는 거죠."

한때 만난 사람과 앞으로 함께 가야 할 사람은 그렇게 달라야 한다고 생각했다. 예원은 그런 생각으로 윤형을 보자마자 아는 체하고 온 여자를 돌려보내라고 그를 볶아대지 않았다.

"쿨하네요?"

"그러니까, 원하는 모습을 봤으면 그만 가요. 실제로 그리 친하지 않으면서 친한 척 구는 모습은 별로 보기 좋지가 않아서요."

예원의 말에 메이가 웃었다. 테라스 끝에서 전화를 받고 있던 윤형이 무슨 일인가 하고 돌아보자 예원은 웃으면서 그를 안심시켰다.

실제로도 별일 아니기도 했었고 그녀도 별반 신경 쓰지 않았으니까.

"오늘 데볼에서 파티가 있어서 먼저 일어났다고 해주겠어요?"

메이가 말을 마치자마자 자리에서 일어났다. 그러곤 뭇 남자들의 시선을 받으면서 밖으로 가자 예원은 한숨을 내쉬었다.

윤형의 취향이 원래 저런 취향인가 고민할 수밖에 없는 화려한 여자였다.

"갔네?"

윤형이 통화를 마치고 돌아와서는 자신의 옆에 앉자 예원은 한결 기분이 나아졌다.

신혼여행을 와서 이게 무슨 상황인가 싶어서 윤형에게 한 소리 해야 하나 고민하다 말고, 그녀는 그가 이곳에서 꽤나 오랜 시간을 보냈었다는 사실을 기억해냈다.

그녀가 모르는 시간들이 이곳에 있는 윤형에게, 왜 우리들의 신혼여행에 당신의 과거에 있는 여자가 끼어들어야 하는 거냐고 따지기도 애매했다.

이곳을 신혼여행지로 고른 건 분명 저였으니까.

"데볼? 거기서 파티가 있다고 가겠다고 하더라구요."

"아……. 파티라면 환장하긴 했었지."

윤형의 무심결한 대꾸에 예원은 윤형의 옆구리를 쿡 찔렀다. 물을 마시던 윤형이 당황해서 물 잔을 든 채로 예원의 그런 모습을 바라보는 건 당연한 일이었다.

"왜?"

"왜냐는 말이 나와?"

"그럼?"

"저 여자, 친구 아닌 거 알거든요."

예원이 입술을 삐죽거리면서 윤형을 바라봤다. 메이라는 여자가 있을 때야 태연한 척 굴었지만 사실 질투가 안 나는 건 아니었기 때문에 그녀는 속으로 좀 짜증 난 것도 사실이었다.

너도 당해보라는 심정으로, 짜증을 내볼까 하다가 예원은 아주 조금 시무룩해진 윤형을 보고 웃고 말았다.

그런 예원의 변화를 눈치챈 윤형이 기회를 놓치지 않고 한껏 불쌍한 척해 보였다.

"좀…… 봐줘."

"저런 스타일이 취향이었는데 왜 나 좋다고 그렇게 쫓아다녔데?"

"나 저런 스타일 취향 아니야."

"취향도 아닌 여자 만난 거야?"

"진짜 아니라니까……. 응?"

윤형이 당황해하는 모습은 생각보다 예원을 즐겁게 만들었다. 물론 그 계기가 매우 마음에 들지 않았지만 결과는 만족스러웠기 때문에 그녀는 눈앞의 식사보다 윤형을 놀리기에 급급했다.

"사실 나한테 했던 거 다 그냥……."

"그냥?"

"원래 만나는 사람마다 다 그렇게 해줬던 거 아냐?"

속았네, 라고 웅얼거리는 예원의 모습에 윤형이 입을 떡 벌리며 손을 저었지만 예원은 멈추지 않았다.

"말만 그랬어. 말만. 나 속아서 결혼한 거 같아."

투덜거리는 작은 투정에 윤형은 아주 잠시 몸을 굳히더니, 뒷머리를 벅벅 긁고는 예원의 손을 잡아 일으켰다.

"어? 어디 가!"

윤형의 빠른 걸음에 예원은 거의 뛰다시피 걸으면서 붙잡힌 손목을 뒤로 빼봤지만 역부족이었다.

"말만 그런 거 아닌 거 보여주려고."

그럼 된 거 아니냐는 매우 단순한 결론을 도출해낸 윤형의 말에 예원의 귓가가 순식간에 붉게 달아올랐다.

"아, 이…… 이따가! 이따가 하면 되잖아."

예원의 다급한 부름에 윤형은 그제야 입꼬리를 당겨 올리고선 예원의 귓가에 속삭였다.

"커튼 쳐줄게."

원하는 게 그거라면 못 해줄 것도 없다는 남자의 말에, 예원은 얼굴을 붉게 물들일 수밖에 없었다.

룸에 올라오자마자 달려들었던 윤형 때문에 예원은 온몸을 붉히면서도 순순히 따라줬었다.

사실, 첫날밤에 접했던 매우 황당한 이야기에 놀라기도 했다. 하지만 그래서 윤형에 대한 믿음이 더 생기기도 했어서, 예원은 그가 그렇게 해준 것이 너무 고마웠다.

"아…… 훗!"

다시 한 번 몸을 열고 들어오는 윤형의 것에 예원은 손에 힘을 줬다. 윤형의 목을 끌어안고 있는 손에 힘이 들어가자 그의 목을 바싹 당기는 꼴이 되었지만 상관하지 않은 지 오래였다.

살이 부딪히는 소리가 다시 귓가를 울리자 예원은 또다시 부끄러워져서 눈을 뜰 수가 없었다.

눈을 뜨면 자신을 끌어안고 열정적으로 움직이는 윤형을 볼 수 있는데도 불구하고 도무지 자신이 없었다.

눈을 뜨면 제가 알고 있는 능글맞고, 직진형의 남자가 아니라 조금은 야한 남자가 있을 테니까.

"조, 조…… 흐…… 금만…… 처, 천천…… 히……."

조금 전보다 빨라진 윤형의 행동에 예원은 그의 귓가에 속삭였다. 예원이 윤형의 품에 거의 쓰러지다시피 안겨 앉아서는 그가 움직이는 대로 흔들리다가 결국 아랫입술을 꽉 깨물었다.

그러자 빨라지기는커녕 엉덩이를 더 꽉 움켜쥐는 윤형의 행동에 예원은 도리질 쳤다.

이걸 어떤 의미로 받아들인 건지, 윤형은 조금 전보다 더 빠르게 움직이기만 할 뿐이었다.

"흐…… 흑……!"

흡사 이젠 올 것같이 소리를 뱉어내자 윤형의 입술이 예원의 입술을 찾아 숨소리마저 머금었다.

혀와 혀가 섞이면서 질척이는 타액 소리가 다시 귓가를 어지럽히자 예원은 지금이 몇 시인지 감도 잡히지 않았다.

분명 처음에 룸에 들어왔을 때에는 침대 위에서 한 잠자리가 어째서 소파로 바뀌었는지 이해가 되지 않는 부분이었다.

그건 둘째 치고 이렇게 기운을 빼면 저녁에 윤형의 친구들을 만나기 위해 나갈 수 있을까 싶은 생각이 들었다.

한참 동안 아래위로 움직이던 몸을 단단하게 박게 하려는 듯 내려놓은 윤형의 손길에 예원은 크게 소리를 내지도 못하고 고개를 뒤로 젖히며 젖은 숨소리만 뱉어냈다.

안에는 윤형이 파정하면서 잘게 움직이는 미미한 움직임만이 있을 뿐 조금 전과 같이 강한 것은 없어서 나른한 몸을 완전히 윤형에게 기댈 수 있었다.

"하…… 아."

몰아쉬는 숨이 겨우 진정되자, 눈을 뜬 예원은 윤형을 밉지 않게 흘겨봤다.

"얄미워."

"왜."

"이게 뭐야. 나 이따가 당신 친구들 어떻게 만나?"

"안 만나도 돼."

"그런 게 어디 있어……."

예원이 말도 안 된다며 투덜거리자, 윤형의 손이 예원의 등을 도닥거렸다.

자도 된다는 듯 도닥거리는 손길에 더 몸을 기대게 된 그녀는 어물거리면서 입을 열었다.

"이러려고 그 여자 안 쫓은 거지?"

"보여달라면서."

"내가 어, 언제 그랬다고."

말을 더듬었기 때문에 별 효과가 없으리라고 생각하면서 예원은 발뺌했다. 하지만 그런 예원이 무척이나 사랑스럽다는 듯 윤형은 등을 도닥거리면서 다른 한 손으로는 머리를 쓰다듬었다.

"난 좋던데."

"뭐가 좋다고……."

투정을 부리듯, 예원이 윤형의 품 안으로 더 파고들었다.

"질투했잖아. 나 진짜 좋았는데. 그 김에 이러기도 하고."

윤형이 여상하게 말하자 예원은 정말로 그가 얄미워서 꼭 말아 쥔 손으로 등을 툭 때렸다.

그러자마자 윤형의 웃음소리가 귓가를 간질였다. 그게 좋아서 한참이나 윤형에게 안긴 채로 일어날 생각조차 못한 그녀는 피곤을 이기지 못하고 윤형의 품에서 눈을 감았다.

두 눈을 깜빡거리던 예원은 한숨을 길게 내쉬고는 옆을 돌아봤다. 고개만 돌려서 양옆을 봤음에도 윤형은 없었다.

"어디 갔지?"

예원의 의문이 채 일 분을 가기도 전에 침실 문이 열리면서 궁금증을 해소시켜줬다.

"일어났어?"

"으, 응……."

"내일 보자고 할까?"

"아냐. 오늘 가."

"굳이 안 봐도 돼. 괜찮아."

윤형의 말에 예원은 고개를 저었다. 그래도 윤형은 제 친구들을 사석에서라도 잠깐 보기라도 했지, 자신은 전혀 알지 못했다.

저도 윤형이 어떤 시간들을 보냈는지 알고 싶었다. 밝으려고 하는 외면 말고, 그 이면에 있는 서윤형은 외로웠던 사람이었으니까.

"그럼, 불편하면 말해. 내가 나중에 따로 봐도 괜찮으니까. 그리고 굳이 나도 안 봐도 괜찮아. 지난번에 집 문제랑 급히 처리할 일 때문에 들어왔을 때에도 몇 번 만났어."

"그래도. 약속도 잡았는데 어떻게 안 나가."

고집스럽게 나가겠다고 우기는 꼴이 되자 예원은 조금 불퉁해질 수밖에 없었다. 그런 예원의 모습을 귀신같이 알아차린 윤형이 예원의 옆에 누웠다.

그가 뭘 하려는 건가 눈만 깜빡거리던 예원은 이내 자신을 끌어안는 윤형의 손길에 그대로 그의 품에 안겨들었다.

"예쁘다."

윤형의 말은 언제나 그렇듯 자신의 발끝을 간질였다.

발이 아니라 마음이 간지러운 건가? 아니면 그냥 온몸이 간질거리는 건가?

해답이 없는 그 의문이 답답하지 않았다. 마냥 좋을 뿐이었다.

함께하는 게 이렇게 좋은 거였나 싶을 정도로 예원은 윤형과 있는 것이 좋았다.

"있지."

"응. 여기 있어."

"아니이."

말끝을 길게 늘이는 예원을 윤형이 그제야 내려다봤다. 그래 봤자 고작 정수리를 바라보는 것이 전부였지만.

"왜?"

"지금 몇 시야?"

"오후 5시."

"어쩐지……."

예원은 윤형의 말을 듣고 고개를 작게 흔들었다.

"왜 그러는데?"

그런 예원의 모습에 윤형은 궁금한지 계속 채근했지만 예원은 고개를 젓기만 했다.

"왜 그러냐니까?"

"배 안 고파?"

예원이 고개를 들고선 윤형의 시선을 마주했다. 걱정으로 물들었던 그의 얼굴이 그제야 펴지는 걸 보자 그녀도 덩달아 같이 웃었다.

"그러네. 배고프네."

"거봐. 우리 아까 그거 브런치 먹자고 내려간 거였잖아."

그런데 먹지 않았으니 배고픈 건 너무도 당연했다. 예원은 따뜻한 윤형의 품으로 더 파고들면서 입술을 달싹였다.

"당신 친구들 만나려면 시간 좀 많이 남았는데, 우리 룸서비스라도……."

"내가 연락할게. 간단하게 먹을 걸로 주문할 테니까 더 쉬어."

"응."

예원은 자신을 다독거리는 윤형의 말과 행동에 저절로 웃음이 밀려 나왔다.

"그리고 그거 다시 해봐."

"응? 뭐?"

윤형이 뭐라고 말했는지 몰라서 두 눈을 감은 채로 윤형의 품에 안겨 있던 예원이 다시 감은 두 눈을 뜨고는 그를 바라봤다.

"그거. 방금 나 부른 거."

"아. 당신?"

"응. 다시 해봐."

윤형의 요구에 예원은 입가를 팽팽하게 당겼다. 그러다 전에도 '당신'이란 말에 감동하던 윤형이 떠올랐다. 호칭 하나에 좋아하는 윤형을 보면 그녀는 조금쯤 미안해지는 순간이 있었다.

이름을 불러달라고 했을 때, 사장님이라고 부르지 말고 윤형 씨라고 불러달라고 했을 때.

그럴 때마다 그가 원하는 대로 했으면 무척이나 좋아했을 것이 분명했다.

"가만 보면 사소한 거 가지고 좋아하더라."

"몰랐어?"

웃음 가득한 윤형의 얼굴이 이내 가까워지는 건 착각이 아니었다. 예원은 이마 위로 닿는 따뜻한 온기에 윤형의 허리를 감싸고 있던 손을 꼼지락거렸다.

'좋네.'

그녀는 굳이 말하지 않아도 서로의 기분을 너무 잘 알 수 있는, 그래서 좋은 그런 시간이라 좋았다.

저희가 묵는 호텔에서 그리 멀지 않은 곳에 있는 펍. 예원은 윤형과 함께 그 펍 안 테이블에 자리를 잡았다.

윤형의 친구들이 자신과 그의 앞에 앉아 생글거리며 웃고 있는 광경은 무척이나 신기하기만 했다.

"반가워요!"

차례로 세드릭, 데이빗, 베일로라고 자신들을 소개한 남자 세 명이 예원을 빤히 바라보고 있었다.

그 와중에 윤형은 그런 친구들이 귀찮다는 듯 그들의 얼굴 코앞에 대고 메뉴를 흔들고 있었다.

"시켜. 고만 보고."

"아……. 너무 빤히 봤나?"

세드릭의 대답에 윤형이 그렇다면서 메뉴판이나 보라고 몇 번이나 더 말했다.

예원은 그런 윤형의 모습이 조금 새로웠다. 늘 자신의 친구들이 있는 자리에 있는 그를 보거나, 혹은 제 가족들 사이에서 잘하려고 노력하는 예비 사위의 모습을 봤었으니까.

혹은 그도 아니라면 그의 가족들 사이에서 미묘한 거리를 느끼는 윤형을 봤었다.

그래서였는지, 보다 편안해 보이는 얼굴을 하고선 스스로를 거리낌없이 보여주는 윤형은 조금 새로웠다.

그래서 예원은 이들이 윤형과 많이 친하다는 걸 알아차릴 수 있었다.

"다들 윤형 씨랑 많이 친한가 봐요."

"조금이라고 하면 윤한테 얻어맞겠죠. 사실 제가 얼토당토하지도 않은 부탁을 해도 들어줄 정도로 친하니까. 쟤가 일단 겉보기론 얼음장처럼 차가워서 그렇지."

"맞아. 오는 여자, 가는 여자 얼마나 안 막던지. 진짜 마네킹 취급하는 애는 쟤 한명이지 않아?"

오는 여자, 가는 여자의 정의가 여기서 어떤 건지 심각하게 의심스러워진 예원은 입을 열려다 말았다.

그래도 예전에 고해성사 비슷하게 받은 게 있으니 이쯤은 넘어가준다는 너그러운 시선으로 윤형을 바라봤다.

하지만 윤형의 시선은 친구들을 향해 더없이 흉흉해져 있었다.

"입조심 안 하냐? 지금 당장 꺼질래?"

"뭘, 문명인이라면 네가 여자만 엄청 갈아치웠다는 걸 알 텐데……."

베일로의 말에 윤형은 예원을 데리고 밖으로 나갈지 고민하는 티를 역력히 내고 있었다.

예원은 정말로 그런 윤형이 신기했다. 이런 윤형의 모습도 있었구나 싶었다.

"베니."

"어."

"좀 닥쳐라. 이런 쓸데없는 소리 한다고 보자는 말에 좋다고 한 거냐?"

"당연한걸 확인씩이나 하고 그래."

세드릭이 생글거리면서 윤형의 물음에 답했다. 질문을 받은 건 베일로였지만, 대답은 연신 다른 사람들이 번갈아가며 하는 형국이었다.

예원은 그게 장난이라는 걸 금방 깨달았다.

"다들 아무것도 안 드세요? 술만 먹으면 속이 안 좋을 텐데……."

예원의 걱정스러운 말에 세 명의 남자가 모두 두 눈을 휘둥그렇게 떴다.

"와, 윤이 결혼한다더니……."

"시켜야죠."

"맞아요. 저번에 삼 일 동안 내리 밤마다 데킬라만 먹었더니 살이 한 3킬로그램이 빠졌었는데……."

동문서답에 가까운 대답을 들으면서 예원은 결국 웃음을 터트렸다. 윤형이 이래서 친구들 사이에 있는 자신을 곧잘 데리러 온 건가 싶었다.

웃는 예원을 가만히 보던 윤형의 시선이 묻고 있었다. 왜 그러냐는 걱정스러운 물음에 예원은 즐거운 마음을 가득 담아서 입을 열었다.

"좋아서."

그 대답을 미처 기대하지 못했었다는 듯 시선이 커다랗게 변한 그가 이내 얼굴을 환하게 하더니 예원의 귓가로 고개를 숙였다.

그리고 떨어지는 음성이, 작았지만 너무 달아서 예원은 저절로 손끝이 간지러웠다.

"네가 좋으니까 나도 좋아."

12,

　신혼여행에서 돌아오자마자 예원은 눈코 뜰 새 없이 바빴다. 봉사활동을 시작하기도 했거니와 주에 한두 번은 꼭 모임이나 행사로 불려 다니기 바빴다.

　정말 시어머니의 말처럼 회사를 다니고 있는 게 불편했을 수 있었다.

　오늘도 자선바자회에 갔다가 다섯 시간 동안 바자회 현장을 돌아다니며 일해야 했었다.

　윤형이 오려면 아직 조금 더 있어야 했다. 예원은 집 안 여기저기에 흩어져 있는 수건과 빨래거리들을 빨래통을 들고 다니면서 집어넣었다.

　집 안 정리라도 해야지 시간이 가지, 아니면 무척이나 심심할 것 같았다.

빨랫감들을 세탁기에 넣고 전원을 켜고 나니 시간이 조금 전보다는 더 지나 있었다.

"예원아."

현관에서부터 자신을 부르는 소리에 예원은 빨래통을 세탁기 앞에 놓아두고는 종종걸음 쳤다.

"일찍 왔네?"

예원은 막 현관을 들어서던 윤형을 보고 그대로 다가가서 그를 끌어안았다.

"오늘 뭐 했어?"

이런 날들이 일상이 된 지 오래지 않았지만, 신혼이라서 그런지 익숙한 기분이기만 했다.

"음……. 오늘 형님들하고 어머님하고 같이 바자회 다녀왔어. 자선바자회는 원래 그렇게 일이 많아? 그냥 봉사 행사랑은 전혀 다르더라고."

"아. 거기가 좀 번잡해."

윤형의 말에 예원은 격하게 공감했다. 그의 말처럼 번잡했다. 솔직히 자선바자회라면 불우한 사람들을 돕는 그런 행사라고 생각하기 좋은데, 이건 말이 자선바자회지 보여주는 행사 같았다.

또 와서 인사하면서 눈도장 찍으려는 사람들은 얼마나 많았던지, 예원은 그들이 누구인지 기억도 나지 않았다.

"그래도 잘 버티다 왔네?"

윤형이 한 걸음씩 걸음을 옮기자 덩달아 걸음을 옮기게 된 예원은 졸졸졸 쫓아가는 모양새가 되어버렸다.

"응. 뭐……. 서서 얘기 좀 하다가, 와서 물건 사겠다고 하는 사람 있으면 팔고. 그런 것만 했으니까 괜찮지, 뭐."

"오늘 외식할까?"

윤형의 말에 예원은 슬그머니 손을 놓고는 침대 위에 걸터앉았다.

옷을 정리하고 있는 윤형의 뒷모습을 보면서 예원은 그가 하는 말에 귀 기울였다.

"외식이 별로면, 영화 보고 돌아오는 길에 간단하게 해먹을 거사도 좋고."

윤형의 말에 예원은 조금 피곤하긴 하지만, 한동안 바쁘다고 밖에 나가지 않았던 걸 떠올리고는 고개를 끄덕였다.

"영화 보고 간단하게 먹을 거 먹으면 괜찮지 않을까?"

"그럼 그렇게 하자."

영화는 가벼운 분위기, 그리고 서로를 마주 볼 수 있는 말랑한 이야기로 구성된 걸 보는 게 낫겠다며 그가 옷을 갈아입었다.

"있지."

말꼬리를 길게 늘여서 일부러 윤형의 시선을 붙든 예원이 입술만 달싹였다.

무슨 일인지 답을 요구하는 윤형의 시선에 예원이 망설이는 기색이 역력한 얼굴로 윤형을 마주 봤다.

"나 다음 주부터 갤러리에 나갈까 싶은데……."

갤러리, 라고 곱씹는 윤형의 말에 예원은 급하게 말을 이었다.

"혼자 있는 것도 심심하고, 일하다 안 하니까 어색도 하고. 행사 있다고 불려가지 않으면, 나가서 친구들 만나거나 고아원 봉사활동 가는 건데…….”

아무리 생각해봐도 자신의 삶이 무척이나 단조로워진 것 같은 기분이라 가만히 있을 수가 없었다.

“힘들지 않겠어?”

예원아, 라고 다정하게 덧붙여 부른 윤형의 행동에 그녀는 웃음이 났다.

“내가 힘들다고 하면 퇴근 같이 할 거지?”

“어?”

“내가 진짜 못하겠다고 하면 그만두라고 해줄 거지?”

“어……?”

윤형은 처음에 무슨 말을 듣는지 이해하지 못하는 얼굴로 서 있다가 고개를 끄덕거렸다.

“그럼 됐어. 그렇게 해주면 되지.”

여전히 멍한 윤형을 두고 예원은 해답을 얻어서 개운한 표정이었다.

“윤형 씨, 얼른 가자. 지금 출발해도 밤늦게 돌아오겠다.”

“괜찮아. 내일 일정 없어.”

윤형이 오랜만에 깨끗이 비워진 일정에 무척이나 감사했다는 걸 아는 예원은 말갛게 웃었다.

오랜만에 엄마가 있는 집으로 내려가는 예원을 보면서 윤형은 미안했다.

사실 신혼여행에서 돌아오자마자 처가에 갔어야 하는데 오자마자 그의 손을 거쳐야 하는 일들이 기다리고 있어서 갈 수가 없었다.

"다 챙겼어?"

"윤형 씨는?"

　예원의 물음에 그는 정장 한 벌, 청바지 그리고 니트 하나를 보고 고개를 끄덕였다.

"내가 도와줄 건 없어?"

　예원이 가져가겠다고 꺼내놓은 옷을 보니 두어 벌이 전부인 것 같아 그는 온 집 안을 종종걸음 치는 예원을 향해 다가갔다.

"선물이랑, 엄마 줄 거. 그리고 우리 신혼여행 가서 사온 거. 차에 넣었나?"

　기억이 나지 않아서 자신에게 물어봤다는 듯, 고개를 갸웃거리는 예원의 머리 위에서 주위를 살피던 그는 입을 열었다.

"어제 넣었어. 챙길 건 그게 전부였어?"

"어……? 어. 그거랑 우리 옷."

"옷이라면 침대 위에 있으니까 넣기만 하면 돼."

　그럼 끝이라고 말하는 예원의 목소리가 아주 조금은 들떠 있는 것 같아 그는 정말로 미안했다.

　예원은 집안 행사, 봉사활동 등으로 자신을 위해 바쁘게 움직이고 있는데 정작 자신은 예원이 원했던 것들을 들어주지 않은 것 같았기 때문이다.

　친정에 가고 싶다는 기색을 몇 번이나 비쳤던 예원이었다. 신혼여행에서 돌아온 새색시가 가족들을 보고 싶어 하는 건 이상한 일이 아니었다.

윤형은 앞서 걷는 예원의 손을 단단하게 맞잡았다. 불쑥 잡힌 손에 놀라서 예원의 걸음이 멈췄다.

윤형은 그렇게 예원이 걸음을 멈추고 자신을 보고 나서야 그녀를 품에 안았다.

"오자마자 가고 싶었을 텐데, 일이 많았어."

"알아."

"장모님이 나 싫어하면 어쩌지?"

윤형은 농담과 진심이 반반씩 섞여 있는 물음을 던졌다. 그러자마자 곧장 깔깔거리면서 웃는 예원의 웃음소리가 귓가에 닿았다.

"우리 엄마가? 당신을? 말도 안 되는 소리 마. 오빠들이라면 모를까, 엄마 요새도 전화해서 당신 밥 안 챙겨주면 안 된다고 잔소리 엄청 했어."

남자가 먹는 거 부실하면 안 된다고 잔뜩 잔소리를 했다며 예원이 불평을 늘어놓았다.

그래 봤자 깊은 애정이 깔려 있는 불평과 투정이라는 걸 아는 그는 가볍게 웃을 수 있었다. 하지만 가벼운 웃음과 달리 처가로 향하는 걸음은 아직 익숙하지 않아 불편했다.

백숙, 인삼주가 메인으로 올라온 밥상을 보고 예원은 엄마가 윤형을 얼마나 챙기는지 알 수 있었다.

"서 서방, 얼른 먹게. 모자라면 꼭 말하고."

엄마의 말에 윤형은 잔뜩 긴장한 모습으로 손을 내저었다. 예원은 윤형이 왜 그러는지 알고 있었다.

긴장해서 평소보다 훨씬 더 뻣뻣하게 행동하는 것이었다.

그의 집보다야 이곳이 훨씬 서민적이라고 할 수 있는 분위기였으니까. 사실 윤형의 본가에서 밥을 먹으면 불편했다.

정말 회의라도 해야 할 것 같은 분위기 속에서 밥을 먹고 나야 그나마 편한 분위기 속에서 후식을 먹을 수 있었다.

이렇게 음식을 권하고 먹는 분위기는 결코 아니었다.

"엄마, 윤형 씨 먹게 그냥 둬요. 알아서 잘 먹어. 그리고 이걸 어떻게 다 먹어."

"그래도 그게 아니지. 내가 얼마나……."

"네, 장모님. 다 먹을 수 있어요. 장모님 음식이 얼마나 맛있는데요."

윤형의 말에 예원은 놀라서 윤형을 보기만 할 뿐 말을 꺼내기가 어려웠다.

상다리가 부러진다는 표현이 어울리는 상을 보고도 다 먹겠노라 호언장담하는 윤형을 말려야 한다는 생각이 들었다. 하지만 예원이 놀란 건 엄마가 시무룩해져서 돌아다니는 것보다 그가 아프게 되지는 않을까 걱정하는 것이 먼저였다는 사실이었다.

어느새 우선순위가 바뀌었다는 것이, 그리고 그게 무척이나 자연스러워졌다는 것이 놀라웠다.

"괜찮아. 다 먹을 수 있어."

배고파하는 딸 내외를 위해 상을 미리 차린 그녀는 그러길 잘했다고 생각하고 있었다.

내려오는 내내 먹은 게 별로 없어서 속이 비어서 못쓴다고 당장 차려낸 상이었다.

"엄마도 먹어요."

예원은 그런 엄마를 향해 말했지만 돌아오는 건 매우 친절한 거절이었다.

웃으면서 됐다고 말하는 엄마를 두고 그녀는 남모를 한숨을 내쉬었다.

"둘이서 이 넓은 상 다 차지하니까 많다."

"그래도 맛있으니까."

그녀는 윤형이 맛있게 먹는 모습을 보자 좋으면서도 탈나지 않을까 걱정되는 마음에, 이따가 오빠들이 오기 전에 약을 좀 사와야겠다고 생각했다.

"응. 맛있어."

그의 집에서 주는 것들도 맛있지만, 엄마가 직접 해주는 음식과는 달랐다.

예원은 얼마 전부터 이런 음식들이 당겼었다. 사실 그래서 더 내려가고 싶어 하는 마음을 내비친 것도 있었다.

윤형의 옆에서 덩달아 한 수저 크게 떠서 입 안에 넣은 예원은 오랜만에 먹은 엄마 음식이 무척 좋았다.

사실 형님들하고 인삼주를 한잔 걸치면서도 윤형의 시선은 내내 안색이 좋지 못한 예원에게로 향해 있었다.

"신혼이라 좋네……. 좋아."

지원의 입에서 한창때인 동생 부부를 놀리려는 의도가 다분한 말이 나왔지만 그는 들리지 않았다.

예원의 얼굴이 더 안 좋아지려고 하자마자 실례하겠습니다, 라고만 하고는 서둘러 몸을 일으켜 예원에게로 갔다.

"예원아?"

윤형의 부름에 흐릿하게 웃으면서 체한 거 같다고 말하는 소리에 그는 걱정이 됐다.

단순히 체한 것이 맞겠지만, 요 근래에 예원이 무리하게 움직이는 것도 여러 번이었다.

그가 그걸 모르고 있을 리는 없었다.

"일어날 수 있지?"

급체한 거라서 굳이 일어날 수 있는지 물어보지 않아도 괜찮았지만, 그는 걱정 가득한 얼굴로 예원의 손을 붙잡고 있다가 결국 예원을 안아들었다.

다른 가족들에게 말할 생각도 하지 못하고 2층에 있는 예원의 방으로 서둘러 걸음을 옮겼다.

침대에 눕게 하면 좀 나을까 싶어서였다.

"괜찮아?"

아까 전부터 몇 번이나 하던 질문에 예원은 아픈 와중에도 같은 질문 지겹다고 투정도 부렸다.

그렇게 그를 안심시켜주려고 노력하는 예원의 모습에 많이 안 좋은 건 아닌가 보구나 싶었다. 예원을 침대에 눕혀놓고 난 뒤에야 윤형은 우왕좌왕했다.

사실 그가 사고로 아픈 모습을 보였어도 예원이 아픈 건 그에게 있어서 처음 있는 일이었다.

"약. 약 어디 있는지 알아?"

"그거……."

예원은 자신이 찾는 게 더 빠르다고 생각했기 때문인지 침대 밖으로 나오려고 했다. 하지만 윤형이 그런 예원을 막아서고는 주위를 둘러봤다.

아무리 생각해도 예원의 방에는 약이 있을 만한 곳이 없었다.

"있어봐. 내가 장모님한테 여쭤볼게."

어…… 어, 하는 소리가 이내 윤형의 귓가에 닿지 못했다. 그가 어떻게 말 걸어볼 새도 없이 1층으로 내려갔기 때문이었다.

"장모님, 예원이가 체한 거 같은데……."

"하이고. 으짠 일이래."

감기조차 한 번 잘 안 걸리는 애가 별일이라면서, 약은 없으니 매실 원액을 진하게 타서 그에게 내밀었다.

윤형은 매실물을 들고 곧장 예원이 있는 2층으로 사라졌다. 순심은 딸 내외가 참 사이가 좋구나 싶었다. 일단 먹이고, 내일 아침에 병원 데려가면 된다고 당부하는 말을 귀 기울여 듣던 윤형은 예원의 앞에서 안절부절못하는 모습을 보이기만 했다.

"나 진짜 괜찮아."

어느 정도 속이 편안해진 예원이 윤형을 말리듯 말했다. 그녀는 침대 헤드에 등허리를 기대앉아서 그가 가져다준 매실물을 마시고 나니 한결 속이 괜찮아지는 기분이었다.

"아까 너무 급하게 먹어서 그런 거 같아. 내일 병원 문 열면 다녀오자."

"윤형 씨, 나 진짜 괜찮다니까?"

"내가 안 괜찮아서 그래."

"무슨 남자가 고집이 이렇게 세?"

예원이 작게 투덜거리자 윤형의 입가가 그제야 느슨해졌다. 긴장으로 팽팽하게 당겨져 있던 입매가 조금 누그러들자 예원도 덩달아 키득거렸다.

"미치겠네. 결혼식하고 나서 처음 우리 집에 온 건데, 이게 뭐야……"

"그러게. 장모님 속상하시겠다."

윤형은 자신만 생각해주는 예원이 좋았다. 하지만 가족들을 우선순위에 놓고 생활하는 예원도 좋았기 때문에 아래층에서 걱정으로 인상을 잔뜩 찡그리시던 장모님 이야기를 꺼냈다.

"내가 그렇게 괜찮다고 그래도."

"아까 안색이 얼마나 안 좋았는지 못 봐서 그래."

하얗게 질려 있는 얼굴을 마주하자마자 윤형은 고민이나 생각 같은 걸 할 수가 없었다.

단숨에 예원의 앞으로 다가가야겠다는 생각을 했을 뿐.

"그러니까 내일 병원 가자."

예원에게 몇 번이나 더 당부를 하고 나서야 윤형은 비어버린 잔을 들고 아래층으로 내려갈 수 있었다.

아래층 부엌에는 아니나 다를까 장모님이 걱정 가득한 얼굴을 하고는 서 있었다.

"어땠던가?"

"괜찮아졌어요. 형님들은요?"

"다들 지 집으로 갔지. 뭐 더 볼 게 있다고. 그…… 그래도 뭐 속
좀 편안하게 만들어주는 걸로 올려다줄까?"

"아니에요. 그보다 장모님도 쉬셔야죠."

윤형의 말에 그러마, 한 순심이 다시 올라가는 사위를 물끄러미
바라보기까지는 그리 오랜 시간이 걸리지 않았다. 별거 아니었지
만 별거라는 양 걱정하는 윤형의 모습이 조금 유별나다고 여기지
않아 예쁘게 보였던 식구들의 마음을 아는지 모르는지 윤형은 예
원의 옆으로 돌아갔다.

아침을 차리려고 내려와서 부엌에 들어선 예원은 점점 안색이
질려갔다.

그 모습을 본 지원이 이상하다고 여기면서 급체를 했으면 그럴
수 있다는 생각에 동생 쪽으로 다가갔다.

"어이, 동생."

"어."

"몸 안 좋으면 올라가."

"아……. 진짜 왜 이러지."

"급체라면서. 그럴 수 있지, 뭐."

예원은 몇 번이나 속이 뒤집어질 것 같은 느낌에 고개를 휘휘
내젓고선 자신의 방으로 올라갔다. 색이 옅은 청바지와 네이비 색

의 얇은 니트를 입고 있는 윤형의 모습이 문을 열자마자 보였다. 다시 돌아온 예원을 보고는 단번에 이상하다는 걸 알아차린 윤형이 다가와서 예원에게 말을 걸었다.

"왜? 또 안 좋아?"

"어, 어."

"그러게 쉬고 있으라니까. 속 안 좋을 때는 쉬어야지."

"그래도 체한 게 뭐 별거라고. 그리고 분명히 어젯밤에는 괜찮아졌었거든."

변명을 하듯 말해봤지만 윤형은 안 되겠다면서 차 키를 집어 들었다. 예원은 그 모습에 한숨을 삼키고는 그가 이끄는 대로 끌려갈 수밖에 없었다.

결혼 전에도 자신의 일이라면 무슨 일이 있어도 왔었던 사람이었다. 얼마나 됐다고 그걸 까먹은 제가 바보 같은 거지.

"천천히 가자, 응?"

예원은 결국 자주 써먹지 않는 애교 비슷한 걸 할 수밖에 없었다. 그의 속도대로 집을 나서면 공연히 식구들에게 걱정만 가득 안기는 꼴이 되고 만다.

"하지만."

"지금 시간이 8시 조금 넘었어. 우리가 시내에 있는 병원에 간다고 해도 어차피 진료 시작 전이야."

"알았어. 근데 그거 또 해봐."

윤형의 주문에 예원은 쑥스러운 건 둘째 치고, 이런 면에서 다소 뻔뻔한 윤형의 행동은 겪어도 겪어도 적응이 잘 되지 않았다.

"싫어."

"왜."

제 손을 붙든 손을 슬그머니 자신의 쪽으로 당긴 윤형의 행동에 예원은 웃음이 나려고 하자 아랫입술을 지그시 깨물었다.

"입술 다치겠다."

"어?"

그걸 또 언제 본 건지 이 남자는 자신의 입술에 손가락을 얹고는 매만지면서 깨물지 말라고 했지만 예원은 거리에 사람이 없는지부터 살폈다.

"그러다 내가 좋아하는 네 입술이……."

"유, 윤형 씨. 돌아오면서 시장 가볼래?"

윤형의 입에서 민망한 소리가 나올 것 같아 예원은 서둘러 생각나는 것 중 아무 말이나 뱉어냈다.

"시장? 시장 가서 데이트하자고? 먼저 말해준 거지?"

윤형의 질문에 예원은 '몰라'라고 불퉁하고 대답하고는 그가 열어준 차 내부로 쏙 들어갔다. 어쨌든 오늘 아침까지 속이 좋지 않은 거면 병원에 가는 편이 낫다고 생각했으니까 큰 병원이 있는 시내, 번화가 쪽으로 가야 했다.

그리고 생각하지 않고 한 말이긴 하지만, 윤형에게 말한 대로 시장에 가보는 것도 나쁘지 않을 것 같았다. 재래시장 구경하는 것도 꽤 즐거운 일이었으니까.

멍한 윤형을 한 번 보다가, 눈앞에 있는 의사 선생님을 보던 예원은 웃음을 집어삼켰다.

"소화제를 안 드셨다니 다행이네요."

어제 집에 소화제가 없어서 임시방편으로 매실청을 탄 물을 마셨는데, 그게 다행일 줄은 꿈에도 생각 못 했던 예원은 저도 정신이 없는데 윤형은 오죽할까 싶었다.

"아직 초기니 조심하시고, 정기검진 받으러 나오세요."

"아, 선생님. 저희가 잠깐 내려와 있었던 거라서요."

처음에 병원에 도착해서 가정의학과로 가니, 몇 가지 문진과 검사를 하고 진료실에 들어갔었다. 거기서 의사가 산부인과로 가라고 말해주는 동안 예원은 윤형의 얼굴을 보고 멍하니 앉아 있었다.

산부인과라니. 대체 산부인과는 왜 가라고 하는 건지 알지 못하는 얼굴로 앉아 있던 그녀를 잡아 이끈 건 그였다.

그런데 이제 윤형이 꽤나 멍한 얼굴로 예원을 보고 있었다.

"그럼 댁 인근에 있는 병원으로 꼭 가세요."

초기, 조심.

이 두 단어에 예원은 집중해서 의사의 당부를 듣고 있었다. 당장 뭘 하면 안 되는지 생각해보다가 고개를 휘휘 내저었다.

"제가 다음 주부터 회사생활을 다시 하는데……. 괜찮죠?"

"그럼요. 요새 회사생활을 하는 분들이 얼마나 많은데요."

의사의 말에 마음이 한결 가벼워진 예원은 부드럽게 웃을 수 있었다. 그런 예원과 달리 윤형은 경직된 얼굴로 의사의 말이 법이라도 되는 듯 듣고 있는 폼이 예사롭지 않았다.

하지만 그런 생각을 하기도 전에 예원은 무척이나 신기했다. 이

제 수 주밖에 되지 않은 아이가, 제 배 속에 있다는 사실이 생경하고도 신기해서 벌어진 입을 다물 수가 없었다.

"조심하라니까. 아니면 내가 업고 간다?"

윤형의 반협박성 발언에 예원은 누가 보면 유난 떤다고 할까 봐 말도 못 하고 그냥 묵묵히 걸음을 옮겼다.

"집에 가서……."

"여기 지나면 시장인데……."

차에 올라서 서로 다른 말을 한 두 사람은 서로의 얼굴을 마주 보고는 당황한 웃음을 뱉어냈다. 그 와중에 먼저 말을 꺼낸 건 예원이었다.

"윤형 씨, 있잖아."

"응. 뭔데? 뭐 먹고 싶은 거 있어? 장모님한테 만들어달라고 할까? 가는 길에 뭐 사갈까?"

말만 걸었을 뿐인데 속에 있는 말을 죄 꺼내놓듯 물어보는 윤형의 행동에 예원은 그가 진료실에서는 당황해서 말하지 못한 것이라는 걸 알아차렸다.

하긴 저를 좋아한다고 무한 반복하듯 말하던 윤형이었는데 여기 오기까지 잘 참았다 싶어서 예원은 그냥 고개만 저었다.

"아니. 먹고 싶은 건 없는데 하고 싶은 건 있어."

"뭔데?"

"데이트. 여기까지 왔는데 아쉽잖아."

"아……. 하지만 너 몸도 그렇고……. 우리 그냥 돌아가서 쉴까?"

윤형이 자신과의 데이트를 거절할 날이 올 줄이야. 예원은 조금 다른 의미로 충격이었다.

"와. 서윤형이 나랑 데이트하는 거 거절하는 때도 있어?"

"아, 나는 그런 게 아니라…… 너 몸 때문에……. 아까 들었잖아. 조심해야 한다고."

"응. 들었지. 일상생활에 아무 문제 없다고."

"어?"

다소 얼빠진 소리를 윤형이 뱉어내자 예원은 속으로 한숨을 삼켰다. 어린애 같은 남자를 데리고 애를 낳아야 한다는 걱정보다는 정말 순도 100퍼센트의 걱정을 가득 집어삼키고 있는 윤형의 마음을 알 것 같아서였다.

사실 어찌 보면 윤형에게 가족은 이제부터 자신이었는데, 걱정하는 게 당연한 일이었다. 더욱이 바라 마지않던 가족이 한 명 더 생겼다는데 기쁨에 앞선 걱정이 있는 건 전혀 어색하지 않았다.

"나 어떻게 안 돼. 그리고 얘도 윤형 씨 닮고, 나 닮았으면 엄청 건강할걸? 그러니까 장한 일 한 내가 원하는 데이트하러 가자."

이거 하나 못 들어주냐고 우는 소리를 몇 번 하자 결국 윤형이 손을 들었다.

"그럼 가서 구경하고 먹고 싶은 거 보이면 사갈까?"

적당한 타협선이 등장하자 예원은 고개를 끄덕였다.

"근데 갤러리는 어떻게 해?"

"나가야지. 나 형님한테 말했어."

미연에게는 이미 진작에 말해놓은 상태였다. 사실 날짜를 언제로 하느냐를 두고 미연과 이야기를 몇 번 했을 뿐이었다.

어머님이야 미연이 알아서 해결하겠다고 했으니, 일단 자신이 본가에 가서 운만 띄우면 될 일이었다.

"내 말은 그런 게 아니라."

"알아. 무슨 말 할지 아는데. 그거 싫어."

분명 윤형의 입에서는 당분간 집에서 더 쉬는 게 어떠냐는 이야기가 나올 것 같은데, 싫었다. 쉬는 것도 하루 이틀이지, 예원은 일이라면 죽고 못 사는 스타일이었어서 이 이상 쉬고 싶지는 않았다. 한 달 반이면 충분히 쉰 것 같기도 하고.

"그럼 아플 거 같거나, 무리한 거 같으면."

"연락할게."

"연락하고 쉬고 있어. 내가 형수님한테도……."

"서윤형."

예원의 음성이 도로 위를 질주하는 차 안을 메웠다. 조금 낮은 그 음성에 윤형이 입을 다물고 다음 말을 기다렸다.

"큰형님한테 그 말 해봐. 진짜 가만 안 둘 거야."

"왜……?"

"큰형님이 얼마나 애 가지고 싶어서 애쓰는지 모르니? 응? 하기만 해봐. 누구 염장 지르는 것도 아니고, 허니문 베이비 만들었다고 아주 광고를 하려고."

"……그러면 안 되나."

윤형의 대꾸에 예원은 헛웃음을 집어삼켰다. 예전부터 여러 방면으로 자신을 웃게 만들던 윤형이라는 걸 이렇게 다시 확인하고 나니 새삼스러웠다.

새삼 이 남자가 진짜 제 남편이 되었구나 싶었다. 자신의 말은 잘 듣는 윤형이 좋아서 예원은 운전하고 있는 윤형의 머리를 살살 쓰다듬었다.

"안 할 거지?"

"알았어."

"착하다."

예원이 키득거리면서 강아지한테 하듯 '착하다'를 연발하자 윤형은 픽, 웃어버렸다. 걱정스러운 마음만 아니면 좋다고 몇 날 며칠을 즐거워서 다닐 윤형을 알고 있기 때문에 예원은 그런 그가 안쓰러웠다.

얼굴도 모르는 엄마가 그립지는 않았을까. 애초에 그 그리움이라는 걸 알까.

지 여사가 엄마로 그를 대했다고 해도, 그래서 고등학교 1학년 때까지 그가 그들을 부모라고 철석같이 믿었다고 했어도 분명 보이지 않는 벽이 존재했을 테니까.

"강아지 한 마리 사줘?"

"뭐하러?"

"요새 이런 거 좋아하는 거 같아서."

윤형의 말에 예원은 고개를 저었다. 강아지를 뭐하러 사나. 눈앞에 골든 리트리버가 떡하니 있는데 굳이 필요하지 않았다.

"아니. 여기 있잖아."

예원의 말을 들은 윤형이 곰곰이 생각하다가 헛기침을 뱉어냈다. 예원은 어쩐지 그 모습이 골든 리트리버가 데굴거리면서 구르는 모습인 것만 같아 입가에서 웃음이 떠나지 않았다.

곧이어 신호에 걸려 차가 멈추고 나서야 윤형은 예원을 마주 볼 수 있었다.

"내가?"

"응."

"어째서?"

"몰랐어? 나한테 사귀자고 했을 때에도, '누나' 소리 했을 때에도 그래 보였는데? 아무도 말 안 해줬나 보다."

"해…… 줄 리가 있나."

윤형의 중얼거림에 예원은 곧잘 하는 물음을 던졌다. 뭐라고, 라고 하는 예원의 물음에 윤형은 짜증스러운 듯 혹은 쑥스러운 듯 입술을 벙긋거렸다.

차는 어느새 다시 도로 위를 달리고 있는 와중이었다.

"그런 거 해본 게 처음인데."

윤형의 말에 이번엔 정말로 예원이 크게 웃음을 터트렸다. 그에게 처음이라는 것이 그녀의 기분을 무척이나 즐겁게 만들었다.

재래시장에 들어선 예원은 고등학교 때 자주 갔었던 분식집으로 서둘러 걸음을 옮겼다.

분식집 문을 열고 들어선 예원의 뒤에서 윤형은 꼭 여기서 이걸 먹어야겠냐고 투덜거렸지만 예원은 배가 고팠다.

그렇다고 밥을 먹고 싶지는 않아서 선택한 것이 그보다는 가볍게 먹을 수 있는 분식류였다.

"여기 맛있어. 얼른 들어와."

예원은 간이 의자로 이뤄진 가게 안 테이블을 한번 쓱 보고는 적당한 곳에 자리를 먼저 잡았다.

"뭐 먹으려고?"

윤형이 그런 예원의 맞은편에 앉아 가게 내부를 탐색하듯 둘러보고 있었다.

"음……. 떡볶이하고 튀김 몇 개만 먹자."

"혼자 먹을 수 있어?"

"같이 먹어야지. 혼자 먹을 거면 차라리 밥집을 갔지."

"그래, 먹자."

윤형이 대답을 하고선 주문까지 마쳤다. 가게 내부에 손님이 몇 명 없어서 음식이 금방 나오자 윤형은 예원의 손에 젓가락을 쥐여 줬다.

"빨개서 매운 거 아냐?"

"……설마, 혹시. 떡볶이 안 먹어봤어?"

"어? 어."

"매운 거 잘 먹잖아."

예원의 물음에 윤형이 뭐라도 대답해야 하나 고민하다가 입을 열었다.

"어렸을 때부터 외국에서 살았으니까. 그리도 간간이 한국에 들어와도 본가 봤지?"

"응. 봤지."

"거긴 완전 어른 입맛이라 애들 좋아할 만한 것도 없었고. 많이 안 매우면 먹을 만하겠지."

윤형은 마치 자신이 먹으나, 그 미각은 제 것이 아니라는 듯 말하고 있었다. 그 모습에 예원은 웃음을 터트렸다.

소녀처럼 까르르, 웃음을 터트려 내는 모습이 처음 봤던 그 순간처럼 눈부시게 밝아서 윤형은 그런 예원을 가만히 바라봤다.

"당신이 먹는거거든?"

"뭐…… 너무 매우면."

"너무 매우면? 어떻게 하려고."

예원은 자신의 입맛에야 적당한 떡볶이가 윤형에게는 폭탄취급을 받고 있다는 사실이 놀라우면서도 재미있었다.

그래도 내 남자가 매워서 절절 매는 모습은 보고 싶지가 않아 예원은 어묵이라도 시켜서 국물을 좀 줘야 하나 고민했다.

"매우면 단 거 먹으면 되지."

"단 거?"

여기에 단 게 있었나? 예원의 시선이 메뉴판으로 향하자 윤형의 웃음소리가 예원의 귓가에 닿았다.

"어딜 봐. 나한테 단 거는 내 앞에 있는데."

거기 없다고, 윤형이 덧붙여주자 예원의 얼굴이 붉은 사과보다도 더 붉어져서 바닥을 향했다.

바닥으로 시선을 박고도 예원은 웃음이 비집고 나오는 입가를 제대로 다물 수가 없었다.

이렇게 좋은데, 이렇게 좋은 걸 이제야 알았다는 사실이 아주 조금 후회되는 순간이었다.

표현을 하는 건, 그래서 상대가 그 감정을 고스란히 알게 해주는 일은 순간의 쑥스러움보다 더 마음을 간질거리는 즐거운 감정을 맛보게 해줬다.

예원은 그래서 좋았다.

13.

갤러리에 출근하기 전 건너야 할 관문이 있는 예원은 출근하기 싫어서 뭉그적거리던 윤형을 내보내고 나서야 오렌지주스 한 잔과 크루아상을 하나 집어 먹으면서 생각할 수 있었다.

시어머니는 분명 윤형이 여기서 자리 잡는 걸 달가워하지 않는 눈치였는데, 어떻게 해야 잡음 없이 갤러리에 출근할 수 있을까 고민하는 예원은 이내 오렌지주스와 크루아상을 다 먹고 몸을 일으켰다.

아직 옷을 입어도 티가 안 나지만, 그래도 몇 달 뒤엔 조금씩 티가 날 것이 분명했다. 윤형은 여전히 자신을 두고 절절매는 중이었다.

"어휴."

오늘 아침만 해도 본가에 데려다주겠다면서 제 주위를 왔다 갔다 하는 걸 얼른 내보낸 참이었다. 게다가 본가에 가는 시간은 늦은 오후라, 그가 움직일 시간이 아니었다. 백화점에서 일해야 할 시간이면 모를까.

조만간 사장에서 대표 타이틀로 직함이 바뀔 사람이 할 만한 행동이 아니라면서 얼른 보내버렸던 예원은 생각하면 꽤 재미있는 아침 풍경에 웃음이 났다.

일단 형님들하고 점심을 먹고, 저녁엔 가족 식사가 있어서 들어가야 했으니까 얼른 움직이는 것이 맞았다. 예원은 오늘 두 형님들한테 먼저 이야기를 하고, 본가에 가서 다시 말을 꺼내서 분위기를 풀어야겠다고 생각했다.

자신이 일하는 걸 좋아하지 않는다는 식으로 말했던 지 여사였다. 그 후에 윤형과 무슨 이야기를 한 건지 모르겠지만 이전과 같은 날 선 태도가 아니라 신경을 안 쓴다는 식의 행동이라 딱히 이야기를 해볼 겨를도 없었다.

침실과 연결된 드레스룸 문을 열고 들어가면서도 예원은 내내 고심했다. 어떻게 해야 아무런 잡음 없이 출근할 수 있을지 생각했다. 물론 미연이 자신을 필요로 하는 이상 시어머님도 별수는 없겠지만 예원은 조용히 다니고 싶었다.

아직은 입을 수 있을 연파랑 색의 투피스를 꺼낸 예원은 몇 벌을 더 보다가 처음 들었던 투피스로 결정하고는 구두와 가방을 고르기 시작했다.

나가서 점심만 먹는 데에도 할 게 많다는 생각도 잠시. 그녀는 여전히 자신의 안에 있다는 아이가 신기하기만 했다.

요 며칠 부쩍 먹을 것이 당기는 예원이 고맙기만 했던 윤형은 아직도 얼떨떨한 느낌을 지울 수가 없었다. 아이가 그렇게 금방 생기리라고 생각하지 못한 탓도 있었지만, 무엇보다 아이가 어쩐지 선물같이 다가왔던 이유도 한몫하고 있었다.

온 사방에 아이가 생겼다고 말하고 싶은 기분을 애써 꾹 눌러 참은 윤형은 예원이 시키는 대로 하는 중이었다.

"사장님."

미진의 부름에 윤형은 멍하니 바라보고 있던 빵에 한 번 더 시선을 주다가 결국 주문했다. 외려 그런 윤형의 모습에 미진과 주위의 직원들이 당황해서 허둥대고 있는 상황이었다.

"사, 사장님?"

"네. 무슨 일이죠?"

매우 사무적으로 대답하는 윤형을 보다가 주위에서 허둥거리는 직원들을 보던 미진은 다시 그를 불렀다.

"사장님, 말씀하시면 제가 사서 올라가겠습니다."

"아뇨. 제가 하겠습니다. 다음 미팅 시간까지 시간은 괜찮지 않나요?"

이런 잔심부름은 매우 귀찮지만 직원들의 복리를 위해서 잠깐의 희생을 하겠다는 매우 투철한 직업정신을 윤형은 단번에 거절했다.

다들 예원이 백화점에서 사라지자마자 연기를 안 해도 괜찮구나, 드디어 우리에게도 자유의 시대가 왔구나 기뻐했는데 이 상황은 정말로 의외였다.

"호, 혹시……."

"집사람이 요새 이런 거 잘 먹어서요."

예원이 좋아하는 거, 예원이 즐겨하는 거, 예원이 갈 만한 곳.

윤형의 모든 초점은 그렇게 맞춰져 있었다. 윤형을 제일 가까운 곳에서 매일같이 보는 미진은 새삼스럽지도 않아서 한숨을 속으로 삼켰다.

"십 분 남았으니까 받아서 사무실에 가져다 놓겠습니다. 지금 움직이셔야 될 것 같은데요."

비서 없이 움직이는 모양새가 좀 그럴려나 싶다가, 언제 서윤형이 그런 걸 신경 쓰던가 싶기도 해서 미진은 이 어색하고 난감한 상황 속에서 사장을 보내버렸다.

주문이라도 본인이 했으니 나름대로 성과가 있다고 생각한 건지, 두말 않고 올라가는 윤형의 모습을 보다가 타르트를 본 미진은 저도 저절로 입맛이 도는 느낌이었다.

"미진 씨."

그런 미진의 옆으로 막 퇴근하려고 지나가다가 이 상황을 본 혜정이 다가왔다.

"혜정 씨, 퇴근?"

"응. 죽겠어. 워커홀릭이 사라지니까 이렇게 타격일 줄은 꿈에도 몰랐지. 희재 씨랑 내가 미친 듯이 해도 안 되더라."

"그렇다고 저렇게 신혼의 재미에 푹 빠진 거 같은 사장님한테 차장님 다시 출근하라고 하면 안 되냐고 할 수도 없고."

"만약 그렇게 하면 그건 그것대로 난감한 거 아냐?"

왜냐는 물음이 둥둥 떠다니는 미진에게 혜정은 지극히 당연하다는 듯 이야기했다.

"만약에 와봐. 사장 와이프인데 누가 제멋대로 일을 시킬 수가 있겠어. 원래 실무자 일이란 게, 팀장들이 나눠서 하면 할 수도 있는 일이잖아."

"어……. 그렇지?"

"근데 우린 차장님이 거의 다 했었거든. 만약에 와서 그 일을 다 한다고 쳐. 그럼 차장님은 예전처럼 백화점에서 거의 사는 식일 텐데. 사장님이 그걸 그냥 두고 볼 리가 없을 거 같……."

"우리가 되게 허황된 꿈을 꾼 거 같아."

"사장 성격 알지?"

"알지."

너무 잘 알아서 문제였다. 미진은 한숨을 내쉬고 말았다. 최예원 한정으로 유들하고 부드러울 뿐이지 서윤형은 어디 가지 않았던 것이다.

일하는 데 어찌나 까다롭고 철저한지 그동안 설렁설렁하던 사람들이 죽는 소리를 단체로 내는 중이었다.

"근데 누구 임신이라도 했데? 보기만 해도 셔 보이는 과일들이네."

혜정의 물음에 미진도 타르트를 보고 짧게 탄식했다.

청포도 타르트, 자몽 타르트.

진짜 누가 임신한 건가? 미진의 탄식은 곧장 물음이 되어 돌아왔다. 하지만 답을 줄 수 있는 사람은 아무도 없었다.

요샌 보통 음식이나, 당기는 음식이 아니어도 역한 기운이 많이 사라져서 예원은 가족들과의 식사 자리에 있을 만했다.

"막내는 요새 뭐 하는 일 있니?"

지 여사의 물음에 예원은 눈앞에 있는 커피가 아니라, 물 잔을 집어 들었다. 커피라니 아니 될 말이었다. 사실 커피를 즐겨 마시는 자신을 위해 지 여사가 달리 묻지 않고 준비해준 것이겠지만 먹을 수가 없었다.

"지난주에 친정에 다녀오고 며칠 쉬었어요."

"그래."

서 회장은 이번엔 별 할 말이 없는지 묵묵히 과일만 먹고 있고, 윤형은 오늘 퇴근이 늦어지는지 혼자 오지 못하고 있었다.

이미 식사 자리는 다 끝나고 과일을 먹고 있어서, 그가 오면 무척 배고플 텐데 뭘 먹게 해줘야 하나 고민이었다.

"저, 어머님."

미연이 지 여사를 조심스럽게 부르자 모두의 시선이 미연에게로 향했다.

"생각해봤는데요, 저는 갤러리 운영은 영……."

"얘, 큰애야."

"그래서 동서가 조금 도와주면 좋을 거 같아요. 동서도 최근까지 일했었고……."

"막내 네가 하고 싶다고 했니?"

지 여사의 말투는 사근사근했지만 시선만큼은 매서웠다. 하지만 예원은 그 시선에 주눅 들지 않고 천천히 입을 열었다.

"형님이 먼저 해보는 게 어떻겠냐고 해주셔서, 몇 주 고민하다가 얼마 전에 하고 싶어서 말씀드렸었어요."

사실이기는 했었다. 그리고 그사이에 아이가 생긴 걸 알게 되어서 그렇지 일하는 데에는 별 무리가 없었다.

"사람이 더 필요하면 전문 인력을 구하면 될걸……."

지 여사가 못마땅한 기색을 숨기지 않자 예원은 윤형이 왜 이집에서 겉돌았는지 알 것도 같았다. 친절하면서도 불친절한 지 여사의 태도 때문이었다.

"막내도 얼마 전까지 백화점에서 일하던 애고, 저 나이에 차장까지 달았으면 일도 잘하는 건데 뭐하러. 집에서 놀고 싶지 않다는 사람한테 하라고 하는 것도 나쁘지 않지."

가만히 과일만 먹던 서 회장이 나서자 지 여사는 더 이상 막을 수가 없는지, 미연에게 네가 하고 싶은 대로 하라고 말하고는 더이상 언급하지 않았다.

예원은 그나마 자신이 상상했던 것보다는 쉽게 일이 풀려서 다행이라고 생각하고는 앞에 놓인 물만 홀짝였다.

과일보다는 달달한 푸딩이나 사탕 하나가 먹고 싶은데, 본가에는 그런 걸 찾으려야 찾을 수가 없었다. 하긴 애들이 있는 게 아니면 아이들 간식 같은 음식이 있을 리가 없었다.

"동서, 커피 안 마셔?"

"아, 저녁이라서……."

커피를 다섯 잔씩 먹어도 잠만 잘 자지만, 윤형이 없는 사이에 '저 임신했어요'라고 말하기가 머쓱해서 예원은 시간 핑계를 댔다.

"윤형이가 좀 늦는구나."

지 여사의 말에 예원은 여전히 불안하고 불편하기만 한 시댁이라 퍼뜩 휴대폰을 켜서 윤형에게 전화를 걸려고 했다. 그 모습이 마치 신입사원이 상사의 이야기에 반응하는 것 같다고 윤조가 가볍게 웃어넘기면서 말하자 조금 전 딱딱했던 분위기는 사라져 있었다.

"양반은 못 되나 보네요. 윤형이 왔네요."

윤수가 막 거실로 들어선 윤형을 보더니 웃음을 터트렸다.

"그거 웬 거냐."

"어. 저 사람 거."

윤형의 말에 모두가 예원에게 시선을 뒀다.

"아가."

서 회장의 시선이 무언가 열렬히 탐색하는 시선이었지만, 예원은 차마 입술이 떨어지지 않았다. 미연이 꽤나 실망하지 않을까 하는 눈치가 보이기도 했고, 미연보다 먼저 임신했다고 지 여사가 자신을 지금보다 좀 더 안 좋아하지 않을까 싶기도 했다.

"근데 동서가 연락하는 거 한 번도 못 봤는데?"

"연락 안 해도 당연히 알죠."

"그걸 어떻게 아냐. 그거 뭔데."

윤형은 윤수의 물음에 답하는 것 대신 다가온 아주머니에게 상자를 넘기고 오렌지주스랑 함께 내어달라고 말했다.

"그래서 저거 뭐냐?"

"타르트."

다들 타르트라는 말에 의아해서 윤형을 봤지만, 예원은 군침이 돌았다. 자꾸만 아까부터 달고 신 거 한 입만 먹으면 좋겠다고 생각했는데, 윤형이 마침 들고 온 것이었다.

"청포도랑 자몽. 이따가 아주머니가 주스랑 주면 먹어. 커피 누가 준 건데."

커피가 웬 말이냐며 구시렁거리는 윤형의 행동에 예원은 그에게 고개를 내저으며 하지 말라고 했지만 이미 모두의 시선을 받고 있는 터라 소용없었다.

"서윤형, 이쯤하면 말 좀 해봐라. 여기 전부 궁금해서 보고 있는 거 안 보이냐."

윤수의 타박에 윤형은 예원에게 한다? 라고 하고는 입을 열었다.

"이 사람이 아이를 가져서요."

예원은 찰나의 순간 고개를 푹 숙이고 얼굴을 빨갛게 물들였다. 어떻게 하지. 이 바보같이 좋아만 하는 남자가 좋긴 한데 형님은 괜찮나?

예원의 물음들이 둥둥 떠다니면서 그녀에게 계속 질문하고 있었다.

"어……. 어?"

그 와중에 가장 먼저 반응한 건 지혜였다.

"허니문 베이비네? 와······. 오빠, 허니문 베이비야."

능력 좋다며 윤형에게 장난치는 지혜에게 웃음으로 대답을 대신한 윤형은 이내 타르트와 주스를 챙겨온 아주머니에게서 포크와 나이프까지 야무지게 받아 챙겼다. 받은 포크와 나이프로 타르트를 자르던 그가 지 여사를 향해 입을 열었다.

"손주 보시겠네요."

이제껏 아무 말도 없었던 지 여사에게 무슨 말이라도 하라는 압박이라는 걸 같은 공간에 있는 사람들이라면 모두 알 것이 분명했다.

예원은 그만하라고 윤형을 툭 건드렸지만 외려 그런 예원의 손에 그는 자몽타르트 한 조각을 찍은 포크를 쥐여줬다.

"먹어. 여긴 이런 거 없어."

입맛이 다 늙었다면서 키득거리는 윤형의 허벅지를 예원은 결국 한 대 더 치고 말았다. 장난 그만 치라고 눈을 흘기자 알았다고 하면서 예원의 앞에 있었던 커피를 그가 비우기 시작했다.

"그······ 그래. 축하한다. 아이는 건강하니?"

"아직 초기라서 위험한 행동만 하지 말라고 하시더라구요."

신혼여행에서 돌아온 지 두 달. 친정에 다녀온 지는 일주일쯤 지났다. 사실 자신이 그렇게 음식 냄새에 역한 걸 느끼지만 않았어도 다음 달쯤 알 소식이었다.

"뭐 가지고 싶은 건 없니."

서 회장의 물음에 예원은 고개를 저었다. 딱히 가지고 싶은 것도 없고, 그럴 필요도 느끼지 못했다. 이전보다도 더 풍족한 와중에 뭘 가지고 싶을 리가 없었다.

"나중에 생각나면 달라고 하려무나."

"네."

대화는 거기서 끝이었다. 더러 저를 편하게 만들어주려고 조금만 더 먹으라는 말들을 하면서 분위기를 바꿔보려고 했지만 그것도 한시적이었다.

결국 일찍 자리를 파하자, 예원은 윤형과 함께 본가를 나왔다. 윤수와 지혜는 무슨 이유 때문인지 아직 나올 수가 없었지만.

"아까 본가에서 그거 엄청 유치했어."

예원의 투정에도 윤형은 연신 싱글벙글이었다. 생각보다 큰형수의 표정이 밝아서 윤형은 걱정을 좀 덜어놓은 상태였다.

"진짜 큰형님이 괜찮았어?"

"어. 괜찮았다니까. 이리 와서 이거 마저 먹어봐. 오늘도 별거 안 먹었을 거잖아."

작은 머리로 온갖 걱정을 늘어놓는 예원을 본 윤형은 다시 예원을 끌어안은 채로 소파에 앉았다. 윤형의 손에는 보기만 해도 싱그러운 딸기가 담긴 그릇이 들려 있는 상태였다.

모이를 주듯 꼭지를 딴 딸기를 하나씩 예원의 입에 넣어주는 윤형의 폼은 한두 번 해본 사람의 것이 아니었다.

"윤형 씨."

예원의 부름에 윤형은 왜 그러냐는 얼굴로 예원의 뒤통수를 내려다봤다. TV에선 뉴스가 끝났다는 엔딩 크레딧이 올라가고 있는 중이었다.

"나 살찌워서 잡아먹으려고 그러는 거지?"

"그러고 싶네.. 꼭 좀 그래 봤으면 좋겠다."

윤형의 말에 예원이 꼼지락거리면서 움직였다.

"우리끼리 좀 즐길까 했더니, 이 녀석이 생길 줄 누가 알았겠냐고."

윤형의 말에 예원은 재미있는 이야기를 들었다는 양 깔깔거리며 웃었다. 아이처럼 웃는 예원의 모습에 웃던 그가 더 단단히 그녀를 끌어안고 귓가에 속삭였다.

"근데 좋아. 엄마 고생 안 시키고, 지금처럼 얌전히 있어주면 더 좋을 거 같아."

"얘가 뭘 아나. 그리고 입덧은 다들 한다던데."

"그래도 영 못 먹는 거 보니까."

"아냐. 괜찮아. 먹을 만한 거 있잖아."

얼른 더 달라고 입을 벌리고 있는 게 귀엽다고 생각한 그는 이번에는 예원의 입 안에 딸기를 넣어주지 않았다. 대신 그에게 비스듬히 기대어 안긴 예원에게로 고개를 숙였다.

그렇게 물고 있는 딸기를 예원의 입 안에 넣어주듯 밀어 넣고 나서야 그가 딸기 향기 가득한 예원의 입술을 물고 빨았다. 쪽, 소리가 나도록 물고 빨기도 하고 입 안을 샅샅이 훑을 기세로 그 안에서 질척거리기도 했다.

예원이 숨이 막혀서 윤형의 어깨를 치자, 그가 그게 신호였다는 듯 떨어졌다. 더운 숨을 뱉으면서도 윤형의 시선은 상기된 예원의 얼굴로 가 있었다.

"어, 언제 앞으로 왔어?"

"그러게."

언제 앞으로 온 건지 기억도 나지 않았다. 자세가 불편해서 입을 맞추는 내내 움직인 건가 생각해보려고 해도 기억나지 않아 그냥 웃고 말았다.

"누가 이렇게 야하게 딸기 먹자 그랬나."

예원의 구박이 정겹기만 한 그는 연신 웃기만 했다.

"야했어?"

"응. 야해."

"나는 딸기맛 나니까 맛있던데."

적절한 소감을 뱉어낸 윤형에게 결국 예원은 쿠션을 던졌다. 하지만 운동신경이 좋은 윤형이 쿠션을 잡아채서 바닥에 내려놓고는 다시 예원의 위로 엎어지듯 몸을 겹쳤다.

해원갤러리는 백화점과는 다르리라고 생각했지만, 무언가 자유로우면서도 딱딱한 분위기가 어색했다. 이도저도 아닌 이 분위기는 뭐지 싶기도 했다.

우선 오자마자 관장실에서 미연과 함께 이야기를 나누던 예원은 미연이 정말 이곳에 애정이 없다는 걸 다시 한 번 더 확인할 수 있었다.

"동서, 나가서 인사시켜줄게. 근데 사실 나도 잘 몰라."

솔직한 고백에 예원은 말갛게 웃었다.

"저도 잘 모르는걸요."

"그래도 동서는 나보다 훨씬 잘할 거 같아서. 일단 나가서 인사부터 하자."

미연이 이끄는 대로 나간 예원은 관장실 밖에 있던 직원들이 모두 일어나는 걸 보고 쓰게 웃을 수밖에 없었다.

저도 분명 저런 사람들 중 한 명이었는데, 이젠 반대의 입장에 놓여 있게 되다니. 신기하기도 하고, 저 사람들이 무슨 생각을 하고 있을지 알 것도 같아 입맛이 썼다.

"인사들 하세요. 오늘부터 새로 온 최예원 실장이에요."

미연의 소개에 직원들이 저마다 인사를 건넸다. 예원도 함께 반갑다며 인사를 건네고 자리에 앉자 시간이 훌쩍 지나가는 기분이었다.

"오늘은 좀 일찍 식사들 해요."

미연이 미리 예약해놨다면서 가자고 말하자 직원들의 얼굴에 당황하는 기색이 잠시 돌았다가 사라졌다. 예원은 왜들 저러나 싶었지만 직원들과 함께 이동하다 보니 저절로 이해가 됐다.

미연은 원래 갤러리에 잘 나오지도 않고, 갤러리 직원들과 함께 식사를 하지도 않았었다는 것이 직원들끼리 소곤거리는 이야기에 있었다.

무슨 변덕이냐는 수군거림을 채 듣지 못한 미연이 앞서서 걷고 있자 예원은 서둘러 그 뒤를 쫓았다.

"그렇게 뛰면 안 되는 거 아니야? 도련님이 나한테 엄청 잔소리

했었어. 동서 힘든 건 절대 시키지 말라고."

"에이, 윤형 씨는 맨날 그래요. 신경 안 쓰셔도 괜찮아요."

예원은 윤형이 봉인 해제된 자랑을 여기저기에 뿌리고 다니는구나 싶었다. 물론 저도 좋지만, 이게 동네방네 자랑할 거리인가 싶고…….

또 사람들이 임신했냐고 아는 체를 해오면 쑥스러워서 하지 말라고 했던 건데 다 틀렸구나 싶었다.

"음식은 다 잘 먹지?"

"그럼요. 다 잘 먹어요."

예원은 일부러라도 더 미연에게 싹싹하게 굴었다. 우리 큰며느리, 라고 미연을 이뻐라 하는 지 여사에게 더 찍히고 싶은 생각도 없고 미연이 꽤나 외로워 보이기도 해서 그녀는 더 다가가려고 노력했다.

"다행이다. 윤조 씨가 조카 생긴다고 되게 좋아했어."

"아……."

"좀 일찍 말해주지. 저번에 자선 모임에서 애들 유모차 관련해서 정보 알려주던데……. 알았으면 내가 그거 물어왔지."

진심으로 아쉽다는 말투에 예원은 당황해서 손을 휘휘 저었다. 정말로 지금 유모차 정보를 알아보는 것도 너무 빠를뿐더러, 아직 아이의 성별도 알지 못했다.

"애가 딸인지 아들인지도 모르고, 지금은 너무 빨라요. 마음만으로도 너무 감사해요."

예원이 인사를 하고서도 계속 옆에서 걷자 미연은 그제야 바짝 긴장해 있던 몸을 조금은 느슨하게 늘어뜨릴 수 있었다.

그걸 알아차린 예원은 빠르지도 느리지도 않은 미연의 걸음에 함께 보폭을 맞춰줬다.

관장실은 한 달에 한두 번 불이 켜질까 말까인데, 실장실은 지난 3주 동안 매일같이 불이 켜져 있었다. 그만큼 직원들과 부딪히는 시간들이 많아진 예원은 동종업계 트렌드가 어떤지에 대해서 실무자들과 며칠 동안 회의를 했었다.

또 일반 사람들이 보는 해원갤러리에 대한 이미지나 생각들이 어떤지 파악하면서 개선할 방법을 찾느라 연일 회의에 회의를 진행하던 예원은 꽤나 피곤하다는 생각에 휴대폰을 들었다.

"윤형 씨."

오후 4시 30분.

윤형이 뭘 하고 있었는지 모르겠지만, 그는 수화음이 세 번 울리기 전에 꼭 전화를 받았다. 회의 중이었으면 엄청 미안한데, 하는 생각도 잠시. 윤형의 부름에 예원은 정신을 차리고 대답했다.

-예원아?

"아, 미안. 혹시 오늘 늦어?"

-아니. 한 한 시간 뒤엔 나갈 수 있어.

그가 그 말을 하자마자 옆에 선 비서가 무어라 말하는 것 같았다. 제대로 들리지는 않고 웅웅 울리는 소리에 예원은 웃음을 터트렸다.

"나 피곤해."

-기다려. 데리러 갈게.

윤형이 시킨 대로, 예원은 착한 아이처럼 그의 말을 따랐다. 피곤하면 피곤하다고 전화할 것.

"응. 오면 전화해."

-알았어.

대답을 듣고 나서야 예원은 통화를 끝냈다. 책상 위에 놓인 기획안을 보다가, 졸음이 밀려와 몸을 일으켰다.

녹차도 카페인이 들어 있으니까, 우엉차를 한 잔 마셔야겠다고 생각하고 움직이던 예원은 막 갤러리 안에서 일어나는 작은 소동을 목도했다.

"제이 씨, 지금 저게 뭐예요?"

평소와 다름없는 갤러리는 고아한 어른들의 취향에 걸맞은 장소, 혹은 볼 거 없는데 돈만 많이 받는 자아소라는 편견을 획득한 곳답게 재미없는 전시가 한창이었다.

그러므로 소동을 부릴 일 같은 게 전혀 없다는 말이었다. 예원은 그게 이상해서 사무실 막내를 쳐다봤다.

"그게, 가끔 저런 분이 계세요. 보통은 저희끼리 해결했거든요."

"이유가 뭔데요? 저러는 이유가 있을 거잖아요."

"아……. 그게 말하기가 좀."

"말해봐요. 이유를 알아야 대처를 하죠."

예원의 채근에 제이는 그럼 말하겠다고 하고선 천천히 입을 열었다. 갤러리 입구나 다름없는 1층에서 벌어지는 소동에 들어오려던 관람객들이 모두 돌아나가는 모습을 보고 있던 예원은 어서 말해보라고 제이를 한 번 더 다그쳤다.

"저분이 성원그룹 사모님이거든요. 그런데 여기에 오실 때마다 친분 과시하시면서 그냥 입장하는 건 기본이고……. 말하려고 하면, 저희 관장님이 본인 이름으로 일 년 회원권 등록 아직도 안 했냐고 전화하셔서 타박하시고. 그것만 하면 어떻게 넘기겠는데 전시물에 손대는 것도 여러 번이라."

제이의 말을 다 들은 예원은 속으로만 생각하던 걸 겉으로 꺼내 놓았다.

"개 쓰레기 같은 인생을 참 잘도 가꾸고 싶었나 보네요."

예원은 이 시점에서 아이에게 조금 미안했다. 고운 말만 듣게 해주고 싶었는데, 오늘은 그게 좀 불가능할 것 같았다.

"관장님이 일 년 회원권은 뭐라고 하셨나요?"

"그런 적 없으시다구요."

"여사님께서는요."

"역시 언급 없으셨구요."

"그럼 해결하죠."

"하지만 성원그룹은……."

예원은 우물쭈물하는 제이에게로 몸을 돌리고선 입꼬리를 당겨 웃었다. 그 웃음이 어떤 의미인지 모르는 제이가 멍하니 예원을 바라보기만 하자 그녀는 즐거운 기색이 가득한 음성으로 제이에게 말했다.

"그러니까 제가 해결하는 거죠."

성원이 아무리 날고 긴다지만, 아무렴 해원보다는 아니었다. 이미 계산을 마친 예원은 여러 의미로 민폐 덩어리인 여자를 향해 걸어 내려갔다. 그 뒤로 안절부절못하면서 실장님 말려야 하는 거 아니냐는 제이의 음성이 듣기 좋게 들려왔다.

"안녕하세요."

가드들이 예원의 음성을 듣고 나서야 한창 입씨름, 몸씨름을 하던 걸 멈췄다.

"오. 관장은 어디 가고?"

"성원건설 진설미 여사님이시죠?"

"이제 말 좀 통할 거 같네. 내가 지 여사님하고, 여기 그…… 그 누구야. 신데렐라 된 해원 큰며느리. 그이하고 친해서 여기 일 년 권도 끊고 다니는데 나한테 이러면 억울하지."

"그 일 년권 저희 관장님께 연락해서 강제로 해달라고 하셨다면서요."

예원은 자신을 쳐다보는 당황한 시선에 더 웃음을 머금고는 말을 건넸다.

"그리고 보존해야 할 전시물들도 함부로 다루셨다고 들었는데, 맞나요?"

"원래 이런 전시는 손으로 느끼고, 어? 그렇게 하는 거라고. 뭣도 모르는 애들한테 갤러리를 맡기니 여기가 이 모양이지."

예원은 말도 안 되는 억지를 부리는 진 여사를 가만히 바라보다가 가드를 향해 말했다.

"여기 계시는 분 입구부터 못 들어오게 하세요. 앞으로 두 번 다시 들어오지 못합니다. 그동안 갤러리에 피해를 입히신 게 어디 한두 번이어야 저도 저희 어머님께 잘 이야기를 하죠. 여기 오지 않으시면, 오늘 일은 말하지 않을 수도 있는데…… 어떻게 하시겠어요?"

이런 유형의 사람들은 꼭 자신이 붙어 있고 싶어 하는 권력자 앞에선 설설 기는 법이었다. 예원은 백화점에서 이런 사람들을 많이 만나봤다. 그때에는 적당히 해달라는 대로 해주고, 정 해결이 안 되면 윗선으로 올라가게 하라고 저 자신도 그런 가이드를 내려줬었다.

하지만 굳이 그럴 필요가 없는 위치에 있으니 그걸 써먹는 건 무척이나 쉬웠다.

"어, 어머님?"

"네. 어머님이시거든요."

진 여사가 급히 숨을 들이켜더니 '그러든가!' 하면서 홱 몸을 틀어서 갤러리 밖으로 나가버렸다. 워낙 순식간이라 예원은 웃음이 났다.

"헐. 실장님, 저분 지금 그냥 가신 거예요? 진짜 안 오신대요?"

제이의 물음에 예원은 천천히 고개를 끄덕였다.

"여기 소금 없죠?"

예원의 물음에 제이가 잠시 멍하니 생각하다가 말고 웃음을 토해냈다. 갤러리가 울리도록 웃는 제이를 굳이 말리고 싶지 않았던 예원은 짜증 나는 숨을 뱉어냈다.

"정말 확 소금이라도 뿌리고 싶네요."

예원의 말에 제이가 거의 숨이 넘어갈 듯 웃으면서도 본인도 그렇게 하고 싶다고 답했다. 예원 역시 같은 생각이었다.

"예원아."

"어?"

그러는 그녀들 앞으로 익숙한 그림자가 덮쳐졌다. 예원은 그 익숙한 그림자에 언제 짜증이 났었냐는 듯 환하게 웃고는 윤형의 허리를 꽉 끌어안았다.

"끝났어?"

"응. 끝났어."

"가면서 뭐 먹을래? 피곤하다며. 음식 하지 말고 들어가다가 먹자."

그러자, 라고 대답한 예원은 이만 가보겠다고 제이에게 인사해주고는 윤형의 허리를 끌어안고 걸음을 옮겼다.

오늘 무슨 일이 있었는지, 내일은 또 무얼 하는지 이야기하면서 걷는 걸음이 무척이나 가벼웠다. 그런 예원의 이마 위로 입술을 내린 윤형의 입가 역시 잔뜩 풀어져 있었다.

익숙한 하루가, 그보다 익숙하게 지나가서 좋다고 그녀는 그렇게 생각했다.

"여기 괜찮지?"

오늘은 까다롭게 굴지 않는 아이 덕분에 예원은 과일 외에도 이것저것 먹을 수 있었다.

룸에 앉아서 그가 가져다주는 음식만 먹으려니 좀이 쑤셨지만 어쩔 수가 없었다.

직접 홀에 나가서 음식을 담아오면, 들어오는 내내 음식 냄새를 맡지 않으려고 숨을 참은 보람이 없었다.

그가 자신의 취향인 것들을 고루 먹이고 싶어서 뷔페에 데려왔다는 걸 알기 때문에 그녀는 조금이라도 더 먹고 싶었다.

"맛있어."

"다행이네, 요새 통 못 먹는 거 같아서 걱정했어."

"별걱정을 다 해. 나 잘 먹거든."

예원은 윤형이 왜 이렇게 자신을 걱정하는지 이유를 알고 있었다. 요 근래 집에만 들어가면 잠만 자는 저를 보는 걱정스러운 시선을 모르려야 모를 수가 없는 것이었다.

"그래도."

"뭐가 그래도야. 그러는 당신도 요새 바빠서 제대로 못 챙겨먹잖아. 내가 챙겨야 하는 건데……."

부엌 접근금지가 풀려야 말이지, 라고 말하는 예원을 본 윤형은 입꼬리를 당겨 웃으면서도 고개를 저었다.

"안 돼."

"진짜 고집 세."

"알고 있어. 그래도 안 돼."

"내가 뭐 맨날 부엌에서 사고나 치는 줄 아나……."

"맨날 사고 치는 건 아니지만, 덕분에 접시가 남아나지 않잖아."

윤형의 말이 사실이라 예원은 입술만 삐죽거렸다. 요새 너무 자신에게 빡빡하게 구는 것 같다고 몇 번이나 더 투덜거렸지만 먹히지 않았다.

된다는 말 대신 예원은 과일꼬치만 윤형에게 받을 수 있었다. 과일꼬치를 한 번, 윤형을 한 번 바라보던 예원은 청포도부터 한입씩 먹기 시작했다.

예원은 그렇게 과일을 받아먹으면서도, 언젠가 다시 한 번 더 시도해봐야겠다고 생각했다.

평소처럼 아침에 산딸기쨈을 바른 토스트 하나와 오렌지주스를 마시고서야 예원은 출근할 준비를 서둘렀다.

무언가 하는 게 이토록 좋은 일이라는 걸 쉬기 전엔 정말로 몰랐었다. 사실 그녀도 다른 평범한 직장인들이 꿈꾸는 휴식을 간절히 원했던 적도 있었다.

한 한 달만 휴가 낼 수 있으면 딱 한 달 동안 놀러다니고 싶다는 간절한 바람은 모두가 입을 모아 외치는 것이었다.

그녀 역시 비슷한 마음이었다. 현실로 겪기 전까지 그게 무척이나 좋을 거라고 생각했었으니까.

하지만 막상 아무것도 안 하고 놀기만 하는 생활을 결혼하고 나서 하게 되니 지루하고 이상했다.

예원은 갤러리로 가는 걸음을 더욱 서둘렀다. 막상 지 여사의 호출이 있으면 갤러리에 오지 못하지만, 그건 그것대로 괜찮았다.

지 여사가 할 일 없이 놀자고 며느리들을 부르는 사람은 아니었으니까.

그런 생각을 하면서 걸음을 서두르던 예원은 갤러리가 가까이 보이자 한숨을 내쉬었다. 매일 출근할 때마다 예원은 늦으면 어쩌나 하는 불안감을 안고 집에서 출발했다. 그러곤 갤러리에 다다르면 항상 안도하기를 반복하는 중이었다.

"어, 실장님!"

제이가 멀리서 걸음을 빨리하는 걸 보자, 예원은 반갑게 손을 흔들어줬다.

"실장님, 뚜벅이셨어요?"

"뚜벅이요?"

다가온 제이의 물음이 이해가 가지 않아서 되묻자 제이가 뭐가 그리 재미있는지 웃음을 터트리면서 입을 열었다.

그사이 어느새 그녀들은 갤러리 입구까지 다가간 상태였다.

"대중교통으로 뚜벅뚜벅."

"아. 뭐, 그럼 저도 뚜벅이 맞네요."

"저희는 항상 관장님이 기사 딸린 차로만 다니셔서 실장님도 그런 줄 알았거든요."

"관장님은 저랑 좀 다르시니까요."

예원은 미연을 떠올리다가 웃고 말았다. 미연은 어쩐지 지켜줘야 할 것 같은 묘한 이미지를 가진 사람이었다. 사람 자체가 여려 보인다고 해야 하나, 그런 분위기 때문에 지 여사가 항상 사람을 데리고 다니라고 하는 것 같기도 했다.

"어……?"

예원은 계단을 올라가다 말고, 묘한 탄식을 뱉어내는 제이를 향해 고개를 돌릴 수밖에 없었다.

"시, 실장님!"

제이가 거의 사색이 되어서 다급히 자신에게 다가오자 예원은 그때까지만 해도 그녀가 왜 그런지 알지 못했다.

"제이 씨, 왜 그래요? 아…… 오늘 기획전시 첫날인데 얼른 들어가요."

그녀가 와서 젊은 층도 올 만한 가벼운 전시를 해보자고 직원들을 볶아서 여는 기획전시가 오늘부터였다. 그동안 이것 때문에 고생하기도 했고, 새로운 분야기도 해서 사람들이 오는 걸 보면 뿌듯할 것 같은 생각에 걸음을 서두르려고 했다.

그런 예원을 제이가 다급히 붙들어 멈춰 세웠다.

"제이 씨?"

"아, 아니. 그러니까. 실장님, 괜찮으세요?"

괜찮냐니, 뭐가 괜찮냐고 하는 건지 알지 못하다가 문득 다리에서 느껴지는 섬뜩한 감각에 예원은 그대로 굳어버렸다.

"어……. 저."

"택시. 아니, 이……."

당황해서 말을 어떻게 해야 하는지 모르다가 예원은 겨우 생각과 마음을 다잡고 가방을 뒤적였다. 휴대폰 하나를 찾은 뒤에야 그녀는 가방이 바닥으로 떨어지든 말든 상관하지 않았다.

옆에서 제이가 팔을 붙들고 서 있어줘서 참 다행이라고 생각했다. 정말로 다행이라고 생각하면서 떨리는 손가락을 움직여 전화를 걸었다.

-예원아?

"어……?"

-전화를 걸었으면 말을 해줘야지. 출근은 잘 했어? 왜? 무슨 일이야?

윤형의 물음에 예원은 천천히 입을 열었다.

"윤형 씨, 나…… 병원 가야 할 거 같아."

-…….

무겁게 내려앉은 침묵이, 수화기 너머의 그를 보여주는 것 같아 예원은 서둘러 입을 열었다.

"하, 하혈을 해서……."

-기다려. 갈게. 거기 가만히 있어.

알겠다고 대답하기도 전에 윤형이 먼저 전화를 끊어버렸다. 그런 것에 서운해할 여력도 없었기에 예원은 그가 말한 대로 가만히 그 자리에 있기만 했다.

언제 오려나 생각해보던 그녀는 백화점이 갤러리와 그다지 멀지 않은 것을 기억해내고는 길을 바라봤다.

곧 올 것 같은데, 하는 마음을 가득 안고서 살짝 부른 배를 살살 어루만지기만 했다.

별일 없을 거다. 별일이 있을 리가 없다.

주문을 하듯 스스로에게 하는 말을 몇 번이나 하고 나니까 갤러리 입구 앞에 빠른 속도로 오는 차 한 대가 보였다.

그였다. 예원은 윤형이 보이는 안도감에 그제야 긴장으로 굳어 있던 몸을 풀 수가 있었다.

"제이 씨, 고마워요. 얼른 들어가보고…… 오늘 무슨 일 있으면 전화해요."

"최예원."

윤형의 서늘한 음성에 예원은 흠칫하면서도 제이를 서둘러 들여보냈다. 그렇게 하고 나서야 윤형이 건넨 손을 잡은 예원은 천천히 걸음을 내디뎠다.

계단을 내려가다가 그제야 가방 생각이 난 그녀는 뒤로 고개를 살짝 돌렸지만 그곳에는 가방이 보이지 않았다.

어떻게 된 일인지 궁금해하기도 전에 보조석 차 문을 열어준 윤형의 행동에 시트에 앉은 예원은 그제야 그의 손에 들려 있는 자신의 가방을 발견했다.

윤형이 챙겨줬구나 싶어서 예원은 가만히 앉아 있기만 했다.

"일단."

여전히 얼음장처럼 차가운 윤형의 음성이 낯설기만 했다. 예원은 무어라고 말해야 할 것 같아 입술만 달싹였다. 그런 예원을 본 윤형은 제 성질을 이기지 못한 듯 다소 거칠게 차를 몰았다.

"병원부터 가고 나서 얘기하자."

차 안에서 나눈 말은 그게 전부였기 때문에, 예원은 차마 뭐라고 더 말해보겠다며 입을 열 수가 없었다.

"배는 아팠어요?"

환자용 침대에 누운 예원은 배를 만지면서 촉진하는 의사의 말에 고개를 저었다.

"하혈은 언제부터였어요?"

"오늘 아침에 출근하다가요."

윤형은 옆에서 가만히 서 있기만 했다.

"심각한 건 아닌 거 같으니까. 입원 먼저 하죠."

"심각한 게 아닌데 입원…… 해요?"

"일단은 입원하고 경과가 나아지면 퇴원하세요. 하루면 될 거니까 걱정 마시구요. 임신 초기에 하혈 때문에 찾아오는 분들이 꽤 되세요. 그렇게 겁먹을 일 아니에요. 일단 배가 당기거나 아프지 않다고 하니 괜찮을 것 같네요."

의사의 말을 듣고 고개를 끄덕인 예원은 몸을 일으켜준 윤형을 빤히 바라봤다. 여전히 얼굴이 잔뜩 굳어 있는 윤형과 어떻게 대화를 해야 하나 고민하던 그녀는 서둘러 밖으로 데리고 나가는 그를 따라 걸음을 옮겼다.

"앉아 있어."

내가 다 알아서 하고 오겠다는 윤형의 말에, 예원은 병원 내에 있는 의자에 가만히 앉아 있었다. 그래도 윤형이 알아서 다 해주고 다니니 걱정이 되진 않았다.

병실에 들어서면 꼭 괜찮다고 말해줘야겠다는 생각을 하면서 병원을 휘휘 둘러보던 예원은 벽에 머리를 기대고 깜빡 잠에 들었다.

수속을 마치고 예원이 앉아 있는 의자로 돌아온 윤형은 그제야 안도의 한숨을 뱉어낼 수 있었다. 이젠 태평하게 자고 있는 예원을 어떻게 병실로 옮겨야 할까 싶던 그는 조심스럽게 예원의 머리를 팔로 받치고, 무릎 사이에 손을 넣어서 천천히 몸을 일으켰다.

작게 움직이는 예원의 움직임에 걷다 서기를 반복하고 나서야 윤형은 병실에 들어갈 수 있었다. 예원을 침대 위에 올려놓고 그는 그제야 휴대폰을 꺼내 볼 여유가 생겼다.

비서로부터 전화만 수십 통이 와 있었다. 윤형은 자신이 말도 안 하고 나왔다는 걸 그제야 깨닫고는 서둘러 통화 버튼을 눌렀다.

-대표님! 어떻게 되신 거예요?

"미안합니다."

-미팅은 당장 어떻게 할까요?

"아마 오늘 어려울 것 같은데요."

-그럼 내일로 미룰까요?

"삼 일 뒤부터 가능하겠습니까."

가능하겠냐는 물음이었지만, 비서는 삼 일 뒤부터 해야 한다는 걸 충분히 알아들었으리라. 윤형은 씁쓸해진 입맛을 다시면서 일정 정해지면 다시 알려달라고 이야기한 뒤에 전화를 끊었다.

휴대폰을 아무렇게나 던져놓은 그는 형수로부터 온 문자를 보고는 웃었다. 문자의 내용은 간결했다. 어머니가 걱정을 많이 하시고 있으니 병문안을 가겠다는 다소 형식적인 내용이었다.

자신이 사고가 났을 때에도 지 여사는 미연을 통해 병문안을 가겠다는 연락을 취했었다. 직접적으로 괜찮냐는 말 한마디 하지 않았던 사람이었다. 그런 사람인데, 예원에게 직접 연락해서 그런 말을 하리라고는 기대하지 않았다.

기대하지 않았지만, 그는 그래도 조금쯤은 달라질 수 있지 않을까 싶었던 마음이 그릇된 것임을 알아차렸다. 애초에 그런 기대를 한다는 것 자체가 말이 안 되는 일이었다.

그 순간 예원이 일어났다. 윤형은 더 이상 생각하지 않고, 그저 순순히 미연에게 병원 이름과 호실을 알려줬다.

"일어났어? 괜찮아?"

"어……?"

"그러게 뭐라고 했어. 힘들면 쉬라고 했지."

"아…… 아니. 나는 요 며칠 그냥 피곤하기만 했어서……."

"이 녀석 되게 튼튼한가 보다."

윤형이 예원의 두 눈에서 시선을 떼지 않으면서 손만 움직여 예원의 배를 문질렀다. 옷 위로 느껴지는 따뜻한 온기에 예원의 시선이 동그랗게 변했다.

"환자복 받아왔어. 갈아입는 거 도와줄까?"

"아냐. 혼자 할 수 있어."

"그럼 잠깐 혼자 있을래? 나 사무실 다시 들어가서 태블릿 PC라도 좀 가져와야 할 것 같은데."

"응. 다녀와. 나 정말 괜찮아. 가서 일 봐도 돼."

예원의 말에 윤형은 고개를 저었다. 안 그래도 불안한데 가서 일을 할 수 있을 리가 없었다.

"아냐. 와서 할 테니까, 잠깐 한 삼십 분만 혼자 있어."

"어? 어. 알았어. 대신에 아까처럼 운전하지 말고."

예원의 지적에 윤형은 웃었다. 웃으면서도 그 순간을 생각하면 온몸의 피가 차갑게 식는 느낌이었다. 회의에 들어가려고 한창 보고서와 서류들을 검토하던 중에 걸려온 뜻밖의 전화는 그의 기분을 즐겁게 했었다.

웃으면서 전화를 받던 그는, 이어진 예원의 말에 얼굴을 일그러트리고 말았었다.

"알았어. 그렇게 급한 일도 없는데, 뭐."

"나는 형님한테 연락 좀 하고 있을게."

이미 했다고 말해야 하나 고민하는 와중에 윤형은 휴대폰을 찾는 예원에게 그녀의 것을 건넸다. 그리고 나서야 병실을 나설 수 있었다.

올 때 예원이 좋아하는 고기와 샐러드를 좀 사와야겠다는 생각에 그는 다시 마음이 조급해졌다. 그걸 보여주기라도 하듯 걸음도 한참이나 빨라져 있었다.

윤형이 가고 난 뒤로도 조금씩 하혈을 하는 느낌이 들어서 예원은 간호사를 불렀다. 환자 침상 위에 있는 버튼만 누르면, 간호사가 금방 오니 부르는 건 어렵지 않았다.

환복을 하고 나서 의사가 한 번 더 확인을 했다. 배가 아프지 않아서 괜찮을 거라는, 정 걱정스러우면 내일 아침 일찍 진료를 다시보자는 이야기에 안도하고 나서야 그녀는 배를 살살 문지르면서 아이에게 말했다.

"얼마나 놀랐는 줄 알아?"

정말로 애가 잘못됐을까 봐 걱정으로 윤형에게 어떤 말이라도 해야 하는 걸 알면서 저도 덩달아 굳어지는 바람에 아무 말도 못하고 서 있었다.

괜찮다고, 아무 일 없을 거라고 말해주면서 안심시켰어야 하는데, 둘 다 너무 초보였다. 그러기엔 놀라고 불안했던 마음이 가득이었어서 서로를 배려하지 못했다.

"어, 동서."

미연이 문을 열고 들어오자마자 예원은 언제 걱정하고 있었냐는 듯 웃어 보였다.

"형님."

"앉아. 어머님은 곧 오실 거야. 여기보다야 해원의료원이 더 낫지 않겠냐고 하셔서 지금 동서 담당의 만나고 계실 거야."

"네?"

자신의 의사는 하나 상관없이 움직이는 지 여사의 행동에 예원은 크게 당황하고 말았다.

"사실 해원가 며느리인데, 당연히 해원의료원에서 치료를 받아야지."

"아, 그래도……."

"그리고 이왕 이렇게 된 거 좀 쉬라셨어."

"네?"

예원은 대화가 묘하게 어긋나 있는 느낌이라, 무슨 말인가 곰곰이 생각해보다가 지 여사가 막 문을 열고 들어오자 입을 열었다.

"저, 형님……. 아무 일 없어요. 의사 선생님이 초기 임산부한테서 가끔 이런 증상이 있을 수 있다고 하셨고, 경과 봐야 하니까 입원한 건데……. 오해하게 해서 죄송해요. 미리 말씀드렸어야 하는데."

미연이, 잠시 당황하면서 막 들어온 지 여사를 바라봤다.

"우린 네가 하혈했다길래."

"네. 괜찮습니다."

예원은 정말 괜찮다는 양 고개를 저어 보였다. 여기까지 저에게 연락도 없이 온 걸 보면 윤형에게 물은 모양인데, 그 외에 다른 건 물어보지 않았구나 싶었다.

어쩐지 너무 지 여사 같은 행동이었다.

다른 사람들이 보기엔 굉장히 좋은 시어머니이고, 어머니일 수 있었지만 딱 형식적인 것만 하는 사람이었다. 묘한 이질감이 어디서 오는지 예원은 알 수 있었다.

"정말로 괜찮아요. 뭐, 제대로 이야기 안 하면 오해할 수 있죠. 건강하다니까 너무 걱정 마세요."

"그래……."

지 여사의 시선이 제 배에 닿았다가 그제야 떨어졌다. 그렇게 떨어진 시선이 자신의 얼굴에 닿았다가 병실을 훑었다.

예원은 그제야 침대 헤드에 몸을 기대어 앉을 수 있었다. 미연과 지 여사는 당장 나갈 생각이 없는지 병실 내에 마련된 의자와 소파에 앉았다.

"마실 것도 없어서, 뭘 드릴 수가 없어서요."

"걱정 마라. 차 얻어 마시러 온 건 아니니."

그럼 왜 아직 남아 있는 건지 싶어서 머리를 갸웃거리던 예원은 문을 열고 다급하게 들어온 윤형을 보자마자 얼굴을 환하게 폈다.

"윤형 씨."

반가운 저와는 달리 윤형은 가져온 것들을 아무렇게나 내려놓더니 단번에 제 앞에 섰다.

"선생님이 그러시던데, 또 불렀다면서."

"아. 별거 아니고 계속 하는 느낌이 들어서."

"계속?"

놀란 윤형의 시선에 예원은 한숨을 내쉬고선 입을 열었다. 한쪽 무릎을 굽히고 앉아 있는 윤형의 팔을 토닥거리듯 쓰다듬었다.

"진짜 괜찮다고 하고 가셨다니까. 내가 불안해하니까 선생님이 내일 아침 일찍 다시 보자고 하셨어. 혹시 모르면 이따가 퇴근 전에 한 번 더 들르신다니까."

"그래?"

"응."

예원은 그를 달래고 나서야 미연과 지 여사에게 시선을 돌릴 수 있었다.

"오셨네요."

윤형은 처음 들어왔을 때부터 그들을 본 게 분명하지만 이제야 인사를 건넸다. 예원은 그가 그러는 정확한 이유를 알고 있으니 뭐라고 할 수 없어 가만히 있을 뿐이었다. 사실 그에게 뭐라고 할 만한 것도 없었다.

말하지 않아도 알아서 기본적인 것들을 너무 잘 챙겼으니까.

"그래."

"이렇게 빨리 오실 줄 몰라서 뭘 못 사왔는데⋯⋯."

"괜찮다. 저렇게 아픈 애를 갤러리에 더 나오라고 하는 것도 좀 그렇고."

지 여사의 기다림이 무엇 때문인지 안 예원은 윤형에게 선선히 고개를 끄덕였다. 사실 낙하산처럼 들어간 자리에 대해 크게 집착 은 없었다.

그래도 있는 동안 잘하고 싶어서 누구보다 열심히 일했을 뿐이 었다.

"그렇게 하세요. 안 그래도 이 사람 좀 더 쉬게 하고 싶었으니 까."

"그래. 그럼 이번 가족모임 날 잡히면 연락하라고 하마."

"네."

윤형의 대답을 들은 지 여사가 몸조리 잘 하라는 말을 남기고선 병실을 떠나자 예원은 말없이 윤형의 손을 마주 잡았다.

"나 배고파."

예원은 그의 주의를 돌릴 겸, 어색해진 병실 안 공기도 환기시 킬 겸 다른 말을 꺼냈다. 다행히도 그게 효과가 있었는지 윤형은 더 이상 인상을 찡그리지 않았다.

태교 서적을 보다가, 심심해지면 영화를 봤다. 영화를 보다가 더 무료해지면 무거운 몸을 일으켜 집 주위의 공원을 산책하고 장을 봐서 돌아왔다.

예원의 일상이 바뀌게 된 지는 꽤 오랜 시간이 흘렀다. 그동안 일하지 않으니 불안했던 마음은 많이 사라진 상태였다. 그리고 정 불안하거나 일을 하고 싶으면 하혈을 해서 다급하게 병원에 입원했던 기억을 상기시켰다.

별거 아니라고, 괜찮다고 의사가 말했지만 만에 하나라는 것이 있으니 예원은 조심하고 싶었다.

너무 조심성 없이 다녀서 그런 것 같은 기분에 예원은 그때만 생각하면 늘 등골이 서늘했다. 그리고 늘 아이에게 미안했다.

너무 나만 생각한 이기적인 마음으로 돌아다녔었던 것 같아서, 요즘의 예원은 아이가 좋아할 만한 것들 위주로 생활했다. 태교도 그래서 하기 시작한 것이었다.

예원은 그렇게 천천히 산책을 마치고 나서 저녁거리를 몇 가지 사서 집으로 돌아왔다. 돌아와서 시간을 보니 윤형이 퇴근할 시간이 거의 다 되어갔다.

예원은 서둘러 온 집 안을 종종걸음 치며 치우고 정리하기 시작했다.

"나 왔어."

거의 다 정리하고, 부엌에 들어가서 찬거리들을 꺼낼 무렵 윤형의 음성이 들렸다.

"왔어?"

예원은 어느새 자신의 옆으로 온 윤형의 옆모습을 보다가 손을 내밀었다. 그게 무슨 의미인지 파악한 윤형이 식탁 위에 있던 식재료들을 예원에게 건네면서 말을 이어갔다.

"내일 정말 혼자 가도 괜찮겠어?"

"당연하지. 아버님이 차 보내신다는 거 겨우 말렸잖아."

"왜, 타고 가지."

"싫어. 부담스러워. 택시 타도 거기까지 잘 가는데, 뭐. 그리고 나는 아직 적응도 안 되고."

세상에 기사가 몰아주는 차라니, 적응이 안 되고도 남는다. 예원은 그것만큼은 절대 양보 못 한다면서 완강하게 굴었다. 그걸 알기에 윤형은 다른 이야기를 꺼냈다.

"다음에 산부인과 갈 때 같이 가자."

"이제 정말 혼자 다녀도 괜찮다니까. 그러다가 미진 씨가 나 엄청 미워할 거 같아."

이제 비서실장이 되었다는 미진이 저를 무진 미워하지 않을까 생각하면서도 웃는 예원이었다.

"뭐 어때. 이제 내가 대표인데."

"그러니까. 나랑 애 먹여 살리려면 엄청 열심히 해야지."

"열심히 하면, 애 동생 만들어도 돼?"

봉긋이 부른 배를 내려다보는 윤형의 시선에 예원은 한숨을 삼켰다.

"안 돼."

왜 안 되냐는 항의 섞인 시선에 예원은 웃음이 터질 지경이었다.

"당연히 안 되는 거지. 나 다시 출근하려고."

"출근?"

"응. 기혼자라 재취업이 쉽지는 않겠지만 다시 하려고."

포기하지 않는 예원의 말에 이번엔 윤형이 안 된다고 반발했다. 예원은 그런 윤형을 보면서 입술을 달싹였다.

"그럼 누가 먼저 하나 해볼까?"

예원의 장난스러운 제안에 윤형의 미간이 잔뜩 찌푸려졌다. 예원은 그런 윤형의 미간을 손가락으로 꾹꾹 누르면서 웃음을 터트렸다.

에필로그 1

　윤형은 아침에 눈을 뜨자마자 예원이 옆에 있어서 놀랐다. 며칠 전에 결혼한 신혼부부라는 사실을 종종 까먹고, 지금처럼 놀라는 일이 잦았다.

　"와. 심장."

　자신의 옆에 누워 있는 최예원이라니, 윤형은 심장을 부여잡고 그대로 얼어 있다가 돌연 모로 누웠다. 새근거리면서 자고 있는 예원을 지켜보는 건 며칠 전부터 생긴 그의 또 다른 취미 생활 중 하나였다.

　"자는 것도 예쁘네."

　그는 자신이 뱉어놓고도 믿기지 않는 얼굴을 하고 있었다. 대략 삼 년 전의 자신이라면 이런 말을 하리라고 상상도 못 했을 때였으니까.

예원을 꼬시려고 별별 행동을 다 했었다고 해도 진심이 없었다면 나오지 않을 소리였다. 특히 진심에 없는 말을 못하는 그는 남 듣기 좋은 소리 역시 못했다.

그런 그가, 그녀에 대해선 뭘 해도, 어떤 걸 해도 예뻐 보여서 큰일이었다. 결혼하면 좀 나아질 줄 알았는데 여전히 예원이 가장 좋았다.

윤형은 그렇게 예원을 보고, 예원의 얼굴을 조심스럽게 어루만지다 몸을 일으켰다. 조용히 침실을 나선 그는 예원이 접근할 수 없는 구역으로 지정한 부엌으로 걸음을 옮겼다.

오늘 아침은 또 뭘 해서 먹어야 하나 고민하던 그는 간단한 걸 해먹는 게 좋겠다 싶었다.

예원이 일어나기 전까지 서둘러 움직이면, 스크램블하고 샐러드 정도는 내어놓을 수 있을 것 같았다. 아침은 간단히 먹고 점심 때 예원과 함께 밖에서 식사를 하는 것도 좋겠다는 생각이 그의 머릿속을 스쳤다.

잠깐 스친 생각이지만 정말로 그러면 좋겠다고 생각한 그는 이내 웃고 말았다.

회사 점심시간이 한 시간이었지만, 신혼이니까. 그래, 신혼이니까 한 한 시간 정도의 여유는 비서도 이해해줄 거라고 생각했다.

"우와."

예원의 감탄사를 들은 윤형은 뿌듯한 마음을 감출 수가 없었다.

"겨우 이거 가지고, 뭘."

"그래도……. 나는 자고 있었는데……."

오늘은 꼭 아침을 차려주고 싶었는데, 같은 말을 중얼거리는 예원에게 그는 진지하게 말해볼까 고민했다. 아침에 앞치마만 입고 있는 간편하고 효율적인 방법도 있다고 말해줄까, 진지했다.

"근데 이거 먹고 괜찮겠어?"

그런 상상의 나래에서 윤형을 건져낸 건 예원이었다. 그는 예원의 음성에 미리 준비해놓은 이야기를 꺼내들었다.

"좀 그렇지?"

"가다가 뭐라도 더 사먹는 게 어때?"

"차라리 그러지 말고 이따가 백화점으로 오지 않을래?"

윤형의 말에 예원의 시선이 그에게 닿았다. 방울토마토를 포크로 찍으려고 노력하다가 저를 올려다보는 시선이란.

그 동그란 시선에 윤형은 서둘러 웃음을 삼키고는 입을 열었다.

"둘 다 간단하게 먹었으니까 밖에서 먹어도 좋잖아."

"그렇긴 한데……."

"직원들 때문에 그래? 괜찮아. 별 신경들 안 쓸 거야. 다들 바빠서 그럴 여력이나 있겠어?"

윤형이 본격적으로 예원을 살살 꼬시기 시작했다.

"하지만 그래도 되나 싶은데……."

"점심은 다른 데서 먹을 건데?"

"어디? 생각해놓은 데 있어?"

"아직 정하지는 않았는데, 아침을 가볍게 먹었으니까 점심은 든

든하게 먹어야지."

예원의 물음에 윤형은 고개를 한 번 끄덕였다. 생각해놓은 데야 많지만, 일단은 든든히 먹이고 싶으니 한정식이나 중식이 어떨까 생각하고 있던 중이었다.

"나 요새 살 붙은 거 같아. 난 그럼 저녁은 가볍게 먹을래."

점심을 든든하게 먹자니까 한다는 소리가 살이라니, 윤형은 예원의 작은 머릿속에서 벌어지는 생각들이 무척이나 궁금했다.

하지만 이 기회를 그냥 넘어갈 수가 없어서 그가 한마디 거들고 나섰다.

"내가 좋은 운동 아는데."

"야!"

예원이 얼굴이 벌겋게 달아올라서 그에게 소리를 내질렀다. 윤형은 그런 예원의 입에 방울토마토를 쏙 집어넣어줬다.

부끄러움에 얼굴을 붉히며 소리를 질러놓고 자신이 준 방울토마토를 맛있게 먹는 예원의 모습에 윤형은 순간 음식 먹여주기도 괜찮겠다 싶었다.

다음에 꼭 해봐야겠다고 생각하고선 그는 출근을 위해 몸을 일으켰다. 실로 아쉬움이 뚝뚝 묻어나는 걸음이었다.

예원의 음성이 들리는 것 같다는 생각에 윤형은 문을 아주 살짝 열어봤다. 예원의 것으로 보이는 구두코가 보이자 그는 더 이상 문을 열지 않고 가만히 있었다.

밖에선 그가 문을 열었다는 걸 모를 정도로, 아주 미미하게 연

상태였다. 소리만 슬쩍 들을 수 있을 정도로 열린 문 사이로 소리가 들려왔다.

"오, 예원 씨!"

"미진 씨 잘 지냈어요? 요새 많이 바쁘죠?"

예원이 반갑게 인사를 건네면서 웃고 있었다. 윤형은 그 소리를 들으니 예전 생각이 나 웃음이 났다.

"바쁘긴요 뭐. 똑같죠. 대표님하고 오늘 점심 약속 있으시다면서요."

"네. 오늘 점심에 꼭 같이 먹자고 해서……."

예원은 본인이 말하고도 쑥스러운지 말끝을 어물거리면서 흐트렸다. 윤형은 예원이 분명 시선을 어디에다 둬야 하나 고민하면서 말꼬리를 흐트렸을 것이라고 상상했다.

분명 그렇게 하고 있겠지 싶어, 윤형은 예원이 눈앞에 서 있기라도 하는 양 선명하게 보였다.

"오늘 대표님이 2시까지는 전화 사절이라고 하셨는데 알고 있어요?"

"네?"

"또 혼자 그러셨구나."

미진이 키득거리는 소리에 윤형은 비서가 꽤나 한가하다는 매우 본인 중심의 사고를 펼치기 시작했다. 예원에게 쓸데없는 소리를 하고 있다는 것이 그 이유였다.

일거리를 더 얹어줘야 하나 고민하는 그의 귓가로 예원의 낭랑한 음성이 내려앉았다.

"미진 씨가 고생이 많아서 어떻게 해요."

예원이 저를 감싸는 게 아니라 비서인 미진을 토닥거려주는 듯한 말을 하자 윤형은 순간 서운했다. 그래도 요즘 그는 해원백화점을 해원그룹과 상관없는 별개의 사업체로 돌리면서 눈코 뜰 새 없이 바삐 생활했다.

예원도 그걸 안다고 생각했는데, 아니었나. 잠시 고심하지 않을 수 없었다.

"그래도 자상하게 잘 챙겨주죠?"

미진이 차마 대답을 못 하는 건지, 예원의 물음이 너무도 뜻밖이었던 건지 곧장 소리가 이어지지 않았다. 윤형은 예원의 음성에 결국 소리 내어 조용히 웃었다.

그가 다정하게, 자상하게 행동하는 건 예원에게만 한정되어 있다는 걸 그녀만 알지 못했다.

"그, 그럼요. 자, 잘해주시죠."

미진이 무척 떨떠름하게 대답하는 소리를 들은 윤형은 결국 웃음이 가득한 입 안을 어쩌지 못했다.

"저 이제 들어가볼게요. 미진 씨도 식사 맛있게 하세요."

예원이 인사를 하자, 윤형은 서둘러 자리로 돌아갔다. 아무렇지 않은 척 서류를 정리하고, 예원이 들어오기를 기다리며 차 키를 챙겼다.

지갑은 재킷에 있으니까 따로 챙길 필요는 없고, 그는 어디로 가야 하나 여전히 고민이었다.

그렇게 기다리던 예원이 12시인 회사 점심시간에 맞춰 대표이 사실 문을 열고 들어오는 걸 보자마자 윤형은 기분이 좋아졌다. 그래도 너무 티 내는 것 같아서 자제하려고 입꼬리를 잔뜩 끌어내리고 있으니 예원이 코앞까지 다가왔다.

"오늘 회의가 별로였어?"

"어?"

"아니……. 얼굴 찡그리고 있길래."

"아…….."

이번엔 너무 티 나게 인상을 쓴 건가 싶어서 표정을 조금이라도 풀어야겠다고 생각한 그는 이내 입술에 닿은 온기에 재킷을 들고 일어서다 말고 멈췄다.

그대로 굳어버려 두 눈만 깜빡거렸다. 방금 뭐가 지나간 거 같은데 싶어서 머리를 빨리 회전하려고 해도 잘 되지 않았다.

"그, 바, 밥 먹으러 가자!"

예원이 버벅거리면서 앞서 걸어가려고 하자마자 윤형은 두어 걸음을 서둘러 걸어 예원의 손목을 붙들었다.

"방금 뭐 한 거야?"

"어?"

"방금."

"그, 그런 걸 왜 물어."

볼을 붉히면서 시선을 피하는 예원의 모습에 윤형은 이젠 웃음을 막고 싶어도 막을 수가 없었다. 애초에 자제해보려던 게 말이 안 되는 상황이었다고 그는 스스로를 납득시키고 말았다.

"와. 진짜, 어떻게 이렇게……."

윤형은 얼른 가기나 하자고 팔을 당기는 예원을 도로 사무실 안으로 데리고 들어가서, 문을 닫고 나서야 예원의 말캉한 입술을 훔칠 수 있었다.

　입을 열어주지 않는 예원을 달래듯 살살 등허리를 어루만지자, 천천히 벌어지는 입술 사이로 예원의 입 안을 침범했다.

　윤형은 조금 전 순간 회사라는 것도 잊고 예원을 안고 싶은 마음이 가득했었다. 그걸 누른 저를 잘했다고 예원이 칭찬해줬으면 좋겠다는 생각이 윤형의 머릿속을 채워갔다.

　그와는 별개로 몸은 여전히 예원에게 반응하고 있었다. 이건 아까 예원이 입술에 뽀뽀를 하고 나서부터였으니까 자신의 잘못이라고 보기는 어려운 일이었다.

　한참이나 예원의 입술을, 입술에서 목덜미를 핥고 빨던 윤형은 더운 숨을 뱉어내면서도 예원의 몸에서 떨어질 줄을 몰랐다.

　"조, 좀 떨어지지?"

　"밥 먹지 말까?"

　윤형은 진지했지만 예원은 웃음으로 일관했다. 결국 밥을 먹으러 가야겠다는 생각에 침울하기 그지없었다. 하지만 오늘 아침이 부실했던 건 그도 인정하는 바였다.

　"그럼 나 이따가 하고 싶은 거 다 해도 돼?"

　열기를 가득 담은 윤형의 물음에, 예원은 시선을 피하면서도 개미만 한 소리로 '으…… 응'이라고 대답했다. 그런 예원의 모습이 이젠 익숙한 윤형은 예원을 꽉 끌어안고 웃음을 터트렸다.

　이렇게 쑥스러워하는 예원을 온전히 저만 알고 있다는 사실이 윤형의 기분을 더 즐겁게 만들었다. 예원을 품에 안고 즐거운 기분을 맛보던 그는 메뉴를 다시 선정하기에 이르렀다.

오늘 점심은 무조건 일식. 그것도 무조건 장어덮밥이어야 한다고 그는 다짐에 다짐을 했다.

집에 오자마자 윤형은 예원의 입에 이것저것 먹을 것을 물려주더니 결국 이른 시간부터 침실로 끌고 들어갔다.

"영화 보자."

"영화? 근데 왜 거실에서 안 보고?"

"원래 침대에서 보면 더 편하게 볼 수 있어."

진짜냐는 그 시선에 윤형은 묘한 구석에서 순진한 예원을 속이기에 여념이 없었다. 결국 윤형의 말에 한 치의 의심도 하지 않은 예원은 윤형의 옆에 자연스럽게 누웠다.

영화를 보다가, 윤형은 예원의 얼굴을 빤히 쳐다보기를 반복했다. 사실 그가 노트북에 가져와서 지금 그의 무릎을 차지하고 있는 영화는 그의 취향이 아니었기 때문이었다.

워낙 급하게 받은 영화라 취향을 따질 새가 없었다.

영화를 얼마나 봤을까, 윤형은 곧장 본심을 드러냈다. 윤형은 슬슬 예원의 허리를 감은 손을 움직였다. 사실 점심부터 너무 예뻤는데, 그래서 하고 싶었는데 이만큼 참은 건 진짜 대단한 거라고 스스로를 칭찬하고 싶은 심정이었다.

말캉한 살이, 적당한 온기로 손에 착 감기자 윤형은 아무렇지 않은 척 예원의 등허리는 물론이고 옆구리를 살살 쓸었다.

"윤형 씨?"

예원의 부름에 윤형은 무슨 일이냐는 듯 예원을 보다가 미리부터 준비했었던 말을 꺼냈다.

"영화 재미없지?"

"어? 아……. 나는 그런 게 아니라. 손 뭐야?"

"그래, 영화 재미없다. 우리 재미있는 거 하자."

윤형은 그 순간 그 누구보다 가장 빠르게 움직였다. 노트북은 침대 옆 협탁에 올리고, 예원이 입고 있는 잠옷 단추를 풀러내면서도 그는 예원의 입술을 물고 놓지를 않았다.

키스를 받는 와중에도 예원은 놀라서 두 눈을 깜빡이며 그를 바라보고 있었다. 윤형은 그런 예원의 모습에 웃음을 삼켰었다.

점심때 그렇게 말했는데 예원은 자신에게 경계가 없어도 너무 없었다. 하긴 경계를 하면 그건 그것대로 기분이 좋지 않을 것이 뻔했다.

신혼인데 경계라니, 그 경계를 없애겠다고 또 갖은 노력을 들이는 재미도 있겠지만 예원의 몸을 지금처럼 조물거리는 것이 그는 훨씬 더 좋았다.

"하…… 으……."

예원의 입에서 달뜬 소리가 들리자 윤형은 어딘지 모르게 칭찬받는 어린아이가 된 심정이었다. 저만 좋아하고 있는 게 아니구나 확인받는 기분이기도 해, 윤형은 더 열심히 몸을 움직였다.

살이 맞닿는 소리가 귓가를 어지럽히는 것보다 예원의 소리가 귓가에 닿으면 그는 더 기꺼웠다.

"조, 좀……."

예원이 겨우 입을 떼서 말하자마자 윤형은 다시 예원의 입술을 찾아 머금었다. 달뜬 그 소리를, 더운 그 숨결이 굉장히 맛있는 디저트라도 되는 양 행동했다.

한 손으로 예원의 허리를 단단히 받치고, 다른 한 손으로 침대를 짚고 앉은 그의 위에는 예원이 있었다. 윤형은 그것만으로도 벌써 몇 번이나 갈 것 같은 기분이었다.

시각적인 자극에 윤형은 정신을 차릴 수가 없었다. 하지만 그 기분이 너무 좋아서 그는 예원의 입술에서 다시 가슴으로 입술을 내렸다.

예원이 허리를 비틀면서 자세를 다시 바꾸려고 했지만 윤형은 이젠 침대 헤드에 등을 기대고 앉아 예원의 허리를 단단히 붙들었다.

온전히 제 사람이 된, 여자다.

윤형의 머릿속엔 매 순간 똑같은 생각이 돌았다. 이렇게 예쁜 사람이 제 아내고, 제 가족인 사람이었다. 윤형에게 제 사람이라는 건 어떤 약보다도 더 효과가 좋았다.

"하…… 아……."

예원의 입에서 나오는 소리를 들으면서 윤형은 시선을 들었다. 거기엔 예원이 고개를 젖히고 잔뜩 상기된 얼굴로 더운 숨만 뱉어내고 있었다.

그는 순간 겉으로 나올 뻔한 거친 욕설을 집어삼키면서 봉긋한 젖가슴을 물고 핥다가 예원의 배를 음미하듯 물었다.

윤형은 그렇게 하고 나서야 예원을 침대 위에 눕혀야겠다고 생각했다. 이 이상 힘들게 하면 정말로 한 일주일간 손도 못 대게 하지 않을까 걱정스러워졌기 때문이었다.

뭐든 적당한 게 좋다고 생각하면서 그는 허리를 서둘러 움직였다. 자신의 허리에 닿은 예원의 발이 그 순간 더 꽉 조여오는 느낌에 윤형은 한 번 더 해도 괜찮지 않을까 생각했다.

윤형이 다시 예원의 온몸에 짧은 키스를 퍼부어대자 예원이 간지러운 듯 몸을 움찔거렸다. 손을 휘휘 저으면서, 윤형을 밀어내려고 했지만 그다지 효과는 없었다.

오히려 윤형을 더 부추긴 꼴이 되어, 이젠 예원의 다리를 들고 허벅지를 물고 핥기를 반복하고 있었다. 세게 물었다가 핥으면서 그는 묘한 만족감을 얻었다.

그런 스스로가 무척이나 신기하면서도, 원래 자신에게 페티시가 있었나 싶을 정도였다.

허벅지에서 종아리, 종아리에서 발가락 하나하나를 다 물고 핥자 예원이 버둥거렸다.

"더럽게…… 발, 발이잖아."

"왜, 아까 나랑 씻었잖아."

윤형은 예원의 몸을 모조리 다 삼켜도 부족한데 뭐가 더럽다는 소리인지 이해를 할 수가 없었다. 그리고 이렇게 하면 예원이 부끄러워서 시선을 돌리는 것이 꽤나 좋았기 때문에 그는 그만둘 생각이 전혀 없었다.

결국 이번에도 예원이 포기하자마자 윤형은 서둘러 예원의 안으로 잔뜩 아우성을 내는 그의 것을 단번에 밀어 넣었다.

한 번 몸을 섞은 뒤라서 예원의 안으로 들어가는 건 힘들지 않았다. 다행이라고 생각하면서도 그는 여전히 힘들어하는 예원의 허리를 마사지하듯 만져줬다.

그러자마자 앓는 소리를 잔뜩 흘리는 예원의 입술과 표정에 윤형은 다시 놓으려는 이성의 끈을 겨우 붙든 채였다.

숨이라도 고르고 움직여야 할 것 같았다. 그도 이유였지만 일단은 예원이 적응할 시간을 주기 위해서였다.

누워 있는 예원을 다시 제 위로 앉히고 싶은 마음이 굴뚝같았지만 그랬다가는 내일 아침에 정말 원망의 눈초리를 받게 될 수도 있었다.

윤형은 제 것을 물고 있는 예원의 아래를 보자마자 머리까지 피가 확 쏠리는 느낌이 들었다. 결혼하고 신혼여행도 다녀왔고, 첫날 밤을 보낸 지도 꽤 지났지만 늘 함께 잘 때마다 처음처럼 갈증이 났다.

애가 생기면 이 갈증도 옅어지나…….

그는 어이없는 생각을 꽤나 진지하게 하고는 천천히 몸을 움직였다. 그녀의 다리를 자신의 어깨 위에 걸치게 하고 안을 짓이기듯 움직였다.

살과 살이 부딪히는 외설스러운 소리만이 가득한 방 안에서 다시 찾아온 절정에 예원과 윤형의 옅은 음성이 한데 섞여들었다.

윤형은 다시 한 번 더 할 수 있으려나 하는 생각을 하면서 예원의 안에 파정하고 물러났다. 하지만 가물가물하면서 잠에 취하는 예원을 마주하자마자 그럴 수 없겠다고 생각했다.

윤형은 예원이 피곤해하는 모습에 자신이 너무 피곤하게 만들었구나 하는 생각에 아주 조금 죄책감이 일었다. 하지만 순간 죄책감을 지운 그는 자신에게 안겨드는 예원의 행동에 다시 생각했다.

내일은 더 기운이 나는 음식을 먹게 해야겠다. 오늘도 이미 몇 번이나 해놓고도 마음에 차지 않는다고 혼자 속으로 툴툴거린 그는 내일 집으로 테이크아웃할 수 있는 음식 몇 개를 벌써 생각한 뒤였다.

어쨌거나 신혼은 좋다는 생각이 윤형의 머릿속에서 떠나지 않고 있었다.

에필로그 2

윤형은 조식을 먹으면서, 따로 오더를 넣은 주스와 샌드위치가 나오자마자 미련 없이 몸을 일으켰다. 바에서 술에 취한 여자를 고이 룸에 모셔줬더니 저를 버리고 홀랑 도망간 여자를 위해 준비한 아침.

윤형은 자신이 여자에게 마음을 많이 주고 있음을 깨달았다. 남자친구가 없음은 술 취한 상태에서 들었지만 조만간 맨 정신의 여자에게서 제대로 듣고 싶었다.

저를 보고도 저인 줄 모르는 여자를 어떻게 꼬셔야 하나 고민하는 그의 머릿속은 요즘 끊임없이 생각하고 있었다.

어떻게 해야 여자가 먼저 자신에게 말을 걸어오려나.

어떻게 해야 여자가 먼저 의문을 품고 한 번쯤 제가 그 남자라고 생각해보려나.

투명한 쇼핑백에 담긴 내용물을 확인한 윤형은 여자가 출근하기 전에 먼저 도착해서 자리에 올려주려고 서두른 참이었다.

막 그 미션을 성공하고 빠져나가려던 윤형은 의외의 인물을 마주했다. 예원과 함께 일하는 팀원을 마주한 것이었다.

"어……. 거기…… 차, 차장님 자리인데요."

서 있는 위치에 적힌 이름을 본 윤형은 빙긋이 웃으며 여상하게 말을 건넸다.

"희재 씨, 좋은 아침입니다."

"네? 네!"

"여긴 예원 씨 자리겠죠?"

"네? 그, 그렇죠."

"그러니까, 비밀입니다."

윤형이 특별히 '비밀'이라는 단어를 강조해서 뱉어냈다. 이쯤하면 희재도 알아들었으리라 생각한 그는 예원이 오기 전에 서둘러 사장실로 올라갔다.

가능하면 자신이 준 걸 먹는 것까지 보면 좋겠지만 아직 그런 사이는 아니니까. 윤형은 그러니까 참고 올라가야겠다고 생각했다.

희재가 그런 윤형의 모습을 다시 보게 되는 건 그리 오래지 않아서였다. 바로 다음 날 희재는 어제 같은 일이 설마 또 일어나겠냐는 생각에 자신의 자리로 향하는 가벼운 발걸음을 옮겼다.

그러다 문득 익숙한 인영을 보고 저절로 걸음을 멈추고 말았다. 맙소사, 또 사장님이라니.

"오늘도 일찍 왔네요?"

게다가 친하게 말도 건다. 이게 꿈이 아니고서는 일어날 리 없는 일이라고, 희재는 그렇게 믿고 싶었다.

"예원 씨한테 말했습니까?"

윤형의 물음에 희재는 고개를 저었다. 자신의 얼굴은 지금 하얗게 질려서 괴상할 것이라고 생각하면서도 그녀는 안색을 풀 수가 없었다.

"잘했네요. 앞으로도 그러면 됩니다."

"그, 그…… 사장님, 하지만 차장님이 물어보시는데……."

희재는 예원에게 거짓말하기도 싫고, 연기를 하면서 속이는 것도 싫었다.

"희재 씨 게임 해봤어요?"

"네?"

"게임을 할 때면 제일 재미있는 순간이 상대가 나한테 오도록 덫을 놓는 거예요."

덫? 웬 덫?

희재의 머릿속에 알 수 없는 물음들이 가득이었다. 윤형의 말을 이해할 수 없다는 기운을 온몸으로 뿜어내는 통에 그가 모르려야 모를 수 없는 정도였다.

"나는 지금 예원 씨가 직접 나한테 오기를 바라는 거라서 말입니다."

"아……."

"그러니, 누군가가 방해한다면 기분이 좋을까 생각 한번 해보는 시간을 권하죠."

윤형의 권유에 희재는 속으로 새끼 강아지를 좀 더 직설적으로 몇 번이나 뱉어냈다.

"예원 씨가 물어본다고 알려준다든가, 공연히 생각해서 말해준다든가 하는 행동은 좀 자제해달라고 부탁하는 겁니다. 뭐, 부탁을 안 들어주면 어쩔 수 없겠지만."

웃는 윤형의 얼굴에 떠오른 경고를 읽지 못하면 사람이 아닐 거라고 희재는 그 순간 생각했다.

정말로 저 남자는 성격이 거지같다고 떠도는 소문이 진실이었다. 예원의 앞에서는 그렇게 순한 강아지 같다던데…….

희재는 그 순간 혼신의 힘을 다해 어색하게나마 웃고는 입을 열었다.

"무, 물론 말은 안 하죠. 그냥 양심이 좀 찔려서요. 그래서 여쭤본 거예요."

"압니다. 희재 씨가 그렇게 매정한 사람이 아니라고 생각했는데, 다행이네요."

안다고 말하면서도 매정한 사람 운운하는 윤형의 말에 희재는 거의 뒤로 넘어가기 직전이었다. 그럼 매정하게 싫다고 했으면 저도 괴롭힘을 당했을 것이 분명했다.

생각만 해도 끔찍했기 때문에 희재는 앞으로도 쭉, 사장이 원하는 대로 비밀에 부쳐야겠다고 생각했다.

사장실에 들어갔다가 나온 예원이 이상하다면서 연신 고개를 갸웃거리자 미진은 묻지 않을 수 없었다.

"무슨 일 있어요? 사장님이 뭐래요?"

"아, 아니에요. 좀 어디서 봤나 싶은데……. 설마 아니겠지."

"네?"

"맞다, 미진 씨. 그보다는 혹시 소개팅 안 할래요? 나는 당장 별생각이 없는데 친구가 괜찮은 사람 있다고 해서."

소개팅! 미진의 시선이 최근 들어 가장 눈부시게 빛났다.

"좋죠! 안 그래도 요새 2D 남친이라도 만들어야 하나 고민스러웠는데."

"2D 남친?"

"2D 남친이 얼마나 좋은데요. 근데 이왕이면 실물이 더 좋긴 하죠. 그래서 뭐 하는 사람이에요?"

"친구네 회사 다니는 사람인데, 친구는 명호기획에 다니고 있고."

광고 만드는 사람이구나 싶어서 고개를 연신 끄덕이던 미진은 순간 열리는 사장실 문에 행동과 말을 멈췄다.

"어……. 나 이만 가볼게요. 미진 씨, 자세한 건 이따가 메신저 할게요."

사장이 나오려고 하자마자 서둘러 엘리베이터 쪽으로 달아난 예원을 황망히 좇던 미진의 시선은 자신의 앞에 서 있는 윤형에게로 돌아올 수밖에 없었다.

"그……. 필요하신 게 있으시면 부르시면 되는데요."

"그보다 최 차장이 소개해주는 소개팅을 하나 봐요?"

"네? 네……."

내 소개팅에 네가 뭐 보태준 거 있냐는 억울한 심정을 꾹 억누른 미진은 얼른 들어가라고 기도했다.

"그러니까, 최 차장이 본인이 나가지 못하니까 주위에 적당한 사람을 물색하는데 마침 친한 사람한테 말한 거고?"

"뭐…… 그렇겠죠?"

미진은 이제 사장이 뭘 하려는지 몰라서 진땀이 나고 있었다. 그런 미진을 본, 윤형은 더 웃으면서 미진을 압박했다.

"그러니까 최 차장하고 친한가 봐요?"

"그, 뭐…… 적당히 친한 편이죠."

"잘됐네요. 가끔 여기 불러서 놀아요."

"네…… 에?"

놀라서 뒤로 넘어갈 것 같은 얼굴을 한 미진의 행동에 윤형은 웃음을 터트렸다.

"곤란한 부탁 아니잖아요. 내가 미진 씨한테 최 차장을 나한테 넘기라는 것도 아니고."

누가 봐도 흑심이 가득한 윤형의 말투에 미진은 잔뜩 경계하고 있었다.

"그냥 자주 마주칠 궁리를 좀 해봤는데."

"그, 그 궁리를 왜 하시는데요."

"최 차장한테도 못 한 소리를 미진 씨한테 할 수는 없고……. 본격적으로 꼬셔볼까 싶어서 그렇다고 하면 도와줄 겁니까?"

대놓고 도와달라는 윤형의 행동에 미진은 입술만 벙싯거렸다.

"어떻게 해줄 거예요?"

윤형은 미진에게 부탁했지만, 예원이 사장실 주위에서 어물거리면 더 잡아채기 쉽겠다고 생각할 뿐이었다. 그리고 죄 없는 희생양이 된 미진은 예원이 사장실에 일이 있어서 올라올 때마다 말도 안 되는 소리로 예원이 금세 내려가지 못하도록 붙들었다.

오전 11시에 사장실에 불려 들어가면 11시 30분에 나오고, 그러면 미진이 예원과 한 15분 정도 수다를 떨었다.

그러면 윤형의 계산대로 예원이 구내식당에 갈 시간이 얼추 맞아떨어지는 셈이었다.

"아오……."

예원이 탁탁 가슴을 치는 모양새를 본 미진은 서둘러 예원에게 말을 걸었다.

"차장님, 왜 그래요?"

"아니……. 미진 씨, 원래 사장님 저렇게 이상해요? 본인이 아주 조금만 자세하게 추가해오라더니. 그 자세하게가 지금 몇 번째야."

작게 소곤거리는 그 소리에 미진은 식은땀이 다 날 지경이었다.

"그래도 어쩌겠어요."

차마 미진은 예원의 말에 크게 동의할 수가 없었다. 물론 심정으로는 백번 동의하고도 남았지만, 온 신경을 여기에 두고 있을 사장을 뻔히 아는데 같이 뒷담화라니…….

이러다가 예원이 내려갈까 봐 걱정된 미진은 얼마 전 희재에게 들은 이야기를 서둘러 꺼냈다.

"아, 맞다. 희재 씨가 그러던데, 차장님 이번 주에 소개팅하신다면서요? 오……. 좋으시겠다."

"완전, 좋아. 구남친보다는 훨씬 나아야 할 텐데 말야."

"에이, 낫겠죠. 근데 소개팅은 언제예요?"

"내일 저녁에 광화문에서 보기로 했어."

예원의 말에 고개를 끄덕이던 미진은 벌써 시간이 45분이 된 걸보고 내려가보겠다고 하는 예원을 말릴 수 없었다.

예원이 사라지고 얼마 지나지 않아서 사장실에서 나온 윤형을 마주한 미진은 오늘 제가 뭘 잘못했나 싶었다. 왜 어딘지 사고 칠것 같은 얼굴을 하고 서 있는 건지 도무지 알 길이 요원했다.

"사, 사장님?"

"미진 씨, 장급들 회식에 실무자도 와도 되겠죠?"

"그야 물론…… 종종 같이 가는 경우가 있으니까요. 오지 말라고 못 박는 경우가 아니라면 괜찮을 거예요."

"그럼, 이번 회식은 내일로 하죠."

미진은 순간 욕이 튀어나오려던 걸 도로 안으로 집어삼켰다. 사장이 듣고 있었다는 데에 전 재산을 걸 수 있었다.

"내, 내일은 너무 빠르지 않을까요."

"내가 아는 식당이 있는데, 거기면 적당할 것 같네요. 이따가 연락처 줄 테니까 인원수 파악해서 예약만 해놔요. 혹시 모르니까, 파악한 인원에서 한 명 더 추가해서 예약해야겠죠?"

권유였지만 명백한 명령이라는 걸 안 미진은 맥없이 '네'라고 답했다. 그렇게 하고 나서야 구내식당을 향해 걸음을 옮기는 사장의 뒷모습을 바라보던 미진은 앞으로 쭉 이러리라고 생각했다.

아마, 예원이 사장과 사귀지 않는 한 이런 눈 가리고 아웅 하는 식의 연기를 쭉 해야 하지 않을까 하는 고민을 했다.

언제부터 비서의 필수 덕목이 연기가 되었나 심각하게 고민하지 않을 수 없다며 한탄하던 미진은 동지에 가까운 희재와의 점심 식사에 늦을 수 없어서 서둘러 움직였다.

사장 때문에 식사 시간마저 솔로라서 느끼는 외로움으로 몸부림칠 수 없었다. 그 얼굴로, 목소리로 누군가를 꼬시겠다고 작정하고 있는 사람이 있다니…….

미진은 새삼 예원이 부러웠다.

"오늘도 사장님은 또, 죠?"

희재가 다 이해한다는 듯 미진에게 커피를 건넸다. 미진은 아이스 카페라떼를 받아 들면서 기운이 더 급속도로 가라앉는 기이한 경험을 요새 종종 하곤 했다.

본래 당이 든 음식을 받으면 기운이 나야 하는데, 요즘엔 기운이 나려야 날 수가 없었다.

"희재 씨도 아침마다 고생이 많아."

"요샌 저 말고 승지 씨가 본다더라구요."

"하……. 정말 왜 그러시는지……."

"뭐…… 차장님 꼬신다고 하는데…….."

희재는 말을 하고서도 주위를 휘휘 둘러봤다. 조용히 말했지만 혹시 주위에 저희처럼 구내식당이 아니라 밖에서 밥을 먹는 사람이 있는지 확인하기 위해서였다.

다행히도 주위엔 백화점 유니폼을 입고 있는 사람이 보이지 않았다.

"다음엔 승지 씨도 같이 먹자. 어디 구내식당에서까지 그 모습을 봐야겠냐고."

잔뜩 먹구름을 드리운 미진의 음성에 희재는 서둘러 샌드위치를 건넸다.

"근데 정말로 그렇게 매운 할라피뇨를 가득 넣은 샌드위치……
괜찮으시겠어요?"

"난 요새 매운 거 아니면 차가운 거야!"

미진은 옆구리도 시리고, 상사는 더 얄밉다고 불만을 토로했다.
사실 그 불만이래 봤자, 거의 외롭다는 솔로들의 외침에 가까운 소리였다.

"저도 연애나 할까 봐요."

희재가 클럽 샌드위치를 한 입 베어 물고는 결연한 얼굴을 한채였다. 미진은 어쩐지 그런 희재의 마음을 이해할 수 있을 것 같아 선뜻 입을 열었다.

"우리 꼭 연애해야 할 거 같아."

"그죠."

"응. 안 그러고선 그걸 어떻게 더 봐?"

미진은 잔뜩 티 내고 다니는 사장의 행동을 솔로인 상태로 얼마나 외로움에 몸부림치며 보겠냐고 말을 덧붙였다.

"맞아요. 절대 안 돼요."

희재 역시 머리가 떨어질 듯 강하게 고개를 끄덕거렸다.

두 여자가 서로 연애에 대한 의지를 다질 그때, 카페 앞 거리에 익숙한 실루엣이 지나가자 두 사람은 서로 약속이나 한 듯 커피를 찾아 마셨다.

속이 탄다, 속이.

연애하고 싶어서 안달 난 사장 옆에서, 본의 아니게 연기까지 겸하게 된 직원은 바짝 탄 속을 커피로 달래고 나서야 다시 샌드위치를 먹을 수 있었다.

윤형의 기분은 요 근래 중 오늘이 가장 날아갈 듯 즐거워 보였다.

무작정 쳐들어와서 확인 사살까지 시원하게 받고 간 예원을 생각하면 즐겁지 않을 수가 없었다. 하지만 그 모습을 본 미진은 결국 예원이 어떻게든 사장에게 폭탄선언을 듣고야 말았구나 생각할 뿐이었다.

"사장님, 저는 그럼 더 이상 그만해도 되겠죠?"

"음……. 뭘 말하는 건지."

윤형이 웃으면서 미진에게 되물었다. 진땀을 흘리는 미진을 본 그는 재미있는 걸 본 사람처럼 이내 웃고 있었다.

"그 '부탁'이요. 이제 그만해도 되는 거 아니에요?"

"그걸 왜 그만합니까."

"네?"

"그냥 앞으로도 쭉 이대로 해주면 됩니다."

윤형은 앞으로도 쭉 예원이 미진과 노는 모습을 보고 싶었다. 사실은 미진과 노는 모습이라기보다 예원의 목소리를 더 듣고 싶은 쪽에 가까웠다.

그런데 그런 즐거움을 포기하다니. 말도 안 되는 일이었다.

"하, 하지만……."

"그리고 나는 미진 씨가 하는 이야기를 잘 모르겠습니다."

윤형이 모르쇠로 나오자 미진은 할 말을 잃은 듯 멍하니 서 있다가 어물쩍 자리에 앉았다. 다 죽어가는 소리로 알겠다고 말한 미진의 답을 듣고 나서야 윤형은 만족한 듯 웃었다.

이만하면 이해했으리라고 생각한 윤형은 퇴근하고 나서 예원을 어떻게 꼬셔야 할까 고민했다. 서류는 집에 가서 봐도 괜찮았다.

오늘은 일단 예원이 그에게 있어서 가장 최우선순위였다.

-마침-

작가 후기

얼빠를 쓰고 싶었어요……. 분명 그랬는데…… 정말로 금사빠를 쓰고 싶었는데…….

금사빠에 얼빠 같은가요?

깃털처럼 가볍고 손발이 오그라들 것 같은 멘트를 총집합해보려고 했는데……. 분명 그랬는데…….

그랬었나요?

윤형이가 느낀 사랑스러움을, 예원이가 느낀 달달한 기분을 읽으시는 분들도 느끼셨기를 간절하게 바랍니다.

혹시 기회가 된다면, 다른 이야기로 다시 만나 뵐 수 있기를 바라며.

금사빠와 얼빠에 미쳤던 어느 한 잉여는 복세편살을 꿈꾸며 사라지겠습니다. :)

-란희 드림.